掘金记

张庆国 著

中国友谊出版公司

图书在版编目（CIP）数据

掘金记 / 张庆国著. -- 北京：中国友谊出版公司，2019.5

ISBN 978-7-5057-4646-6

Ⅰ．①掘… Ⅱ．①张… Ⅲ．①长篇小说-中国-当代 Ⅳ．①I247.5

中国版本图书馆CIP数据核字(2019)第057007号

书名	掘金记
作者	张庆国
出版	中国友谊出版公司
发行	中国友谊出版公司
经销	新华书店
印刷	天津嘉恒印务有限公司
规格	880×1230毫米　32开 10印张　189千字
版次	2019年7月第1版
印次	2019年7月第1次印刷
书号	ISBN 978-7-5057-4646-6
定价	48.00元
地址	北京市朝阳区西坝河南里17号楼
邮编	100028
电话	(010) 64678009

版权所有，翻版必究

如发现印装质量问题，可联系调换

电话　(010) 59799930-601

第一章

一

卡奴亚罗就是金子,当地的土语。

那个地方,无限遥远的卡奴亚罗山区,很容易使我想起传说中的巴西高原,山上的十六个村子中,大部分人分属五种少数民族,那些人精干敏捷,个子矮小,皮肤黑,眼睛发亮,打扮得像一群群花哨的豹子,豹子身上的铜钱形花斑,反射出金子的光辉。

我母亲在中学教地理,巴西高原的事她说过。不过,她没有告诉我中国云南的卡奴亚罗山区,她闭口不谈的地方,我最熟悉。早年不熟悉,后来深入其中,去过若干次,脱过几层皮,结下了生死契约。

我在卡奴亚罗山掘土挖坑,刨开坚硬的矿岩和潮湿的污泥,见识了埋在地下的漫长淘金史,吃惊地发现我的身体掩藏在泥土中,已经融化并生根发芽。我还在矿岩深处找到其他残缺不全的身体,他们是金贩子老王、村民老神仙和他的妻子芭蕉花、小神仙一家和黑道人物石头，以及大片安详沉睡、呼吸平稳的卡奴亚罗山区村民。他们也已经灵魂出窍，改头换面，变成层层叠叠的花朵，在幽闭的黑暗中争奇斗艳地灿烂开放，吐露出馥郁芬芳。

时间很早了，早得接近前世。那年我去卡奴亚罗山，只有三百块钱。老王告诉我，在卡奴亚罗山区，一克黄金卖二十块钱，黄金带上昆明卖八十块，卖到广州武汉或北京，可以赚更多。他的话令我振奋，跃跃欲试地生出野心。

野心不是说我要抛弃正途，踏上私贩黄金的风雨飘摇之路。一九八七年，热情蒙蔽所有人的眼睛，没有人想赚钱，也不会赚钱，想发财的人只有老王。他是一条丧家犬，没有工作，没有老婆和孩子，在监狱服刑几年，出狱后流落各地，打一枪换一个地方，后来往返卡奴亚罗山区，从当地村民手中收购黄金。

倒卖黄金犯法，老王照样干，总有人不守规矩，铤而走险。警察满城忙碌，小偷照样作案，杀人事件从未绝迹。根据老王的描述，我知道卡奴亚罗山区无人所知，去那里买几克黄金轻而易举，学几招有益无害。

时光的花朵败落，最初出发的日子我却不会忘记。那年四月中旬，风高物燥，疾风千里，我和金贩子老王离开昆明城，翻山越岭地走了五天。我们白天坐车，晚上在经常停电的破败小旅馆留宿，东张西望，走走停停，穿过散落在群山之间的十二座简陋县城和上百个荒凉的村子，迎着云南雪亮刺目的阳光，搭乘破旧的长途班车，换乘更破旧的手扶拖拉机，坐在堆满车厢的干柴上，双手抓紧生锈的铁栏，猛烈地颠来簸去，目送着车身后的浅褐色烟尘逐渐消散，来到卡奴亚罗山上一个只有半条街的小镇。

我满心好奇，二十五岁，大学毕业两年，在城里坐办公室，每天抄抄写写，喝茶看报纸。跟随老王前往卡奴亚罗山区之前，我去医院找熟人，编造出头晕耳鸣大脑有毛病的理由，开了半个月病假。半个月是医生能开出的最长假期了，我不是第一次作假，却是在区政府机关工作两年来第一次编造弥天大谎，享受半个月假期，成功逃离岗位并远走他乡。我的完美计划是，到卡奴亚罗山区买了黄金就走，摸清路子，以后再说。

路越走越长，山越来越大，风越刮越猛，吃住行的艰难匪夷所思。持续五天的长途跋涉超出了我的想象。我反复计算时间，也无法摆脱天高地远之苦。我就是变成闪电，也无法撕开陌生旅途的漫长黑夜，后悔来不及。从无限遥远的卡奴亚罗山区返城回家，还要走五天，重复八百公里的颠簸之苦。

我自作聪明，落入了老王带来的噩梦。

二

那是被群山重重遮蔽，围困在世界尽头的一个山区小镇，镇上有二十几间房，遍地干燥的灰土，不见人。几头枯瘦如柴的黑猪呼噜呼噜，喘着粗气冲来，我急忙跳开，不慎踩到路边的烂泥，溅得满裤腿泥水。一群恶狗闻声扑出墙角,龇牙咧嘴狂吠,老王弯腰捡一块石头,五六条大小不一的狗立即扭头逃走。

"这里?是这里吗?"我四顾茫然地问,"这个鬼地方有金子?"老王说:"还远呢,山下,马蜂村在山下。"我说:"饿啊,我要饿死了,只想吃东西,老王赶快找一家馆子吃饭,随便吃一碗面条就行。""面条?"老王幸灾乐祸地笑起来,"这里没有馆子,你小子出钱也买不到东西吃,忍一下好了,到村子里喝酒。"

短促的镇街子上,除了三间连成一排的残破红砖房,就是十几间土坯矮屋和两幢歪斜的乌黑旧木楼,三间红砖平房是镇政府办公室,乌黑的旧木楼是镇供销社商店。商店里光线暗淡,没有人。

我朝供销社商店伸进头去,闻到一股浓重的馊臭味。

"有人吗?"我大声问。

漆黑的商店吞没了我的声音,毫无回应。

"有人吗?"我再问,"有一个鬼吗?"

黑暗中悉索有轻微声响,我循声看去,发现两个白点。

"有人吗?"我又大叫。

白点缓缓升高,是两只眼睛,一个黑衣黑裤的人慢慢走过来,这个人头发蓬乱,面无表情,分不出男女。

我问:"有东西吃吗?饼干啊什么?"这个人看着我,不说话。"你是哑巴吗?"我迟疑地问。这个人张了张嘴,露出残缺不全的狰狞牙齿,把我吓一跳。

老王拖了我一把说:"走吧,这里除了几把锄头,没有吃的东西，就是有，也早就馊掉了，你敢吃？"

我不甘心，再问："有没有饼干卖？可以吃的东西有没有卖的？我肚子饿了。"

这个人开口说话了，他说："有水果糖。"

他吐出的话很清晰，像锋利的刀刃，却非常低哑，似山上遥远的风。

"水果糖？哪里？"我问。

他不慌不忙地指了指面前的小碗，我看到一只灰色的小碗里落满忙碌的苍蝇，他慢吞吞走过去，抬起小碗，半碗苍蝇嗡地飞起，盘旋在空中，仿佛浮着一片乌云。

碗里果然有几粒红红绿绿的东西。

我想吐。

老王说："走吧，赶快走，再不走天就黑了，走夜路你不习惯。"

没有车，也没有像样的路，我和老王离开空洞肮脏的小镇，踏着卡奴亚罗山上的杂草乱石，朝比梦更深的阴沉峡谷走去。

三

万里无云，一片空虚，太阳猛烈地烘烤着群山，森林站满山坡，雄鹰张开翅膀，在狭窄的山谷里盘旋，好像树叶浮在空中，山路在乱石和树林中穿行，路上杳无一人。干燥的空气噼啪炸响，路旁冷不防飞出一串尖锐鸣叫，好像有人躲在树林或灌木丛里开枪，射出凌厉的子弹。

我怵然心惊,问老王,知道是棉花虫在叫。再问:"棉花虫是什么虫?怎么叫出这样的声音?"老王回答说:"棉花虫是知了,知了的声音听过吧?叫得人心烦呢。"他的草率解释,加重了疑惑,我又问:"知了就是知了,为什么叫棉花虫?"老王答不上来,怪笑几声,不理我。我就这样带着身体里乱草般生长的疑惑,跌跌撞撞地在山路上走。山下的深谷间出现一条随风飘摇的江水,褐色泥屋在江岸的田地边若隐若现,我朝江底投去了同样疑惑的目光。

那条江叫金沙江,走出一段路,老王指着山下说:"看到了吧?白白的,很细,在反光的那个东西,那个就是金沙江。金沙是什么意思懂了吧?金沙就是能淘出金子的沙,这里有金子,我没有骗你。"

我看着山底细线一样缥缈的金沙江,怦然心动,又很失望。金沙江太普通,在云南广为人知,有一种香烟就是金沙江牌,廉价低贱,一包两角几,那种司空见惯的烟,与高贵隐秘的金子不相干。如果我假装患上疑难杂症,骗取半个月超长病假,一路辛苦地跑八百公里,就是为了亲眼看到众所周知的金沙江,那就太可笑,也太愚蠢了。

不过,金沙江很长,曲折穿过云南大地上的千百条山谷,卷走无数泥沙,也许,卡奴亚罗山下的这段金沙江非同寻常,也许金沙江泥沙中的所有的金子都堆积在卡奴亚罗山谷,就像所有的梦都堆积在夜晚,谁说得清呢?

我说:"金沙江很长的,这一段金子很多吧?"

老王说"这一段金子多不多,我不知道,反正有金子。大学生啊,国家教育你多少年,给你很多知识多,你好好研究一下,就行了。"

我们整整走了四个小时,累得死去活来。我在树林里喝了几次山水,吃了一些不知名的酸涩野果,黄昏时,终于来到山底,走进老王说了几百遍的马蜂村。一群穿红戴绿的女人唰啦钻出路边草丛,朝我们走来,每个女人的背上都背了一只巨大的背篓,背篓里装满树叶,插了几根长长短短的干树枝。

一个女人取下额头上的棕皮背篓带,抬起头,朝老王咕地一笑。

"芭蕉花。"老王说,"今天晚上到你家吃饭,赶快叫老神仙买酒。"

女人们相互拉扯,叽叽咕咕地笑。她们背着干树叶,卷起的围腰鼓胀地塞满了东西,像一群怀孕的母羊,笨拙地扭动着身子跑远了。

老王站在村口的土路上,拉开嗓门,高声唱歌:

　　花上蝶来蝶下花,
　　骑匹白马到她家,
　　一来看看老岳母,
　　二来看看小冤家,
　　哦——
　　……

朝前奔跑的女人听到老王的歌声,好像被子弹击中,猛然站住,回头嬉嬉笑起来。那个名叫芭蕉花的女人伸长脖子，尖声脆气地回应道：

> 板壁缝头偷眼瞧，
> 瞧见冤家做粑粑，
> 锅头炕的油香饼，
> 灶头泡的山花茶，
> 呀——
> ……

芭蕉花唱一段，转身就走，几个女人推推搡搡地朝前跑。

老王放声大笑。

"到了，朋友。"他用力拍我的肩说，"其实不是朋友，是儿子，你做我的儿子正好，儿子回家了，回到我的家了，来到这里我就高兴，马蜂村是我的家啊，今天晚上我们喝个痛快。"

我很愤怒，把老王的手从肩上扒开说："一路上你说这种话多少遍了，我怎么会是你的儿子？再说这种话我就回家。"

老王抓住我，连忙道歉。

老王在城里低声下气，来到马蜂村，就变得趾高气扬。他兴高采烈地带我走进马蜂村，路上走来村民，看着老王笑，老王把我推朝前，大声介绍说："我的朋友，大学生，本事大得很啊。他的爸爸是教授，采矿的工程师，管着全国的金子，懂科学，科学知道吧？

不得了，拿镜子照一下，水里的金子就全部看见了。人家喊一声，金子就出来，喊出来就出来，喊回去就回去。以后有大学生帮忙，你们会发财的，发大财，到时候你们就知道科学的厉害了。"

我忍住笑，客气地朝村民点头。

一个结实的男人出现在路上，这个人大手大脚、宽肩膀、大脑袋、大鼻子和大嘴巴，看到老王，张开肥厚的嘴唇笑了。

老王跑过去，大声打招呼说："村长老鹰，你还是壮得像一只老鹰啊。"

村长老鹰张开大嘴，呵呵呵有力地笑着。

老王把我推到村长老鹰面前说："我给马蜂村引进人才了，你要请我喝酒。他爸爸一辈子玩金子，他爷爷专门挖金子，在美国挖，回中国又挖，新疆东北挖遍了，现在派他来，教你们发财致富。以后你们有钱，可以天天喝酒。我问你，你们背几个水果到山上卖，够吃一顿饭吗？够买供销社的一瓶酒吗？"

村长老鹰摇晃着大脑袋说："没有地方吃饭啊，我也吃不起，钱不够，也不敢买酒喝，卖了东西就赶快下山。买酒喝最多买一瓶，一瓶酒不够路上喝，喝完在山上睡觉，醒来再走，回家什么也没有了。"

老王从挎包里摸出两瓶酒。

村长老鹰眼睛发亮，滋溜吸了一下口水。

老王带着我四处结交新朋友，半个村子绕遍，坐进老神仙家。

老神仙家低矮破旧，屋里弥漫着猪屎的臭气，火塘烧得旺，很温暖，我累得走不动，疲惫地坐到火塘边。老神仙挤过来，坐到我身边，凑近光滑的脸。他跟老王差不多年纪，脸上也有皱纹，那些皱纹很细碎，像女人的心事。

他是马蜂村的小学教师，进县城培训过，见过世面，有知识有文化，人称老神仙。他像干部一样握住我的手说："不容易啊，大学生跑到马蜂村，不容易，走累了吧？你喝茶。"

老神仙端起倒了茶水的土碗，递给我。

我急忙表示感谢。

老神仙的女人芭蕉花在光线暗淡的灶台边忙碌。屋里飘散出肉菜香气，我的肚子咕咕叫，饥饿猛烈啃咬我的身体，撕扯肠胃，消化骨肉，我咬紧牙齿，喝了一口茶水。

"你文化太高啦，"老神仙微笑着说，"大学生要读很多书啊。"

我疲惫地点头。

"你在北京读的大学吗？"老神仙又问，"见过毛主席啦？"

老神仙的儿子小神仙坐过来，递给我一支粗大的水烟筒，不说话。

我摇摇手。

小神仙埋下头，半张脸盖到烟筒上，咕噜咕噜猛吸。

"吃饭啦，"老王大叫，"吃饭啦，老子饿得惨啊。"

村长老鹰走进来，宽大的身子在老神仙家的土墙上投下巨大黑影，把屋里微弱的光线完全挡住了。

众人围坐到灶台旁的矮桌边。

我迫不及待地举起筷子，朝一只碗里伸去，夹一块黑乎乎的东西塞进嘴里，疑惑地问："什么东西？"

老王说："好吃吧？多吃点。"

我不敢再嚼，屏住呼吸，看着老王，说不出话，闭住气用力咬一口，嘴里的东西橡胶一样坚韧，咬不烂。

"生肉，"老王龇牙咧嘴地嚼着说，"营养丰富得很。"

"腌熟了，很好吃的。"老神仙说。

我用力把生肉吞下，端起酒碗，喝了一口酒。

"好，"老王说，"我们没有喝，大学生自己就喝了，来，喝一口，我带来的酒喝完，再喝上次留下的酒，老神仙上次我的酒还有吗？"

老神仙抱歉地说："早就喝光了。"

老王大笑。

老神仙说："不过家里还有酒，芭蕉花做的米酒，只是不够辣。"

老王举起酒碗，一饮而尽，众人纷纷喝酒，我也喝。酒可以杀菌，刚才吞下的那块生肉，不知道埋藏了多少威力强大的细菌，只有喝酒，才能保住我的命。

酒像一条火蛇，蹿遍全身，烧得骨头冒汗。我伸出筷子，指着一只碗里的菜问："这是什么菜？"

老神仙说："黑菜。"

"什么是黑菜？"我问。

老神仙笑着说："黑菜就是黑菜，山上的菜。"

我把筷头指向另一只碗问："这是什么东西？"

"酸菜拌蚂蚁蛋，好吃得很，你尝尝。"芭蕉花说着，从碗里夹了一筷腥味扑鼻的东西递给我。她就是刚才在村口与老王对歌的女人，长得很漂亮，眼睛大而黑，鼻子小巧挺直，嘴巴轮廓整齐，如果不是衣服破旧肮脏，她的美可以照亮全世界。

我顾不上研究马蜂村女人芭蕉花的漂亮，她夹一筷腥味浓重的酸菜凉拌蚂蚁蛋给我，吓得我要死，顿时眼前发黑。

找来找去，我才绝处逢生，发现一只碗里有炒鸡蛋。那天晚上我除了猛喝酒，就是吃炒鸡蛋，一碗炒鸡蛋被我吃了大半。

四

酒足饭饱，精神抖擞，快乐拥抱着小屋，众人围坐在温暖的火塘边喝茶抽烟，老王高声说笑，老神仙的女人芭蕉花在灶台边洗碗，嘴里哼着绵软的山歌。

我头晕目眩地冲出门去，蹲在屋外漆黑的土墙边呕吐。天早就黑定，故乡被完全抹去，踪影全无，芭蕉花的歌声从屋里飘出来，迅速消散。头顶是卡奴亚罗山宽阔的黑夜，夜风撕扯着我的身子，我的脸滚烫，手脚发冷。

晚上，我在老神仙家睡。小神仙兴冲冲地带我上楼，在地板上铺一床草席，自己睡下，把小窗洞边的木床让给我。床上和地上一样脏，我把好客的小神仙拉过来，推到床边，自己坐到地板的草席上，他急得嘴巴扭曲，好像要哭了。

我走得太累，醉得厉害，也就不谦让，躺到床上，心事重重地看着漆黑的虚幻屋顶,渐渐睡着。

　　老神仙和他的女人芭蕉花睡在楼上的另一间小屋里,咳嗽声和咕叽的说话声模糊可闻,老神仙在黑暗中放一个屁,芭蕉花抱怨地揍他一拳。

　　老王撇下我,找村里的寡妇小荔枝去了,他的身子并不孤单。

第二章

一

我在狗弟家认识了金贩子老王。狗弟是我最好的朋友,高中毕业没有考取大学,进工厂做工人,烧锅炉。他的父亲是工艺美术厂的首饰加工师傅,在众人老实上班领工资吃饭的年代,他的父亲就会在家里接活,为别人加工首饰,有时收购一些金料,悄悄打制成项链和戒指出售,捞取外快。当时玩金子的风气刚刚兴起,我辛苦攒了几百块钱,也想打一条金项链,送给女朋友小美,换取她的惊喜。

那天我去狗弟家,就为打金项链这件事。可是,他的父母出门了,家里另有两个狗弟的朋友,那两个人我不认识,坐在一起无话,狗弟就提议打牌。我们围着狗弟家小屋窗前的旧茶几,打升级,等狗弟的父亲回来。当时玩升级,打一副牌五十四张,二十年后天下大变,气壮如牛,一副牌不过瘾,加成两副牌一百零八张,叫拖拉机,摧枯拉朽,拖来砸翻。昆明人把拖拉机叫双抠,抠底惩罚,结局时两倍获利,用这种规则解释人生,不知道是不是行得通。

打了几圈牌，有人敲门，进来的就是土里土气的老王。老王四十多岁，穿一件洗得发白的蓝色中山装，风纪扣扣得太紧，脖子掐死，戴一顶蓝帽子，提一只旧的人造革黑提包。这种打扮在中年男人身上很普遍，我却觉得他与众不同。他的与众不同写在脸上，那张脸被云南坚硬的阳光严重腐蚀，漆黑一团，从上而下，沿着鼻翼两侧，左右各刻了一道深深的皱纹。两道皱纹仿佛两条河流，也像两条深沉的山谷，里面萦绕着空旷而悠长的回声。听说狗弟的父亲出去了，老王坐在门旁，靠着堆满瓶瓶罐罐的杂乱饭桌，接过狗弟递去的茶水，静静地喝茶。

我们继续打牌，几圈牌打过，我把门边的老王忘记，他挪到我身后，也没有察觉。

"出这张牌。"金贩子老王说。

我诧异地回头，发现老王移到我的身后，伸来一张挂了两道深刻皱纹的脸。

"出这张牌，"老王咧开嘴，露出糊满烟垢的黄牙，笑着说，"出这张牌就赢。"

狗弟说："王叔叔打牌是高手。"

狗弟说得轻描淡写，老王却过度慌乱，用力摇动大脑袋，举起宽大粗糙的手掌，夸张地摇晃着说："打什么牌哟，打什么牌？人在外面跑，消遣一下啦，比不上你们年轻人。"

狗弟说："王叔叔是金贩子，卖金子的，这一招更厉害。"

老王仰起头，爆发出狼狈笑声，仓皇退回，重新坐到门旁的饭桌边，大脑袋继续摇晃，谦虚地说："也不算金贩子，混碗饭吃，就这样啦，过一天算一天。"

"金贩子？"我好奇地看他一眼。

老王朝我讨好地笑了笑说："有时候下去，收些金料上来。"

"去哪里收金子？"我问，"云南有些地方产金子的，我听说过。"

"云南这个地方矿产多，产金子的地方也多，"老王说，"我去卡奴亚罗山。"

"卡奴亚罗山？"我吃惊地放下牌，对老王说，"那个地方不得了，偏僻得很，我听说历史上就出产黄金，土匪杀人不眨眼，相当危险。"

狗弟生气地放下牌说："你是怎么啦，想去倒卖金子？还打不打牌？"

我不理狗弟，继续跟老王胡吹，告诉他我的父亲在大学教采矿，母亲是中学地理教师，有关卡奴亚罗山，早听父亲的朋友说过。

老王大惊，身子晃两下，手里的杯子泼出大半茶水。

我一时得意，摆出大学生架势，教导老王不能满足于收购金子，要挖金子。我说："不能只顾眼前利益，要有长远打算，挖金子就是长远打算，那样才能干成大事业，发大财。"

"想不到啊，想不到，会认识你这个新朋友。"老王感慨万端，挪到我身边，伸过脸，盯着我看。这时，狗弟的父亲回来了，老王站起来，朝我笑一笑，跟着狗弟的父亲钻进里屋。很快，他们匆匆出来，开门出去，直到我与狗弟告别，也没有回来。

二

离开狗弟家，我就把老王忘了。我在区政府上班，机关小，也算不错。二十世纪八十年代，大学生毕业，国家分配工作，分到郊外很倒霉，分去县城更惨，我分配在昆明城里的区政府机关，很荣幸，这也是我老实听话，立志有所出息的重要原因。

当时的区政府名副其实，院子小，人员少，整个机关只有两辆汽车，一辆是破旧笨重的灰色伏尔加，一辆是带绿色帆布顶的北京吉普，据说要添置一辆昆明出产的九座面包车，风声传了很久，面包车的还是不见踪影，也没有人真正关心面包车的消息。机关楼里除了区委书记和区长，所有干部都心安理得地骑自行车上班。胆子再大一点，步子再快一点，思想再解放一点，说归说，做起来不容易。每天早晨，哐啷哐啷响的自行车络绎不绝地进入区政府院子，大家亲如一家，热情地打招呼，钻进光线暗淡的简陋自行车棚，停好车，匆匆出来，依次步入被早晨的金黄色阳光紧紧拥抱的法国式旧楼。那幢楼有一百多年历史，依然结实，木窗木门木楼梯和木地板，缠绵悱恻，令人怀想。人在历经时光磨损的地板上走动，艰难地穿越历史，脚下嘎嘎吱吱，老远就能听到响声。

那幢法国式旧楼有四层，当年就是办公之地，楼上下的办公室一间挨一间。也许，一百年前，那幢楼就是地方政府衙门，昆明城有早年从越南支离破碎传入的法国文化，政府办公楼盖成法国式，不足为奇。

我无意追溯被那幢旧楼遮挡的殖民主义秘密，只对楼里的回声印象深刻，踩踏了一百年的木地板，每天嘎嘎吱吱，自言自语，或疲惫喘息。早晨，走廊里声响杂沓，地板的喘息被兴致勃勃的工作热情掩盖，中午或下午，快下班时，楼道和走廊人影渐稀，坐在办公室，听到门外的木地板嘎吱晃荡，老远传来响声，就很揪心。

有几次，我独自坐在下午的办公室里，手脚和心脏被门外走廊里的迟疑声响牢牢抓住，脚步声越来越近，我就屏声息气，紧张地快要跳起来。待声音从门外晃过，移向楼梯口，消失到楼下，才松了一口气。

我分配到机关工作不久，科长和其他人外出办事，经常把我留下。一人守办公室好处多，小美打来电话，可以尽兴聊天。一天下午，我正在接女朋友小美的电话，走廊里响起了脚步声。

那声音沉重、固执、孤独、犹豫彷徨，引起我的警觉。我用甜蜜话哄劝小美，竖直耳朵，心不在焉地搜索门外的声响。声响由远而近，快到门边，忽然停住，返身离去。

声响朝走廊深处远去，几分钟后，又由远而近传来，如此三次，终于在我的门口停住。我放下电话，在办公桌前坐直，转过身子，盯住门口。

金贩子老王在办公室门边出现，咧嘴一笑，露出糊满烟垢的黄牙。

"你好，"他说，"正是你呀，你好，对不起打扰了。"

他讨好地连连点头。

下午的阳光穿过办公室陈旧的木窗户，从我的身后射来，投到他的脸上。他的脸太特殊了，皮肤漆黑，鼻翼两侧由上而下的深刻皱纹里，回响着时光的空旷喊叫。

我一怔。

"认不出来啦？"老王问，慢慢走进来。

"知道，认出来了，"我匆匆点点头说，"你就是那个金贩子？"

"啊呀！真是记得啊！"老王大叫着跨前几步，紧拉住我的手说，"我怕你忘了呢。"

我问："你找我？有事？"

"有什么事？"老王哈哈大笑，在我的肩上拍几下说，"找你会有什么事？你是一个小专家啊，找你请教呢，向你学习。你那天说得好啊，所以我来找你，找你交朋友啊，快下班了吧？下班一起吃饭，我请客。"

他一下子土气畏缩，一下子豪爽大方，性格大起大落。

我说："谢谢了，我还在上班走不开。"

他说："没关系，我等你就是了，今天跑来，就是为了交朋友。你爱吃顺城街的烤鸭吧？小鸭子，半大就宰杀了，像你，二十多岁，还没有结婚，就被杀了吃掉。你还没有结婚是吧？二十多岁就被宰杀，肉嫩得很啊，都是瘦肉，很好吃。"

他笑得身子发抖，那个半大鸭子的愚蠢比喻让我倒尽胃口。

我有些生气，冷冷地说："有什么事，在这里说好了，不必再去吃饭。"

他收起脸上的笑容，呆呆地看着我，说不出话。

"对不起，"我说，"我现在还要整理材料，完了回家，不能跟你去吃饭，改天再说吧。其实，你有什么事，可以在办公室说，我这里很安静的。"

我不再搭理他，坐下来翻桌上的文件。他后退一步看着我，脸上重现谦卑，后退到门边，再退一步，移到了门外。

"再见，"他嗫嚅地说，声音慌乱而低哑，"再见，对不起打扰了，下次再见。"

他在门外一晃，变成轻盈的时光烟尘，消失在老楼的地板缝里，不见了。

三

区政府机关工作清闲，也有繁杂事务要匆促应付，老王来访后的第二天，区里连开两天会，动员和布置了全体干部义务疏挖城郊一条污水河的工作。科长安排我与另一个刚分来的大学生制作五条布标，用红纸写两百条标语。写标语和挂布标是我的拿手好戏，上大学时，我参与组织过全校性的几次大型活动，主要负责的工作，就是写标语和做布标。我有意露一手，带着一个跟我年纪差不多的同事，加班加点干三天，顺利完成任务。星期天早晨，我们骑着自行车，把布标和标语带到义务劳动现场，整个上午跑前跑后，四处悬挂布标和张贴标语，下午又穿上水靴戴上手套，投入疏挖河道污泥的战斗。晚上回家，我累得直不起腰，身上散发着浓重的腥臭。

那时昆明城住房拥挤，高干家里才有单独的卫生间，不出门就可以拉屎撒尿和洗澡。我的父母是教师，却没有在学校分配到水泥住宅楼宿舍。那种住房再简陋，走道上也有两家人共用的卫生间，装一个便宜的铁皮电热水箱，就可以躲在里面洗澡，解手也方便。我家住的是城市居民区旧式四合院，住四合院是因为这里是我家祖宅，五十年代祖宅交给国家，留两间房自己住，由我的父亲守护家族历史。院子里的一个小厕所，以前摆放马桶，后来改造成住房，收留了一个五保户老太太。所以，上厕所要出院门，找街上的公厕，沿公厕朝前走，找到街面上的公共澡堂，才可以洗澡，一角五洗淋浴，五分钱洗大池。

那天下午我去街上的澡堂洗干净身子，吃过晚饭，赶去会见女朋友，竟然被她闻出了身上残留的腥臭。

"臭死了，"她从我的拥抱中挣脱出来，用力吸几下鼻子说，"你身上的味道太大，跟什么人混在一起啊？"

我自豪地说："参加义务劳动了，臭也臭得光荣，我觉得自己很干净，心灵很干净。"

月亮也很干净，清晰地挂在我的头顶，照亮了昆明的夜空。翠湖的水面跳动着细碎反光，水中张开很多温柔的眼睛。我再次朝小美伸出诚挚的双臂，她在石栏边狐疑地后退一步说："不是劳动，挖河的事我知道，报上宣传了，我觉得不是那种味道。"

"现在，"我说，"我的身上充满爱情的味道，就是这样，也只能这样了。"

"你跟什么人混在一起？"她继续追问。

"还有什么人？除了你，我只认识单位上的同事，我就是跟同事在一起，干义务劳动的同事啊，你以为我去走江湖了？"

"可是味道不对。"

"什么味道？还有多大的味道？我洗过澡了啊，吃饭前就去洗澡，吃过饭又洗了脸和手，我怕来晚了，骑车赶来找你，忙出汗来是可能的，这身汗是为你忙出来的啊。"

她摇摇头。

我笑了。

"不是洗澡，"她不容置疑地说，"你是去见了什么人，要小心啊，有些不三不四的人，还是少打交道，你跟他们不是一路的。"

小美单纯而固执，有些清高，对我与中学同学狗弟保持往来带有偏见，常常流露出不屑。

"你多心了？以为我去见别的女朋友？我有了你，还会去找别的女朋友？"我有意逗她。

她骤然翻脸，愤怒地骂道："你无聊！开这种玩笑很无聊！"

我赶快道歉，骂自己是憨包睁眼瞎和土贼，用昆明的所有难听土话贬损自己，用最好的文学语言赞美她，还急中生智地创作了一首短诗赠送她。在那首诗中，我把她比喻为昆明之夜的月亮，把我们未来的日子形容为平坦而宁静的东风路。为了怕她再生误会，我为自己即兴的小诗作了耐心解释。我说白天有灿烂太阳，太阳属于大家，月亮才属于我们。我说阳光下的东风路是工作，月光照耀的东风路是我的生活，没有月光，我的生命一团漆黑。

我想起老王漆黑的脸。

她笑了，跺一下脚，在我的胸口擂一拳，我趁机抓住她的手，把她拖过来抱住。她挣扎几下，无力地趴在我的怀里。我把嘴唇凑过去，正要吻她，身后传来咳嗽声，回头看，发现我们在短暂争吵中移动了位置，从石栏边一棵弯腰柳树的树影下挪开，暴露在了行人的目光中。

我们迅速闪开。

那是八十年代，安详与纯净的八十年代啊，资产阶级思想躲躲藏藏，爱情遍地生长，相爱的人在黑暗中拥抱，热烈的亲吻要躲开苍白明亮的月光。

"我害怕。"她轻声说。

"怕什么？有我还有你，昆明就是世上最美的城市。"我说。

"还是害怕。"她微微发颤。

我吻她的嘴，发现她的唇干燥冰冷。

四

地板缝里的积尘升起，老王再次来访。还是下午四点，一天中最好的时刻。科里的人七零八落，有人外出办事，有人借故溜走，新分来的大学生被副科长带去办事，办公室里还是只有我。

"你表现很好哇,"他大声赞叹道,"很守纪律,人走光了,还坚守岗位。年轻人就要这样,刚参加工作,要给领导留下好印象,以后才提拔得快,我吃亏太多,现在后悔,来不及了啊。"

他朝我伸出宽大的手掌。

我递给他一杯茶。

"谢谢,"他接过茶杯说,"今天跑了一天,真是口渴呢,谢谢了。"

他端起茶杯,凑近嘴唇喝水,手晃了一下,烫得"哦哦"叫起来,杯里的茶水晃到桌上。

楼梯上传来杂乱的脚步声和高声谈笑,一群人上来,涌进办公室,全是科里的同事。他们分头出去,不知道为什么,在下班前半小时整齐回来了。看到办公室里出现一群高声喧哗的机关干部,老王仓皇地站起来,不知所措。

"吃饭,"科长走到我面前,对站在办公桌边的陌生人老王不屑一顾,高兴地说,"今天下班,你就不要回去,一起吃饭。有一个单位请客,人家热情得很,一个也不能走,大家都去,也算科里的人聚一下。"

老王沮丧地低下头。

我把桌上的材料清点一下,拉开抽屉塞进去,再抬头,老王不见了。

五

老王像一个谣言，第二天没来，第三天没来，半个月后也没来。时间过去一个月，我没有见到老王，其间也没有见到狗弟。又一天下午，我推着自行车走出机关院子，眼前人影一晃，出现一张漆黑的脸，老王站在面前。

他畏缩地看着我，嘴唇动了动，没有说话。

"你好。"我大大方方地朝他伸出手。

"吃饭吧？"他握住我的手摇了摇，有些呼吸困难，脸上的两道深刻皱纹严重扭曲，咯咯巴巴地说，"今天一起去吃饭吧，给我一个面子。你看我大老远跑来，坐了好半天车，从郊外赶来，还怕你下班走了。你看我还算运气，在门口遇上你，我晚来一分钟，就白跑一趟，求你给我一个面子。"

我无法拒绝。

他挺胸抬头，睁大明亮的眼睛，畏缩一扫而光。

顺城街离我上班的地方不远，我推着车，哐啷哐啷陪他走。满街是自行车铃声，放学归来的学生东奔西跑，密密麻麻的人头，晃来晃去的身影，延续到街道尽头，好像一条河，游动着拥挤的鱼群。顺城街尽头处是昆明城著名的省博物馆，五十年代建盖的苏联式建筑。高大的圆柱，长长的弧形展厅，展厅上方有一个指着蓝色天空的尖顶。西斜的阳光从省博物馆展馆上方的尖顶一侧划过，万道金光像明亮清澈的冲锋号，一泻而下，摇晃着街边旧楼屋顶的杂草，涂抹得街面的木门斑驳迷蒙。我们在下午六点的金色阳光里行走，拐两个弯，走进餐馆。

很小的门面，幽暗的光线，温暖的气息，诱人的烤肉香味，里面有五六张桌子，坐了十来个人，门口挂着一排两个拳头大的小烤鸭。当时昆明城的餐馆大多小而挤，很简陋，有十几张桌子的饭馆就是豪华餐厅，只有结婚或年底的单位会餐，大家才会去豪华餐厅，平时能进小餐馆，已经不得了，不像现在，每天生猛海鲜韩国料理和巴西烧烤，大吃大喝。

我们在餐馆最里面的一张小餐桌旁坐下。

"谢谢你，"老王高兴地说，"今天见到你，很高兴。我去办事，外出一个月，昨天刚回来。大学生，国家干部，架子不小啊，请你不容易啊。我们好好喝两杯，你会喝酒吗？"

我急忙摇头。

"不喝酒，算狗屁男人。"老王大笑。

肉菜上桌，局面就被老王控制，他不容分说，开瓶倒酒。我太年轻，没有见识，守纪律讲规矩，对付不了在社会上混的老江湖。我像一只半大的小刀鸭，被他提在手里，抖几下，拔光全身短毛，烤得皮开肉绽，又大卸八块，送入垂涎欲滴的食客口中。我拒绝老王倒酒，却不断举起杯子，把酒喝下，满身烈火熊熊。

老王约我吃饭，理由是请教挖金子的知识，我慌乱地喝酒，心虚。那方面我不懂，在狗弟家说的话是胡扯。我再年轻，胆子再大，想迈出步子，也找不到路，想不懂装懂，只会露马脚。如果他步步追问，我只能举手投降。可是，他只字不提挖金子，兴高采烈，自己猛吃，不断给我灌酒。

我醉得趴在餐桌上，无法走路。

老王把我拖出餐馆，用自行车推着满街走。我说错家门方位，害得他在街上瞎转。半夜十二点多，我吐光肚里的烤鸭和美味肉菜，蹲在冷冷清清的街边，看着路灯下面孔模糊的老王，忽然惊醒，意识到此人来路不明，跨上车子就逃。

六

几天后，老王在城里嗅来嗅去，找到我家所在的那条街，从街边一根老式木电杆后钻出来，拦住我的去路，掏出一根黄澄澄的细长链子，塞到我手中说："这是什么东西？见过吗？"

"金项链？真的金子？"我压住心头的狂喜，故意装傻。

老王说："送给你，拿去哄女朋友吧，她会高兴的，女人最喜欢这种东西。"

疾风从街边猛烈吹来，卷起满地灰尘和纸屑，金项链失手掉到地上。

老王扑上去，捡起金项链，重新塞给我说："小兄弟，不要忘记我，交上你这个朋友，是我的福气啊，我来向你告别，要下去了，我要去卡奴亚罗山。以后上来，找到你，不要摆出一副不认识的样子啊！"

我问:"你要去收金子?明天?"

老王说:"反正快了,过几天就去。"

我一阵冲动,急忙说:"我也去,你带我去,我们交朋友吧,带我去卡奴亚罗山,说不定我可以教你挖金子,那方面我很懂。"

"你想去?"

"不是我想不想去,是你愿不愿意带我去?"

老王迟疑了,脸上的表情变硬,他慌忙推开我说:"那个地方,危险啊,你去了,搞出麻烦,我担不起责任,下次吧,下次我们再去。"

我假装生气,把金项链掏出来还给他,老王拦住我,把金项链强行塞进我的衣袋。

他四处张望,低声说:"你真要去,也是可以的,出事自己负责。还有,不能告诉你的父母,不能告诉啊,他们知道,找麻烦我就吃不消。"

当天晚上我就去找小美,把老王的金项链转赠给她。

小美是我的大学同学,大学二年级时,我每天抄两首名人的诗送给她,坚持三个月,爱情如期而至。我们按部就班地相处到大学毕业,彼此满意,波澜不惊,如果有钱,马上就可以结婚。

"太好了,谢谢你。"小美转过身,老老实实地背对着我,让我把金项链在她的脖子上扣好。她低头摸了一下项链上的桃形坠子,张开柔软的双臂,搂住我,热烈而湿润的嘴唇送上来,在我的脸上响亮地吻一下。

伟大的金子,比诗歌更有摧毁力。

小美的父母出门了，家里只有她，正好作案。我在金子的鼓舞下大举进攻，伸手探进小美的连衣裙。她的连衣裙太长，上面的领口较窄，伸不进手，我就改变方向，从下面前进，直奔街心花园。小美咕咕笑着，用力扭身子，我们忙乱一阵，双双倒在床上。

小美很兴奋，手伸向我的胯，嘴里滋滋吸气，身子像受伤的蚕，蜷曲着翻滚。我掀起她的裙子，小美尖笑着，双手蒙住脸。

几年相爱，一帆风顺，我们的爱情见证了自己光说不练的恋爱史，也见证了时代的空洞和苍白。我和小美每天见面，从未上床，关键时刻摸不清方向，难免手忙脚乱。小美被我褪下一半内裤时，深深地垂下头，脑袋抵着我的肚子，哭着问我有没有避孕套。这是她家，我怎么会有避孕套？就算有，也不会带在身上。她的父母出门了，我们无法预料，幸福从天而降，席卷一切，措手不及。她还算清醒，知道退路，想起了避孕套，我的脑袋一片空白，齿轮卡死，只有手脚在盲目拍打欲望的波涛。

她闭上眼睛，听天由命。我破浪前进，没有找对地方，就一泄而空，趴在小美身上喘气。十分钟后又来干劲，准备再上，小美满脸欢笑，变得镇定了，好像老手，身经百战，老夫老妻。她张开手臂迎接我，光滑的小腿用力弯曲，急切地勾住我的背。可是来人了，他的父母回家了，门外出现脚步声，我们从床上双双滚落，满地找衣服。

一星期后，我在家里留下纸条，借口跟朋友外出，考察南方的迷乱城市广州，悄悄从昆明消失。

第三章

一

出发之前,我在家里搜寻有关黄金的书籍,奇怪的是找遍父亲的书柜,不见一本介绍黄金知识的书。我的父母是大学同班同学,学采矿,毕业后,母亲分配在昆明一所中学教地理,父亲去野外地质队勘探黄金。父亲在荒山野岭风餐露宿,做了八年黄金勘探队队员,家里的书柜怎么不见一本介绍黄金的书?我知道父亲对远去的勘探队生活深恶痛绝,即便如此,也没有必要把关于黄金的书籍销毁。如果不是销毁,那些书跑到哪里去了?

追溯家史,我的爷爷就与采矿有关,那个关闭在相册里的老人出生于晚清,在我出生之前,就已撒手西去。早年他借钱离开中国,到美国学地质,上世纪三十年代游历欧洲,辗转菲律宾、马来西亚和越南,回到昆明,受雇于全副武装的法国矿主,去马帮出没的云南山区任职,做铅锌矿工程师。爷爷在法国人手下历经危险,在革命年代坐过几年牢,据说他为我的父亲选择大学采矿专业痛心,也为儿子离开勘探队高兴。我出生前不久,吃够苦头的父亲因病调回昆明,做大学教师,与同在一座城市的母亲朝夕相处。他们理想丧尽,斗志全无,满足于小家庭温柔,他们每天站在教室讲台上,向年青一代描述宽阔世界,介绍岩石山谷与河流的险峻历史,自己的生活却很简单,风平浪静。

因为爷爷,父亲才把过去的黄金勘探生活抹杀干净?我百思不得其解。

我只好从父亲的书柜里随便抽两册旧书带走,一册是《矿石原理》,一册是《地质学》。初识老王,我告诉他自己懂黄金开采,还介绍过我的父母,现在要出门,带书是必要的,可以装样子,也可以研究,弄懂其中道理。

我在前往卡奴亚罗山区的旅途中曾挑灯夜读,趴在小旅店的破桌子边,翻阅那两本旧书,打发无聊时光。我摆出有知识有文化的样子,对老王说:"好书,整本书都是金子,挖金子淘金子和炼金子,都有,你算找对人了,现在,不是我跟你走,是你跟我走,我带你去卡奴亚罗山发财。"

老王伸头看看书名,打一个哈欠,甩掉鞋子,倒头睡觉。

一天晚上,我又看书,老王冷笑一声说,"不要看那种破书了,我教你打牌怎么样?你会玩魔术吗?不会我教你,学几招小魔术,比看书有用。"

他摸出一副扑克,摆到桌子上,唰唰地洗起来。他的一双大手粗糙干硬,洗牌却相当利索,上下洗,弹洗,抽洗和滑洗,无比熟练,看得我眼花缭乱。他告诉我，上下洗牌法叫美国式洗牌，握在手心的洗牌法叫印度式洗牌，印度式洗牌法在亚洲很流行，玩魔术最有效。扑克牌洗好，在手心展开，他让我随便抽一张，张口就能说出准确花色和点数。再抽，他面不改色心不跳，照样说得正确，令我万分惊讶。后来，我们坐在小旅店嘎嘎吱吱摇晃的木床上，借着昏黄的灯光玩牌，打争上游。无论我怎么用心，总赢不了他，我的心机都被他识破。他掌握了我的牌，看穿我的心思，让我无路可逃。

除了打牌和变纸牌魔术，他还懂各种怪招。沿路留宿的县城和小镇旅店很破旧，有的没有电，有的电压不稳，昏暗的灯光忽明忽暗，甚至熄灭。灯熄后，小店主送来蜡烛，老王不要。他出门找一个破盆，到路边舀半盆沙土，找驾驶员要一点汽油，浸湿盆里的沙土，端着盆回房间，擦一根火柴，就能把沙土点燃，燃烧的沙土明亮而奇异。

火光在老王干硬的脸上跳跃，我心中一片疑惑。这个人性格古怪，反复无常，昨天像慈祥的长者，今天变成凶恶的流氓，不可捉摸。他是什么人？我无法理解。

他高兴时搂住我大笑，称我为儿子，为我支付吃住行费用，我抢先付钱，一定挨他痛骂，眨眼之间，又变得凶狠，翻脸不认人。比如一天晚上在小旅店房间玩牌，我悄悄作弊，藏起两张牌，他大怒，把手中的扑克朝我脸上砸来，拉开门扬长而去，另开一个房间住下，搞得我整夜心惊胆战，不知如何是好。

还是途中，一天晚饭时，老王高兴，强行灌我喝酒，我把酒吐掉，老王破口大骂，砸烂手中的酒杯。我满腹委屈，默默走开，提着挎包，另外找旅店，决定撤走，第二天打道回府。老王很后悔，连滚带爬，追着我，在小镇狭窄肮脏的街道上痛哭流涕，反复道歉，搞得我不知所措。

来到卡奴亚罗山下的马蜂村，老王也是忽冷忽热，在老神仙家吃喝说笑，玩得高兴，我被烈酒灌醉，蹲在门外的空地里呕吐，他不理不睬，丢下我溜走，找寡妇小荔枝，再没有回来。

我在素不相识的老神仙家，一夜睡到天亮。

二

第二天醒来，老神仙家没有人。我穿衣下床，扶着黑乎乎的土墙，在木条搭成的简陋扶梯上小心摸索，独自下楼，坐在火塘边。无所适从，又上楼，找出带来的书，坐在火塘边翻了看。

昨天下午坐进村民老神仙家，跳蚤热烈欢迎，在泥灰中鼓掌，向我发动猛烈进攻。夜里睡在老神仙家小楼，手上背上和腿上又被咬得长满大包。我没有见到金子，却见识了老王的怪异和卡奴亚罗山区的荒凉，领教到马蜂村跳蚤的盛情。这里太可怕，只有想象中的金子带给我鼓励，让我咬牙留下，不然，老神仙家空无一人，老王不见踪影，我会失去耐心，提上挎包回家。

屋外有脚步声，房门被黑影遮挡，又亮开，老王出现。他拖着懒散的步子，跨进老神仙家，慢吞吞走到我身边，坐下问："看书？大学生爱学习啊，早上起来就看书了。"

我说:"研究一下怎样挖金子。"

老王问:"研究出什么道理了?"

我说:"道理深得很,不是一下子能懂。"

老王笑着说:"那种破书,我早就读过了,讲矿石的对吧?矿石怎么形成的知道吧?中国最早研究黄金的专家是什么人听说过吗?道教大师,圣人,就是中国最早的化学家,炼丹专家,云牙子这个名字听说过吗?"

我惊奇地问:"你看过这本书。"

老王说:"不是看过,是倒背如流。"

我合上书,向老王提几个书上的问题,他脱口而出,答得准确无误。我夸奖几句,他高兴起来,反过来给我上课,讲矿石学原理,他的表述深奥而谨严,惊得我目瞪口呆。

三

那天早上,金贩子老王滔滔不绝,用满腹采矿和挖矿的渊博知识,把我彻底震住。他把火塘里的柴灰拨开,添进几根细柴,握着竹筒把火吹旺,指挥我提来一壶水,挂在火塘上方的铁链上,柴火的噼啪炸响中,老王不停地说话,卖弄知识,追溯卡奴亚罗山黄金史。他告诉我,本地人淘的砂金,是从山上的泥土里冲进江底的金屑,中国古代,道教先圣云牙子,早知道这个道理,提出水金和山金的区别,水金就是砂金,零散混杂在水边或河底的泥砂里,山金叫脉金，要在山上的岩层下面采掘。

我问："这里，山上可以挖金子？你知道？"

老王说："山上肯定可以挖金子，只是挖不了，现在，淘金和买卖金子，都是偷偷摸摸干，大张旗鼓挖金子是找死，就算可以挖，也没有资本。挖金子要本钱啊朋友，本钱很大。不过，差不多了，早晚会有人挖金子，有人干我们才可以动手，现在不行。"

火塘上方的水烧开了，壶口冒出白汽，老王从老神仙家灶台边找来土碗，从墙上的布袋里抓出茶叶，泡了两碗茶水。他端起茶水，耐心吹几下，试探着喝一口，挤眉弄眼地笑着说："矿石学理论深得很，你要懂地球物理，才懂地质学，也才懂矿石。"

我说："你就像大学教授。"

老王接着说："地球知道吧？地球是太阳系成员知道吧？是九大行星之一知道吧？九大行星绕太阳公转，从北极的天空看下来，它们按逆时针方向运行，这叫行星公转，共向性，知道吧？一般人认为，地球年龄有四十六亿年，我认为是六十亿年，怎么样？不得了吧？地球到底有几岁，无所谓，只要知道地球的历史，就可以知道各种矿岩的成形期。"

我说："这些话书上有。"

老王说："是的，书上有，书上讲过矿石分两种，你记得吗？"

我噎住了。

老王说："一种叫内生矿，一种叫外生矿，内生矿由地球内部的热能促成，外生矿以地球外部的太阳能作用为主，各种不同的作用形成岩石,再形成矿岩。"

我问:"你学过采矿?上过大学吗?"

老王鄙夷地说:"大学有屁用,我是自学。朋友啊,小兄弟啊,你是来玩,我要靠这个吃饭,不研究不行,我读很多书,是为了活命。"

我说:"我不是来玩,是来买金子。"

老王不理我,继续说话。

他告诉我,本地黄金史,从前无人所知,一百年前,黄金消息被马帮带出,逐渐泄露,外省金贩闻风而至,掀起二十世纪二十年代动荡的一页。这里的黄金含硫少,成色佳,上品。金贩不畏艰险,趋之若鹜,蜂拥进入卡奴亚罗山区抢购,把金子从云南带走,输往越南、菲律宾和马来西亚,辗转香港,贩到上海和北京。十余年间,卡奴亚罗山下的江底泥砂中,就不见金屑的踪影,淘出的都是沙子,岁月暗淡无光。

当地人坚持祖辈习惯,继续淘金,收获很小。二十世纪五十年代,历史转向,纯净安详的人民公社强力推行集体化生活,私人淘金中断,生产队在合适的季节,组织劳动力淘金,创造集体副业的零星收入。那种工作只是习惯,延续祖先记忆。几十人在江边忙乱,接连几天干活,常常一无所获,金子故事结束了。

村民心安理得,吃工分,晒太阳和烤火,勤快的人单独行动,在夜色笼罩下出门,扛着工具私自淘金,捞得指甲壳大的金屑,只能交供销社,换来两把奖励的挂面。

卡奴亚罗山区村民以稻谷和玉米为主食,也掺杂吃土豆。他们不种麦子，从前不种，现在也不种，不会做面食。不是人笨，他们有脑袋，聪明人不少，打猎射击百发百中，设陷阱捕野兽，能做出精确计算，让途经草丛的机敏野物在劫难逃。他们爷爷以上多少辈，就有化学家，掌握熔化和提炼金子的古代技术。他们不做面食是因为当地没有种麦子的历史，不过他们的舌头同样敏感，尝得出煮熟的面条滑爽好吃。

卡奴亚罗山上的村小学教师，男教师，尝试过用面条勾引姑娘的绝招，那一招很绝，屡试不爽，省事省力，手到擒来。做教师的小伙子准备几角钱，到供销社买一把土黄色草纸包扎的挂面，把村里的姑娘约到宿舍煮面条，就能如愿以偿，搞定那个夜晚。

老王再喝一口茶水，猥亵地笑着，捅一下我的腰说："你来这里玩，就不要太老实，可以勾引一个姑娘，现在不煮面条了，说好听话就行。这里的人结婚早，姑娘十四五岁就嫁人。你找一个村里的姑娘结婚，生几个娃娃怎么样？"

他搂住我大笑。

我说："煮面条勾引姑娘，可能就是你的发明。"

他又笑。

我说："我不会在这里找女人，买了金子就走。"

他说："你不是买了金子就走，是玩两天就回去。"

我说："是的，时间不多了，今天就买金子，你带我去，还是我自己去？"

老王脸色骤变，不说话。

我说:"只有两天时间,今天不买就来不及了。"

老王瞪住我说:"你只是来玩,不是买金子,要金子我会卖给你。记好,你不要自己乱干,我要是翻脸,你吃不消,你知道我这个人是最容易翻脸的。"

我说:"你管不了那么多。"

他勃然大怒,踢翻一只小凳,甩门而去,不见了。

我觉得好笑。

四

我夹着书出门,在村子里闲逛。

昨天走进马蜂村,我看到的是破旧和贫穷,村民的泥屋残破开裂,屋顶铺了乌黑腐朽的茅草,路上遍布猪粪、牛屎、干草和灰土,成年人褴褛肮脏的衣服外,套着破旧的羊皮褂或棕衣,小孩子只穿上身的小布褂,赤脚光屁股,满村乱跑,有的一丝不挂,像褪光毛的小猪,在灰土和干草堆里翻滚。如果不是亲耳听到老王与村民大谈金子,很难相信这个穷得不穿裤子的偏僻山村与黄金有关。

一个出产金子的村子,应该能发现某种迹象,就像铁匠铺里能听到叮当的敲打,饭馆里能闻到肉菜香气。可是,沿着村路转几圈,马蜂村沉默寡言,村民来来去去,扛着锄头,挎着背箩,三五成群走过。有人惊讶地看着我,我客气地迎过去,送上笑脸,他们慌忙闪开,低头走过。我拉住路边的小孩问:"你家在哪里啊?几岁啦?"

小孩子赤着脚，摇晃着肮脏的光屁股，像泥球一样滚远，消失在黑漆漆的家门里。

一个姑娘坐在家门口的小凳上，安静地看着我，眼睛下弯，嘴角微翘，脸上停着快乐的蝴蝶。姑娘十五六岁，穿一件短短的黑衣服，一条黑裙子，衣服和裙子很旧，却能看出边角绣了红蓝黄三色花边。她的头上歪斜地扎了一块发皱的粉红色头巾，黑白分明的眼睛很明亮，映照出卡奴亚罗山早晨的阳光。

我走过去问："你叫什么名字？"

姑娘低下头，咕咕笑着回答道："米果。"

"米果是什么意思？"

姑娘害羞地低下头，捂着嘴笑。

我问："你家有金子吗？我要买金子！"

快乐的蝴蝶从姑娘的脸上飞走，她收起笑容，拎起身边的背箩，逃进家门。

我发现对面一户村民家有人，走到门口，朝屋里张望，谨慎地跨进去，看到墙角坐了一个满脸皱纹的老太婆。

老太婆弓着腰，在火塘边拨弄，身子萎缩，像一截挂了破衣服的矮树桩。我走进门，老太婆没有发觉，走近坐到小凳上，老太婆仍在拨弄火塘里死气沉沉的柴灰，没有反应。我以为老太婆耳聋，凑近身子，大声打招呼，老太婆猛一哆嗦，直起腰，瞪圆脸上两粒灰暗的眼珠，愕然看着我，不说话。

"有金子吗？"我愚蠢地说，"我要买金子。"

老太婆一跃而起，敏捷地闪开，我才认出她不老，也许四十多岁。她从火塘边跃开，呜里哇啦嚷叫，楼上一阵响动，连滚带爬地冲下两个男青年。

男青年大概是她的儿子，两人精瘦，愣愣地握紧拳头，冲上来把我围住，不知如何是好。

他们盯住我夹在胳膊下的书。

我把书翻开说："我来买金子，听说你们这里有金子。"

两个男青年把握紧的双拳松开，摇摇头。

我说："我是老王的朋友，他带我来这里。"

他们还是摇头。

我一边说一边后退，迅速退出，站到门外，发现自己浑身汗湿，身上凉飕飕地爬上一股冷气。

那个名叫米果的小姑娘从家里出来，挎着空背箩，匆匆低头走过。

我把书重新夹在手臂下，朝村口走去。

在村路上拐几个弯，老王不知从何处钻出，严厉地瞪住我问："刚才，你跑到别人家去了，想买金子？"

我说："是啊，是想买金子，不买金子我来这里干什么？"

老王用力一掌，推得我后退几步，跨上来说："你买不到金子的，这里的人连汉话也不懂。"

我说："有些人懂汉话的。"

老王说："懂也没有用，他们很小心，不会卖金子给外人，你也不能到处跑，问人家卖不卖金子，不要把事情搞乱。告诉你，买金子是我的事，这里的金子是我的，人家只会卖给我，你就算买到金子，也走不出卡奴亚罗山。有人报信，你就完蛋了，警察会把你抓起来判刑。"

五

我灰心丧气。这趟卡奴亚罗山之行，愚蠢透顶。买不到金子，我就没有必要留在这个臭气熏天的破村子，必须离开，赶快回去上班。我转身就走，老王发现不妙，追上来拦住我。我大怒，把他推开，像他刚才粗暴地推我那样，接连几掌，推得他退出几步远。

我大步来到老神仙家，屋里没有人。老神仙是马蜂村小学教师，肯定在学校上课，他的妻子芭蕉花和儿子小神仙，不知去了哪里。我扶着窄小的旧楼梯，上楼收拾东西，提着挎包下来。

老王在老神仙家门外拦住我，慌忙问："干什么？你提着包去哪里？"

我不说话，朝村口走去。

老王一路紧赶，在村口追上我，两手搭在我的肩上，忽然流泪，边哭边说："对不起啊，真是对不起，你骂我好了，打几下也好。你不能这样走，跑那么远的路，玩两天再走好不好？"

我提高声音说："放开我！你放不放开？"

老王毫不犹豫，朝自己的脸上猛抽一个耳光。

我大为震惊。

他又朝自己脸上抽了一巴掌。

老王抽自己耳光，挨打的人却是我，我吃不消这种折磨，被老王打败，老老实实地跟着他返回，走出几步，老王就转悲为喜，自打耳光留下的红印尚未消散，脸上已堆起得意的笑容。

回到老神仙家，芭蕉花已经在门口忙碌，几分钟后，老神仙父子先后回家。这时，我才知道为什么老神仙家大清早人去楼空。乡下人天亮起床，空着肚子出门劳动，两小时回家做饭，吃过饭出门，下午回来，吃第二餐。

老神仙清早带儿子小神仙上山挖洋芋地，回家吃过早饭，才去学校教书。

我和老王在老神仙家吃早饭，老王掏出一把钱，塞给老神仙，要他买一只羊，再买几桶酒，请村民来玩。马蜂村没有商店，只能去村民家买山羊和自酿的荞麦酒。宰羊喝酒，招待村民，是老王的仪式。热烈隆重的开幕仪式结束，金子交易将正式登场。

终于要见到金子，我却高兴不起来。老王是一个疯子，我对他无好感，也不再信任。跟着他来卡奴亚罗山很蠢，两手空空回去更蠢。没有他，我也可以搞到金子，老神仙一家很友好，找他们弄几克金子，也许不成问题。

老神仙有文化，对我的大学生身份充满崇敬，他的儿子小神仙，好客害羞，对我的到来满怀惊喜。昨天晚上，我醉倒在床上，小神仙守在床边，喂我喝水，目不转睛地看着我，我睡着，他才走开。

我想他会帮忙，让我如愿以偿。

老神仙兴高采烈，吃过饭，抹一把嘴，带着老王出门买羊。小神仙坐在我身边，目光温柔，欲言又止，看着我笑。我把他拉到身边说："交个朋友，带我去山上玩？"

小神仙受宠若惊，点点头。

我们出村，穿过村外的田野和草地，走了半小时路，来到闻名已久的金沙江边。四月的江边燥热窒闷，江水较浅，大大小小的乱石堆满河床。卡奴亚罗山区的雨季躲藏在远方，蠢蠢欲动，棉花虫在江两岸大声鸣叫。空洞的江面上，一道破旧的铁索桥横跨两岸，远看像疾风中的腐朽草绳，也像村民的命，老王的命。山区草民，仓皇游荡的金贩子，他们的命潦草轻贱，摇过来荡过去，一斩就断，一拍就散，扬到风中，很快就飘逝。

热风中传来哐啷哐啷的零碎声响，有人在江边的沙石间弓腰刨动。

小神仙说："他们在淘金子。"

我万分惊喜，跟着小神仙上前，走到淘金的村民身边。淘金现场很简陋，毫无趣味，令我失望。三个马蜂村村民，两个男人一个姑娘，蹲在江边，用力刨沙石，姑娘就是上午我在村里认识的米果。他们在干涸的江边刨开乱石污泥，挖出一条浅浅的水沟，引来纤细流水，站在水沟里挥动铁铲，不断刨动水底的泥沙。沟边摆放着一块像搓衣板的木板，丢弃着肮脏的破毛毡。

我蹲下去问："金子呢，金子在哪里？"

米果咕咕地笑，年老的男人直起腰，抹一把脸上的汗，疑惑地看着我。

小神仙说："有时候淘得到，有时候淘不到，过几天雨季来，江水太大，就淘不成金子了。"

他们挥动铁铲，继续翻刨，却不见任何收获，我跟着小神仙走开，爬上江边的铁索桥。桥面危险晃荡，脚下疾风奔走，桥面的铁链间掉了很多木板，不小心会踩空，就会落入桥下的江水中。

我们过江，爬上山坡，坐在一片树林中。

小神仙很兴奋，眼睛闪闪发亮，不再拘束。他指着山下的江，告诉我本地人曾用一种叫作冲荒的办法找金子，他们在山上挖出大泥坑，雨季到来，就可以蓄积雨水。雨水蓄满，掘开口子，任激流从山上奔涌而下。激流的奔涌中，会冲刷走山上地表的泥沙，泥沙泻入山底的江水中，就可以淘洗了，比沿江盲目淘洗方便，收获很大。

我想起老王的话，江里的金屑，来自山上的泥土。山上泥土中的金屑来自哪里？分析起来就不难了，来自破裂风化的岩石。露在外面的岩石含金子，埋在土里的岩石也含金子，所以挖洞可以采到金子。

小神仙又告诉我，从前卡奴亚罗山区一家土司，雇很多人挖坑冲荒，炼出的金子一锅一锅，一匹马只能驮两锅。后来土司逃跑，金子埋在山上，没有人找得到。

我问："现在怎么不冲荒？"

小神仙说："那个时候，整座山是土司的，江也是他的，当然可以冲荒。现在不行，挖坑冲荒，让别人去淘，不行啊。"

我说："我要买金子，你可以帮忙吗？"

小神仙说："我有一小块金子，可以送给你。"

我急忙说："不行，我要给你钱。"

小神仙不解地问："你不把我当朋友吗？"

我哑口无言。

六

江边又多了三三两两的淘金人，从山上下来，沿铁索桥过江，我按捺不住好奇，又在江边绕，巡视了所有淘金的村民。只见他们顶着江边的灼日，像捞鱼一样刨沟舀水，干得满头大汗。

卡奴亚罗山区地处亚热带，气候炎热，中午气温高，太阳西斜，空气才渐渐凉爽。下午的阳光从岿然不动的卡奴亚罗山上滑下，穿过村口高大茂密的荔枝树，把马蜂村的破旧泥屋照得一片火红，绿豆雀叽叽喳喳，像漫天飞舞的灰尘。走进村子，我看到一群光屁股小孩高声欢呼着奔跑，过路的男人满脸笑容，相互大声打招呼，他们的话我不懂，却能感受到其中透出的欢乐。

欢乐来自老神仙家，我看到老王和老神仙在家门口忙乱，把买来的羊杀死，挂在木桩上开膛破肚。芭蕉花坐在小凳上，埋下身子，双手伸进一只大木盆里，淘洗羊内脏。浓重的血腥气四处弥漫，苍蝇嗡嗡嘤嘤，大声唱歌，围着丢弃在地上的羊头，成群结队盘旋。

几个小孩围着羊头，伸出手指，拨弄它迷茫而悲伤的眼睛。小神仙走过去，把小孩赶开，提起羊头，朝家门走去。

我对晚上的盛宴，马蜂村人热烈期待的酒肉欢乐没有兴趣，时间太紧啊，赶快弄到金子，就走。可是，我的心有所牵挂了。卡奴亚罗山的金子、小神仙、愚蠢凶残的老王，聚着三三两两淘金人的金沙江，这一切我能忘记吗？这个地方我真能逃离？棉花虫从树上射来的子弹，是否击中了我的心脏？我会不会身不由己，三番五次归来？

七

老神仙家灶台的大锅里煮了满满一锅羊肉，浓烈肉香中混杂着葱姜味、花椒辣椒味、草果八角味和酱味，滚滚热气展开宽阔胸怀，拥抱着马蜂村的夜晚。半个村子的男人涌来，吵吵嚷嚷，满面红光。矮屋里坐不下，有人抬来自家的小方桌，摆放在老神仙家门外的空地里，还有人提来酒。老神仙在人群里穿梭，满脸幸福。老王提着酒桶，沿着小方桌，依次给桌上的土碗倒酒。芭蕉花端来热腾腾的羊肉，嘴里送出热情的甜蜜话，有人掐她的屁股，手被芭蕉花敏捷捉住，嬉笑着甩开。

喝酒说话，拉拉扯扯，卡奴亚罗山作证，朋友万岁。

那天晚上，我见识了马蜂村买卖金子的秘密，一个外人，比如我，忽然进村，单独买金子，很困难，没有人相信我。老王读很多书，研究黄金若干年，结交各种人，经历过很多场面，来马蜂村多次，同样小心谨慎。他不在草率匆忙的田头地角收金子，也不在别人家做交易。他来到马蜂村，走家串户，吃喝玩乐，才选定日子，在老神仙家做生意。做生意前，老王要买酒肉，让老神仙的妻子芭蕉花做饭，邀村民大吃。

酒足饭饱，好话说尽，村民围坐在老神仙家，金子交易揭幕。

交易由老神仙主持。

黑夜拥进房门，躲藏在墙角，空气下沉，变成沉默的石头，有人打嗝，声音格外响亮。老王远离火塘边的村民，靠在墙角，不声不响。老神仙说本地方言，叽里咕噜几句，屋里的村民立即点头。老王露出满意的笑容，站起来，打开挎包，取出一把天平，慎重摆到老神仙家的矮桌上，又拿出一只木盒，打开盒盖，露出里面大小不一的整齐砝码。天平、木盒和砝码很旧，边缘有明显磨损，却乌黑结实，坚定不移，透出老王的心机。

接着，老王装神弄鬼，拿出三支香，用云南西部边境买来的五星打火机点燃，两手合十，上下摇几下，举着香走出老神仙家，把香棍插到门外的墙缝里。

老王空着两手返回来说："好吧开始，我们是兄弟，多年的好朋友，我这一辈子，就交给马蜂村的朋友了，生意人明算账，谁也不要吃亏。"

老神仙称金子，报出重量，老王从挎包里掏出钞票，唰啦唰啦数清，当场付钱，不是二十元一克，是十元，惊得我胸口紧缩。

交易结束，老王提起墙角边装酒的塑料小桶，走过去，把桶里的酒倒进桌上的一只只土碗里，对众人说："喝酒喝酒，今晚是好日子啊，喝酒。"

屋里的村民抬起碗，一口把酒喝干。

我举起酒碗，为难地皱起眉头，如此大碗喝酒，受不了。

老王喝光自己的酒，在嘴边抹一把，咧开黄牙，扶住我的酒碗说："喝光吧朋友，这是马蜂村的规矩，抬起酒碗就要喝光。"

我问："喝半碗好不好？"

老王说："一碗。"

我端起酒碗一饮而尽。

烈酒点燃勇气，我提起酒桶摇几下问："还有酒吗？"

老王走过来，抢过我的酒碗，哗啦倒满。

我说："不要忙，我有话要说。"

老王说："说个狗屁。"

我搂住老王的肩，嘴凑到他耳边，压低声音说："你这个杂种，赚得够狠了，就没有我的份？"

老王把我推开，转身说："他说什么知道吗？他说爸爸你的朋友太多了。这个人是我的儿子，我的儿子啊。"

我气疯了，把老王推开骂道："放狗屁！你他妈的只会放屁！"

老王狂笑，身子幸福地摇晃，在响亮笑声中软下去，一屁股坐到小凳上。

众人散尽，老神仙醉了，上楼睡觉，小神仙帮着母亲芭蕉花收拾残局，在灶台边洗涮。我蹲在屋外吹凉风，老王找到我，蹲下来，摸出一粒金子小球，亮给我看。月光落下，在老王的掌心滚动，金子小球像一只鼓胀的眼睛，恶狠狠地瞪住我。老王说："见到真的金子了吧？开眼界了吧？现在，这颗金子卖给你，五十块钱一克，赶快拿钱。"我愤怒地把他推开，站起来要走。老王拉住我再问："三十块干不干？你小子带回家，还可以赚两倍。"我斩钉截铁地说："十块钱，一分不多，不卖就算了。"

老王气急败坏，吐出一口酸臭酒气，骂骂咧咧地走开。

夜风从卡奴亚罗山上袭来，亲切地拍打我的脸，我坐在地上，抱着头，身子里酒气翻腾，烈焰熊熊，胸口涌出莫名的悲伤。

一个黑影靠近，是老王，他返回来，悉索坐在我身旁。

他抓过我的手，放进自己怀里，把我的手指扳开，塞进一粒金子小球。我故意挣扎，把金子还给他，他再扳开我的手指，把金子塞进去。

"便宜你了，"他痛苦地说，"十块钱一克。"

我疲倦地垂下脑袋。

第四章

一

天亮了，我躺在床上，心情沉重，趴在老神仙家楼上的小窗洞前，眺望远处的卡奴亚罗山，小神仙上楼来，坐在地板上看着我。

老王在哪里，我不知道。他在马蜂村如鱼得水，走进哪家，坐下就喝酒吃饭，拉住任何女人，都爱打情骂俏，摸摸捏捏。他有马蜂村的寡妇小荔枝，还对老神仙的妻子芭蕉花动手动脚，无耻。

昨天晚上，老神仙喝醉上楼，我看见老王在屋外拦住芭蕉花，摸她的胸口，拖着她往柴堆后钻。芭蕉花尖笑着，甩开他跑回家。我蹲在门外的土墙边，老王早看见了，也不避讳。

见不到他很好，我不想再见他，要走，赶快离开马蜂村。老王不在，少了麻烦，省心。

我要走，回去上班，享受办公桌上电话铃声的问候。想到离开昆明的仓促和草率，我很愧疚，也很慌张。当时没有电话，没有传呼机和手机，马蜂村通电半年，村民才认识电灯，没有见过电话。

离开昆明,来到卡奴亚罗山区,就像离开了地球。

"再见,"我对小神仙说,"我要回家了。"

小神仙问:"现在?"

"我会想你的。"

小神仙一跃而起,扑到床边,趴下身子,朝墙缝里摸索,掏出一粒小小的硬物递给我。

这东西有蚕豆大,凸凹不平,很重,闪闪发亮的澄黄表面杂有灰土和泥沙。

"江边捡来的,"小神仙说,"天生的金子。"

我用力搂住小神仙,郑重表示感谢,收拾东西下楼。楼下没有人,老神仙和芭蕉花出门了,他们不在,就不会打草惊蛇,招来老王的阻挡。

"再见。"我朝小神仙伸出手。

小神仙说:"我送你上山。"

我说:"不用了,要爬半天呢,怎么能让你送?"

小神仙平静地说:"大哥,你一个人爬山,会走错路。"

我接受了他的请求。有小神仙陪同,不会走错路,却无法躲避灾难。那天,从马蜂村往半山腰的镇上爬,我见识到卡奴亚罗山区雨季的第一场暴雨,经历了最漆黑的绝望时刻,突如其来的打击把我粉碎,抛入峡谷深处的江底漩涡。幸好有小神仙相助,不幸中的万幸。他是卡奴亚罗山区真正的小神仙,疾风暴雨中的一豆灯火,他让我死里逃生。

二

爬山两小时，天阴沉下来，卡奴亚罗山上方，乌云像古代的战马，狂奔而来，迅速聚集，山上疾风呼啸。小神仙拖着我，躲进树林中乱草丛生的小路。

"要下雨了，"他说，"下雨会发大水，被山上冲下来的石头砸死。"

我们在树林里继续前进，小神仙抽出腰上的砍刀，砍断两截树枝，削成拐杖，一根拐杖送给我，一根自己用。拐杖可以披荆斩棘，朝前面敲打，把挡在身前的乱草和枯枝拨开，还可以挑开树林里密布的巨大蜘蛛网。他做的拐杖很巧妙，杖头削了一个弯勾，山路陡峭难爬，脚下无力时，可以用带钩的杖头勾住前面的树枝，把身子拖上去，遇上坏人，这东西能作武器，遇上野兽也可以抵挡一阵。

没有野兽，只有小鸟在疾风中张皇飞蹿。我们踩着满地枯枝落叶，在树林里嚓啦嚓啦赶路，小神仙爬得快，我跟得急，很快出汗。一个小小的黑影哧溜蹿出，敏捷地爬上树梢，我吃一惊，以为是豹子，小神仙说是松鼠，我大笑，羞愧得无地自容。松鼠和豹子相去甚远，就像我和老王。一个是大学生，国家干部，一个饱经沧桑，流浪汉，鬼鬼祟祟的金贩子。老王老奸巨猾，活了几十年，怎么会丢掉工作，无家可归？他是一个人，还是鬼？

我的心像卡奴亚罗山上的密林，疑窦丛生。

风越来越猛，头顶的树梢摇出排山倒海的喧嚣。小鸟尖叫着射来射去，大鸟收紧翅膀，低头俯瞰着我。光线暗淡，树林里降下水雾，腐叶中层层叠叠的湿气升起，汗水把衬衣湿透，我如落入水中，身子发冷。

"赶快，"小神仙说，"要下雨了，大雨。"

我抬头张望，只见黑云沉重地坠下来，吞没了树梢，枝叶间透不进一丝光亮，天地混沌，不辨上下。小神仙朝前跑，我摸索着低头猛追，脚底全是树叶，容易踩滑，我接连摔倒。

小神仙伸给我拐杖，把我从地上拖起来。

我们在漆黑一团的树林里坐下。

闪电刺破浓云，惊雷从宽阔的卡奴亚罗山谷滚过，激起长久不散的隆重回声。

暴雨倾盆而下，不到一分钟，我就呼吸困难，两眼模糊。尽管如此，树林还是最好的藏身之所，如果单独行动，愚蠢地走在无遮无挡的山路上，我会像一粒无助的灰尘，被暴雨融化。

"抱紧树。"小神仙说。

我抱紧一棵树，大口喘气，小神仙靠着我，抱着另一棵树。他咧开嘴，露出整齐的牙齿笑着说："一场大雨啊，大哥，有好多金子冲到江里了。"

轰隆隆一阵喧嚣掠过。

"那边有石头滚下来了，大哥你看。"

小神仙笑得灿烂，好像雷雨中崩塌的不是岩石，是几颗野果。我朝树林外面看去，只见泥水飞溅，混浊的声响呼啸而过，消失到山底。

　　我一阵战栗，感觉五脏六腑被泥水卷走中，身子只剩空壳。

　　刹那间雨住风息，耳中空洞，全世界的声响被卡奴亚罗山谷吸尽，好像世上本来就没有声音。

　　"雨停了。"小神仙松开手，在湿淋淋的脸上抹一把。

　　"这么快？"

　　"也有下得长的雨，不过今天算好，雨来得快，去得也快。"

　　"雨真的停了？"我松开抱着树干的手，小心张望。

　　"大哥快走吧，小心不要滑倒。"

　　我站在原地，四处转身子，寻找那根拐杖。

　　小神仙抽出砍刀，三下两下，又削出一根拐杖递给我。

　　我们走出林子，站在污水滔滔的山路边。

　　小神仙指着山腰说："雨下到那边了，大哥，山那边，这种雨会跑，那边的雨好大啊，云把一片山遮得完全看不见。"

　　我如释重负。

三

　　出门前，小神仙从家里的火塘刨出几个烧洋芋带走，当饥饿的老鼠成群结队进攻，啃咬我的肠胃时，小神仙摸出烧洋芋，不慌不忙递给我。

我坐在山路边,迎着冰凉的山风,大口吃烧洋芋。

美味一扫而空,我问小神仙:"还有吗,吃的东西?"

小神仙慌了,嚅嚅地说:"没有了,你吃我的这半个吧。"

他把手里的半个烧洋芋递过来。

"你不吃?"明知不该要,我还是伸出了手。

小神仙说:"你那天才来,吃不惯我家的东西呢。"

我说:"那是讲客气,不好意思吃。"

暴雨践踏过的山路很难走,遍地乱石泥水,爬山的时间超出我的估计,我跟在小神仙身后,走进半山腰的小镇,太阳已经西斜,落到卡奴亚罗山的茫茫丛林之后。

小神仙说:"供销社李叔叔那里可以吃东西。"

路边的木屋外坐着一个黑乎乎的人,这个人一动不动,眼珠转了两下,正是我上次见过的那个会说话的哑巴,供销社卖东西的男人。他就是小神仙说的李叔叔。李叔叔把我和小神仙带进臭气熏天的供销社木屋,木屋里有一个亮着火光的火塘,火塘上架着一个铁三角,铁三角上挂了一只糊满烟垢的茶壶。

我全身透湿,脚下的球鞋灌满泥水,扑哧扑哧地冒气泡。看到火,我感觉到的不是温暖,是彻骨的寒冷。

李叔叔看我一眼说:"你冷成这个样,会生病的。"

我说:"生什么病?吃点东西就走,我要赶回去上班。"

李叔叔说:"走不了喽,前面下大雨,什么车也没有,拖拉机也没有,谁敢开车出来?"

我打了一个响亮的喷嚏,抱紧发颤的身子问:"下雨怎么会没有车?"

李叔叔说:"路断了,塌方。"

四

我未能离开卡奴亚罗山区,小神仙也没有下山回家,李叔叔安排住宿,让我和小神仙挤在镇供销社里屋的一张小床上睡觉。

公路塌方,我走不了,何况还生病。

我病了,高烧不退,四肢无力,出盗汗,头晕眼花,噩梦接连不断,惨遭恶鬼围攻天神的无情惩罚,身子里回响着卡奴亚罗山疾风,脑袋被烈火炙烤得快要爆炸,李叔叔收留了我。

我躺在床上哭喊,胡言乱语。

李叔叔坐在火塘边,为我熬当地的土药汤。

他不急,永远慢吞吞的。走路慢,说话慢,熬药慢,眼光也慢。看我的时候,眼光缓缓移动,好像要走一个世纪,才落到我身上。

小神仙紧紧抱住我,不让我滚下床来。

我用力推他,一遍遍喊叫。"放开我,你这个笨蛋,我可以走路,没有车也可以走,路断了也要走,我不能死在这里。"

李叔叔熬好药汤,端着慢慢走来,小神仙与他一起用力,扳开我的嘴,一勺一勺地灌进去。

我呛得大声咳嗽。

李叔叔的土药没有效。土罐里熬的是苍蝇或白菜还是猪屎？天知道。我持续三天高烧不退，身子烧干，变成透明的纸，纸折成一只鸟，飞越千山万水，进入昆明，从天空落下，停在小美肩上。小美捧住我，泪如雨下。

我说："完蛋了，我死了。"

小美吻我一下说："你在我手心呢。"

有一刻，我眼前漆黑，气息全无，把小神仙吓哭了。

李叔叔决定为我打针。这个衣冠不整，头发蓬乱的镇供销社主任，居然会打针？他用的是猪的针水还是马的针水？当时我气若游丝，不再害怕，李叔叔在供销社黑屋里不慌不忙地搜寻，翻遍墙角和床下，拆散若干纸包和破纸箱，终于找到针筒和针水。

我默默睁开眼，无动于衷地看着他。

他走过来，从乌黑的床褥上扯下一团同样乌黑的棉絮，擦擦针头，再从火塘里抽出一根燃烧的木柴，凑近针头烧几下，让小神仙褪下我的裤子，扯下一团乌黑棉絮，朝棉絮上吐一泡口水，弯下腰，用口水浸湿的棉絮，在我的屁股上抹一个圈，一针扎进去，疼得我天旋地转。

我在镇供销社的黑屋里躺了五天，勉强可以下床。

"我要走，"我说，"现在走回去。"

李叔叔说："你绕一圈，又会走回来，就算走出去，也要两个月，说不定走半年。"

我说："红军长征走一年多，半年算什么？"

李叔叔慢吞吞地说："你走吧，带几个烧洋芋，走一年。"

我坐在供销社门口的小凳上，看着一群脊骨高耸的瘦猪从面前跑过，很绝望。

李叔叔说："路断了，塌方一大块，很长一段，修好路起码两个月。"

小神仙说："半年修路都有过。"

我万念俱灰。

五

小神仙下山回村，时间像烈日下的干燥灰尘，在狭窄的镇街子上盘旋，原地兜圈子。我留在镇上，继续吃药，每天看从街面疯狂奔跑过的猪狗。

李叔叔无事可干，整天陪我聊天。

我问："镇政府怎么就没有电话机？"

李叔叔说："有一部烂电话的，摇几十下才会响，可是电话线断了，早就断了，不知道什么时候可以接好。"

我不能打电话，也不能写信，路断了，信件寄不出去。李叔叔告诉我，公路毁断的季节，镇上的报纸，三五个月送一批来，没有人看，就交到供销社做包装纸了。

这是最远的地方，世界的屁股，肛门，只有屎，我是困在屎里的蛔虫。

我指着对面的山峰说:"那边,翻山过去,是什么地方?"

李叔叔慢条斯理地说:"再过去,翻一座山,是越南。这个地方太远,靠近越南边境。以前,我爷爷那一辈,法国人修了一条铁路,叫滇越铁路,滇越铁路听说过吧?滇越铁路没有修到这里,就是路太远,山也太大。修不了铁路好啊,铁路修到这里,山下的金子早被法国人抢光。"

我故作惊讶地问:"这里有金子?"

李叔叔说:"山下有的人家,杀了鸡和鸭,肚子里会找出金子,你信不信?"

"不信。"我说。

鸡鸭肚里有金子,很难相信,李叔叔接着解释,我才明白其中道理。泥沙里有金屑,鸡鸭自由放养,在地上和水里觅食,难免吞下含金屑的泥砂。金屑在胃液的腐蚀和磨损下渐渐剥离,一个符合物理和化学理论的金子提炼过程,就在鸡鸭腹中的隐蔽空间里秘密完成。剥离出来的金子,经鸡鸭腹中的温度缓慢融化,结成小颗粒,或类似糠皮和麦麸的片屑,完全有可能。

肯定有人宰杀鸡鸭后发现金子,才有类似说法传开。有趣的是,这个传闻附带了规矩,某人宰杀鸡鸭获得金子,要邀请邻居,一起吃煮熟的鸡鸭,否则有祸。

祸福相生的警告不新鲜,金子的故事却很离奇。李叔叔另讲了一个故事,说某村民上山,被石头绊倒,爬起来低头看,地上有一块金子，捡起抱在怀里，发现脚边还有一块，喜不胜收。幸运的村民抱着两块沉重的金子往山下走，累得胸闷气短，脚底虚飘，只好藏一块在草丛中，抱一块走。走出一段路，心有不安，把金块放下，惶惶返回。哪知道刚才稀疏空旷的草地，霎时草木茂盛，面目全非，金子找不到了。他失望地离开，回去找路旁的金子，也一无所获。两块金子都不见，好运消失，不翼而飞了。

　　李叔叔说："太贪心，就什么也没有。"

　　我小看供销社李叔叔，就像小看了老王，这个人也懂很多道理，学识不小。镇上订的报纸，草草翻过，丢给他做包装纸，他一页页认真研究，获得很多知识，天上地下，历史地理，都能说得出几分道理。

　　"以前，我这里收过金子的，"李叔叔说，"现在收不到了。"

　　"为什么收不到？"

　　"金贩子把金子买走了。"

　　"有人管吗？警察会抓人吗？"

　　"你这个大学生，来这里干什么？买金子？"

　　"你要有金子，我真想买一点。"

　　笑容像一圈水波，在李叔叔的脸上缓慢绽开。

六

　　一天中午，我坐在镇供销社门口打瞌睡，忽然被人推醒，睁开眼,看到小神仙站在身边。

"大哥,"小神仙高兴地说,"我就知道你还没有走。"

我愤怒地说,"我要死了,你是来为我送葬的吧?"

小神仙听不懂,站着发愣。

我不愿伤害他,抱歉地把他拖到身边问:"你来干什么?送我回家?"

小神仙四处环视,悄声说:"跟我回马蜂村,我看见金火了,会找到金子,找到就是很多。"

"金火?"我想笑,有这种说法?

七

困在半山腰的镇街子,不如去马蜂村消磨,我跟着小神仙下山,去见识金火了。金子堆积在土里,会冒出灿烂火光,这种说法由来已久,若干年后外省采金人蜂拥进入卡奴亚罗山区,鼓舞人心的金火说法广泛流传,有人闻之嗤笑,也有人半通不通地分析出地质学道理,卡奴亚罗山土著不懂现代地质学理论,只对金火传说满怀期待。

下山路上,小神仙告诉我看见金火的奇异经历。

他在村里有一个朋友叫石头,那天两人一起放牛,躺在山坡上睡觉。卡奴亚罗山区的第一场暴雨使江水上涨,汹涌的涛声与棉花虫整齐的歌唱遥相呼应,阳光割倒乱草杂树,刺得小神仙和石头浑身灼痛。

小神仙被棉花虫尖锐的叫声吵烦了,坐起来四处张望,眼前一亮,看到不远处的草果林里,灿然升起热气腾腾的圆弧形黄色光芒,吃惊地叫道:"着火啦,草果林那边着火啦,石头你看。"

石头仰面躺着,无动于衷。小神仙朝草果林张望,再次叫道:"不骗你,就是有火,我看见金黄色的火。"石头幡然醒悟,把小神仙拖开,翻身跃起问:"哪里有金火?"小神仙说:"不见了,可能是眼睛花。"石头以为受骗,把小神仙扑倒,掐住他的脖子,小神仙把石头踢翻,逃到远处继续观察。

小神仙确信自己看见了金火,可是在山坡上坐到下午,再没有发现,傍晚回家,他把后山的经历告诉父亲老神仙。老神仙蹲在糊满烟垢的墙角边,口中念念有词,正在解一道算术题。听到小神仙的话,他把地上的小黑板提起来,把粉笔认真放进盒子里,摆出马蜂村著名知识分子的架势,不以为然地说:"这个是迷信,不要相信。"

小神仙不服气,第二天带几个洋芋,坐在山坡上烧了吃,观察了整整一天。他在山坡上捉到十五只棉花虫,上树掏了一个鸟窝,捡到两个蚕豆大的鸟蛋,就是没有看见金火。次日清晨,小神仙上山,在山腰的镇供销社门口找到了我。

小神仙兴致勃勃,一直在讲金火,对那天上午飘荡在草果林上方的金色火光深信不疑。

我第一次听到金火,也第一次听说草果林,很兴奋。从前,我以为煮肉的作料草果不是结在树上,是从地下挖出来,像花生。草果林的说法让我感慨，闻到空气中飘来肉汤的香气。

我就愧疚地想起老王。

我饱餐了老王的羊肉，逃出马蜂村，身上藏着廉价买到手的黄金小球。老王的黄金小球加上小神仙赠送的一粒金子，收获不小，卡奴亚罗山没有辜负我的期望，老王也没有食言。离开马蜂村前，我没有向老王告别，太不近人情。

走进马蜂村，来到小神仙家，老王恰好走出来。

我羞愧得满脸通红。

老王扑上来，拉住我的双手，吃惊地问："你不是跑掉了，怎么又回来？听说公路塌方，不通车，你怎么回来的？"

我无法回答，低头坐进小神仙家。老王跟着进门，挤到我身边坐下，脸上露出温柔的笑容，他用力搂住我说："见到你很高兴啊。"

我打了一个喷嚏。

"你高兴吗？"老王问，"你想见到我吗？"

我下巴发酸，眼里流出可笑的泪水。

老王一往情深地注视着我，伸出干硬的手掌，轻轻抚摸我的脸。

"听说你病了几天？"

"感冒。"

"你回来干什么？国家干部，前途要紧啊，不能像我一样乱跑！你又弄病假了？编的什么病？癌症？"

我沮丧地低下头。

老王大笑。

"你想我了？"

"我在想金子，做梦都在想，你听说过金火吗？"

老王笑着说："大学生啊，你读那么多书，还相信金子的鬼话？你想想金子是一种矿，怎么会自己冒火？"

我说："书上写了金火知道吗？不知道就听我讲课。"

老王哼一声，站起来走开。

晚上，在老神仙家吃过饭，我郑重其事地坐在火塘边，给小神仙父子和老王上课。

我说："你们听好，我要讲科学了。"

我拿出人造革马桶包里那册被雨水浸泡得书页曲卷的旧教科书，煞有介事地翻几下，照本宣科，逐层追溯分析。

老王骂道："他妈的重复老子的话。"

我说："你的话也就是书上的话。"

小神仙问："金火是什么东西？"

老王踢开身边的小凳走了。

我说："金火不是火，是一种光。"

我被自己的解释吓一跳，真是一种光？

我不知道金火，更不知道金火是一种光，只是讲课。我的装腔作势很可笑，为什么这样？不知道。回不了家，我六神无主。

老神仙被书上高深理论吸引，钦佩地说："真是大学生，学问太高，你读了很多书吧？几十本书读过了吧？"

我无精打采地说："几千本差不多。"

老神仙哦地叫一声,下巴猛地抬起,再也说不出话来。

小神仙问:"书上说有金火?"

我说:"书上没有说有,是你说的,你说看见金火了。"

老神仙问:"金火这件事,你认为有科学道理吗?"

我说:"传说不会凭空产生,肯定有道理,这里是亚热带地区,阳光强烈,气温高,某个地方金子多,在太阳高温的作用下,一部分金属分子就会挥发,也不是说挥发,是比较活跃。有时候,人的肉眼会看见特殊颜色的地面反射光,我认为这是可能的。"

老神仙在腿上啪地拍一下说:"有道理啊,大学生,你认为我们现在应该怎么办,去挖金子?"

我说:"我没有说可以挖,也没有说不可以。"

我笑起来。命运多舛,前程暗淡,谈什么岩石构造和分子运动?我自己就是从山上滚落的孤独岩石,躺在卡奴亚罗山区的阳光下,呼天不应,叫地不灵。我的身体将会在传说中的金火炙烤下崩裂,一片片驳蚀,化为碎屑。

老神仙说:"明天干,一早起来干。"

小神仙跳起来,跑到门外的夜色中。

八

次日凌晨,天色漆黑,夜风在屋外翻卷,摇晃着矮屋楼上的小木窗,芭蕉花就起床了。老神仙赖在床上,嘀嘀咕咕,抱怨芭蕉花吵醒了他。这个马蜂村著名的知识分子有些蜕化变质，动嘴不动手，从床上支起半个身子，向妻子芭蕉花交代几句，倒头又睡。

小屋窗洞里透进细若轻烟的月光，芭蕉花扣着衣服从隔壁的房间走过来，我急忙坐直身子，小神仙闻声惊醒，一骨碌跃下床。他对我说，你再睡，昨天下山走累了，睡到天亮，我现在要出门挖金子。

我很后悔，昨晚胡说，让他们上当，挖不到金子怎么办？我认为有金子，就应该跟着去干。

我匆匆下床，对小神仙说："我也要挖金子，挖不到也要去看看啊。"小神仙胡乱穿着衣服说："挖到金子会给你的，你再睡一下。"我说："我要看看金火，没有听说过这种东西，要亲眼看看。"小神仙笑着说："天黑看不见金火啊，有太阳才看得见。"我说："金子就是太阳。"

芭蕉花下楼了，我跟在小神仙身后，摸索着下楼。小神仙拉亮灯，我看到芭蕉花挎上塞了毛毡的背篓，提了一把铁铲，小神仙取下挂在墙上的旧溜床，提一把锄头，我们一起出门，来到后村的山坡，吃惊地看到清幽的月光下人影晃动，草果林边的黑暗中早有人叮叮当当干开。

赶早的人中有石头一家五口。

小神仙说："我只告诉石头，怎么来这么多人？"

原来，昨晚听我天花乱坠讲道理，肯定金火的价值，小神仙大喜，跑出去找石头，把消息透给他。他找石头不是卖弄，是出于友谊。小神仙不会把石头丢下，他们友情甚笃，从小一起淘金子，一起上山打鸟和去江边钓鱼。有一次小神仙从铁索桥上落水坠江，石头毫不犹豫地纵身下水，把他拖上来，两人的友谊牢不可破。

可是，石头走漏了风声。

石头是马蜂村的顽劣少年，好斗和爱胡说，嘴巴不紧。小神仙把金火消息告诉他，返身回来，未进家门，秘密已经传开。天未亮，半村人闻风而动，村后山坡上的草果林边，有人赶得早，已经趁夜色开膛破肚，挖出一片大大小小的土坑。

我很害怕，知道自己闯下大祸。

一个人从黑暗中摸过来，站到我的身边，正是老王。

老王悄声说："大学生，你带人挖金子？"

我不理他。

芭蕉花和小神仙在黑暗中埋头干开了，他们挖出地上的砂土，背到不远处一条小水沟边，把砂土一碗一碗舀出来，撒到溜床上，用水淘洗。我坐到地上，环视月色轻摇的山坡，心里充满歉疚。话已放出，局面无法挽回，他们找到金子，不是我有功，是运气好，找不到就是倒霉。谁说一锄头下去就可以挖出金子？真那么容易，世上早就没有金子了，就算有，也只是灰土，分文不值。

老王挤过来说："你小子害人了，心太狠啊。"

众人干得猛，聚集在草果林边挖金子的村民各有分工，男人挖砂，背到坡下的水沟边，女人摆开溜床和毛毡，借着明子火，蹲在沟边辛苦淘洗。山坡上人来人往，黑影晃动。

我离开老王，朝水沟走去，蹲到芭蕉花面前低声说："挖不出金子,就白干了,你们不要怪我啊。"芭蕉花抬起头,笑了笑说:"怎么会怪你?你是我家的客人。"我说:"我觉得金火不是太可信。"

芭蕉花没有听懂,抹一把额头上的汗水,继续淘洗溜床上的砂土。

天亮了,卡奴亚罗山顶金光灿烂,欢乐的鸟声像云一样升起,四处飘摇,没有人淘到金子。马蜂村人忙碌半夜,挖出满地大坑,把村里仅存的集体草果林毁坏得东倒西歪,一无所获。

我认出石头的母亲和两个哥哥,那天,我独闯他家买金子,吓坏了他的母亲,两个兄弟冲下楼,差点打我。

现在有更大误会,他们白干一夜,坐在地上大口喘气,老王已经溜走,我坐在晨光初照的山坡上,心乱如麻。

九

马蜂村人不抱怨,也不指天骂地,村民一如既往,扛着锄头挎着背篓出门,在路上亲热地打招呼,好像昨夜并没有发生热情高涨的秘密掘地挖金事件,好像村外后山那片茂盛的草果林是被来路不明的夜风摧毁。见识过镇供销社主任李叔叔为我治病时的镇定自若,我对卡奴亚罗山区有所了解。这片山高路远之地,疾病衰老死亡和其他天灾人祸,村民都能从容面对,何况只是流一身臭汗?他们是沉默的岩石,我是大惊小怪的棉花虫。暴雨把山石冲垮,石头滚进江中,沉入水底,不抱怨,知了听到风吹草动,就会悲伤地惊叫。

中午在小神仙家吃饭,我说:"对不起,我说错话了,害得你们白辛苦。"

老神仙说："你是大学生，怎么会说错话？你讲的那些分子，太有道理了，我们没有搞懂，就去挖金子，当然挖不到。我看那个地方应该有金子，只是没有挖到，可能挖错了方向。"

我说："金火是一股气流，飘忽游荡的分子，它从哪里冒出来，说不清楚的。"

老神仙说："会不会在大沟那边？草果林后面是大沟。原来有人在大沟那里淘到金子，山上的金子冲下来，在大沟下面可以淘到，金火会不会从大沟那个方向飘出来？"

我说："金火从有金子的地方飘出来。"

老神仙说："明天去大沟那边找了看。"

芭蕉花看着我问："你觉得大沟有金子？"

我问："哪里是大沟？"

芭蕉花笑了。

小神仙说："明天带你去大沟。"

我说："不用去了，也不用再挖，还是等一等，以后看见金火，认准方向，再挖也不迟啊。"

芭蕉花端着碗走开，到灶台边忙碌去了。

十

第二天早晨，我在奇怪的寂静中醒来，发现小楼上空空荡荡。

走进隔壁房间，不见老神仙和芭蕉花，下楼也不见人。我在村里胡乱走动，熬到阳光照到卡奴亚罗山山腰，返回小神仙家，还是不见人。

我百无聊赖，坐在屋外看风景。

老神仙远远地走来，背上挎着一只背箩，手里提着一把镰刀，他走到我面前，把背箩放下，取出里面的几棵白菜说，饿肚子了吧？我来煮饭。

我问："小神仙呢？跑哪里玩去了？"

老神仙说："去大沟啦，早上就去了，你还睡得香呢。"

我来不及叫苦，就看见小神仙了。他像一只蜥蜴，弓着腰，贴着地面，沿村口的小路飞快跑来，朝我挥挥手，一晃而过。

忽然，天色骤暗，乌云滚滚，一排炸雷在马蜂村上方轰响，雨点噼啪射下，击打得满地泥灰飞溅。这就是卡奴亚罗山的天气，暴雨突如其来，危险不期而遇，幸福也不期而遇。很多年后，我在卡奴亚罗山区混得烂熟，仍无法适应当地变幻不定的气候。

我在痛苦的雨声中闭上眼睛。又是雨，暴雨，残忍的暴雨把我的人生冲得七零八落，不堪回首。听到老神仙叫一声糟糕，我吓一跳，睁开眼睛。

我看到小神仙朝村外跑，再次一闪而逝，老神仙也在倾泻而下的疾风暴雨中夺路而去，奔向村外。

我坐在屋里，看着门外的茫茫雨幕，不知所措。

我不知道那是重要时刻，金火传说变成了事实。

早晨，芭蕉花带小神仙出门，去大沟边淘金子。大沟是后山崖壁处的一条宽大水沟，常年水流湍急，雨季到来，便有洪流倾泻而下，本地村民经常在大沟边淘到金子。那天上午小神仙母子摆开溜床和毛毡，在大沟边淘洗两小时，果然有重要收获，溜床凹槽和毛毡上出现细碎金粒，有几颗金粒大似黄豆。

可是下雨了，暴雨。

暴雨骤降前，小神仙欢天喜地跑回村子，找好朋友石头通风报信，石头没有找到，头顶就有雷声滚过。他知道大沟的危险，转身跑去找母亲，老神仙也紧追着小神仙的背影赶去。

父子二人在雨中奔跑时，大沟里泻下激浪翻滚的滔滔洪流，村里有人听到雷声，立即断言要死人。

"好厉害的死雷啊，村里要减少人口了。"有人坐在家门口说。

密集的暴雨追击着小神仙父子的身影，风卷起大片泥浆和纠结成团的草屑，小神仙在泥水和乱草团里中翻滚，好几次跌进山坡上那些刚挖开的泥坑里。那片被村里人挖烂的坡地在暴雨中塌陷，所剩无几的草果树被疾风连根拔起，横七竖八地躺在地上。小神仙跌跌撞撞地挣扎，翻过后山坡，看到大沟里的汹涌山洪，心头紧缩。几十米外的大沟变成喧嚣大河，疾风满地盘旋。

"儿子啊，快过来啊！"

小神仙听到雨声中母亲的呼唤。

芭蕉花蜷缩成一个泥团，浑身透湿，趴在地上，两臂紧抱着一棵小树，好像已经骨肉消融。

溜床毛毡背篓被山洪冲走，芭蕉花捡得一条命。

没有人知道小神仙一家淘到金子，只有老王知道，这只老狐狸，能闻到任何气味。下午雨过天晴，阳光灿烂，老神仙一家三口再次出村，我也跟着去。我们在大沟里搜索，凭肉眼就捡到一些散落在泥水里的细碎金粒。

老王出现了，老神仙把手里的金子递给他看。

"瓜子金，"老王大叫，"瓜子金啊老天，不得了。"

我把手中的锄头递给老王说："瓜子金是从上面冲下来的，你去大沟上面刨几下，肯定发大财。"

老王说："你看出来啦？他们来这里淘金，是你教的？"

我说："书上写过的，不懂？你不是专家吗？"

老王抓过锄头，歪歪倒倒地朝大沟上方爬去，爬了两步，吧嗒一声摔倒，锄头从手中脱落，滚到我面前。

我开心地笑着，捡起锄头刨几下说："你这个笨蛋，上面怎么会有金子？在这里，在下面啊，下来干吧。"

我握着锄头刨几下，引诱他下来，愕然发现面前的烂泥中真有黄色碎粒。我丢下锄头，抓一把烂泥仔细看，吃惊地大叫："金子，金子啊，看看我的本事，什么叫金子！来我这里看，抓一把就是金子啊。"

老王翻着跟斗冲来，扑到我身边。我把他推开，迅速卧倒，用身子把烂泥护住，老王骑上我的背，被我一掌掀翻。

瓜子金颗粒大，细碎饱满，数量多，一旦发现，会有几十颗上百颗或者更多。瓜子金的传奇，老王后来告诉过我，早年他从监狱出来，在新疆找金子，听说有人在天山挖出瓜子金，装了一麻袋，几十人混战，五个人被杀。

那天下午马蜂村后山大沟边的瓜子金不算多，我拾到一小把，老王抢了十多颗，小神仙一家比我和老王有收获，捡了半小碗。

第五章

一

　　两个月后，修通公路的消息翻山越岭传来，老王约我一起回家，我心烦意乱，不知如何是好。困在卡奴亚罗山区两个月，回去不得好死，怎么办？第二天，老王离开马蜂村，不见了。一星期后，我独自与小神仙一家告别，把一小袋细碎金子藏在衣服夹层里，忐忑不安地爬山回家。

　　小神仙再次把我送到山腰的小镇，我搭乘一辆拉木料的卡车，踏上回故乡之路。经过五天四夜的颠簸煎熬，我灰头土脸下车，挎着破烂的人造革马桶包，拖着麻木的双腿，从南门的长途客运车站走出来。

二

　　噪声铺天盖地，我已经不太适应，汽车行人和高楼扑面而来，街边的银桦树、梧桐树和粗壮扭曲的洋草果树居高临下，陌生而傲慢，我迟钝地东张西望。

时间是中午，饥肠辘辘，我钻进街边小店，掏出所剩不多的零钱，买了一碗小锅米线和一份炒饵块猛吃，辣椒酸菜和酱油唤醒了记忆，我脸上冒汗，身体渐渐有了热气。

擅自离职两个月，后果堪忧。

我推开椅子，直奔区政府办公楼。

马桶包晃荡着，像一只残忍的拳头，有力地敲打我的背。跑出一段路，我才想起可以坐车，斜着身子朝公交车站跑去。

公交车在东风路上平稳行驶，街边表情冷淡的风景逐渐后退，商店的玻璃窗反射出刺目白光，颤抖的白光中，浮现父母悲恸的脸和小美忧伤的眼睛。名声远扬的艺术剧院从眼前晃过，我把脸贴在车窗玻璃上，满怀深情，追踪着从东风路上匆匆而过的姑娘。这条闹市区的著名街道拥挤嘈杂，埋藏着复杂历史。过去的平静日子里，每天晚上我与小美沿东风路西行，从艺术剧院门前走过，去翠湖边寻找爱情的温柔月光。路过艺术剧院，我们会稍稍停留，目光在剧院门前的欧洲古典建筑圆柱上长久停留。

大学二年级，钢琴家傅聪远道来访，我们自命清高，不懂装懂，卖了饭菜票，跑去艺术剧院拜见大师，小美也跟了去。我们不懂钢琴，坐在漆黑的剧场里打瞌睡，熬得疲惫不堪，爱情之鸟却乘着大师的钢琴声翩翩而来。钢琴音乐会结束的第二天，我抄两首诗赠给小美，骗得诗人称号，从此赢取了她的芳心。

公交车猛然停住，乘客哗啦晃荡，往事裂成碎片，我下了车，一路小跑，在人群中撞来撞去。身边的行人瞪住我，一脸鄙视。我放慢脚步，在商店橱窗前站一下，哑然失笑。橱窗玻璃里恍然出现的人影不是我，这个人胡子拉碴，头发长而蓬乱，比卡奴亚罗山上的镇供销社主任还要肮脏。如此面目可憎，岂敢见区政府办公室的领导和同事？

只能先回家。

家里没有人，我在沙发上倒头就睡，醒来时身边围着三个人，父母和弟弟，他们像观察一具尸体，俯下身子，冷峻地打量我。

弟弟怪笑一声，跑回自己的房间。

母亲悲喜交集，放声大哭。

父亲不断走到我面前，取下眼镜，略微弯下腰，把惶惑的脸凑近，反复问道："是你吗？你是我的儿子？"

我坐起来，夺门而出，上街理发洗澡，回家换上干净衣服，打扮成正常的区政府国家干部。

"你从哪里钻出来？"父亲坐到我面前，态度严肃地追问，"你是野猫还是老鼠？"

我理直气壮地回答："月亮绕地球转，地球转太阳转，在引力和太阳能的作用下，地心地表的能量释放，火山爆发，岩浆滚滚。我是岩浆凝固成的花岗岩，身上含有多种矿物质，包括稀有金属和贵金属。"

父亲若有所思地点头。

母亲脸上布满横七竖八的泪痕,她坐到我身边,摸摸我的头,摸摸我的手,认真察看我的头发耳朵和鼻孔,确认我就是她的亲生儿子后,亲切地问:"出了什么事?老实告诉我,你真的跑广州了?那边很复杂,坏人多啊,改革开放,好的坏的都进来了,外国的绑架也有了,你被坏人绑架了是不是?到底出什么事?告诉你,问题很严重,我到处找你,单位也跑好多遍,活不见人死不见尸,怎么办?我去派出所报案了。"

完蛋了,竟然去报案!愚蠢的女人,愚蠢的母亲啊!她是要我死。

我抱住头。

父亲说:"年轻人,理想主义,会干荒唐事。"

父亲的解释更愚蠢,却让我松了一口气。

八十年代,热情万丈,我的一个大学同学,毕业放弃工作,去西藏,还有两个同学从税务局和银行辞职,跑到天寒地冻的新疆,在农场教书,音讯全无。我去找金子,俗不可耐,跟高尚的理想主义和不切实际的罗曼蒂克无关。

母亲还在抹眼泪。

我无话可说,回到自己房间。五天四夜的艰难旅程熬得我够苦,提心吊胆的忧虑使我受尽折磨,疲倦像卡奴亚罗山区的暴雨,刹那间把我吞没,我倒在床上,很快睡着。

第二天,我骑车赶到区政府院子,在大门对面迟疑地站住。

我躲在街边,密切注视对面的区政府院门,寻找办公室同事的身影，奇怪的是我好像找错地方，门口出进的人群中，没有一张熟悉的面孔。

我怅然骑车离开，在街上绕几圈，返回来，深深吸一口气，推车进区政府院门。院门不断有人进出，人人表情漠然，对我视而不见。男干部女干部，推车进自行车棚，停车上锁、提上挎包走人，公事公办。我不计较他们的态度，他们不是我所在科里的同事，冷淡少不了。我三步并作两步，从人群中穿过，踏着嘎嘎吱吱的亲切声响，跑步上楼，走进办公室。

我的办公桌前坐了一个人，这个人是科里的同事小赵。

"小赵你好。"我说。

小赵拉开我的抽屉，正在翻东西，看到我，有些诧异。他长了一副娃娃脸，嘴巴小，嘴唇薄，下巴短，凹陷的上唇没有胡子，连浅黄色的绒毛也没有，五官挤在一起，脸像被人揉紧的面团。他张开面团下方局促的小嘴巴，吃惊地看我一眼，把目光投到明亮的窗户上。

"好像是我的桌子？"我走到他面前问，"换位置了？你换到这边来？"

小赵拿出一个本子，关上抽屉。我发现抽屉里变样了，整洁而空疏，我的抽屉不是这样，里面塞了很多杂物。

小赵把插在抽屉锁里的钥匙转两圈，拔出来装进衣袋里，不怀好意地笑了笑。

"你怎么有我的钥匙？"我问。

几个人说笑着拥进办公室，都是科里的同事。他们看到我，一起站住，目光像筷子，坚硬地戳到我的脸上，又整齐地移开，指向门口，科长从门外走进来。

科长看到我，笑容满面，热情地走上来，用力握住我的手。

"哦，你好你好，"他说，"好久不见啊，晒黑了。"

周围的同事说："晒黑了，像一个运动员。"

科长说："对啊，像一个运动员，黑黑的很健康，好像浑身都是力气。"

我的手仍然被科长握住，这是从来没有的待遇。除了两年前第一次到办公室报到，这是科长第二次与我握手。他说完话，握住我的手摇几摇，还在笑。

科长拉住我，带我走进里面的套间，他的办公室。

"坐下。"科长给我倒了一杯茶。

太客气了，好像我是外人。

"我来，"我说，"我来倒水，科长我给你倒水。"

"坐下，"科长说，"不要客气，自己人还要客气？哈哈。"

我狼狈地坐下。

科长说："喝水，先喝一口水。"

"是这样，"我从沙发上站起来说，"科长是这样，我昨天回来，从很远的地方赶回来啊。路断了，没有办法，几天几夜赶路，太艰难了，你看今天我就赶来上班。"

"不着急，"科长说，"慢慢说，坐下，先喝茶，你的东西收好了，在那里，你看，柜子边的纸箱，我收好了，你女朋友的几张照片也在里面，等下你可以带走。"

"是这样，"我说，"病假只有半个月，我知道，也很着急，可是没有办法啊，真是急死人了。"

科长笑着说："我理解，你家的人也着急，你母亲找我要人，她要急死了。急有什么用？总得等人回来，我相信你会回来，你看现在不是回来了？你的病假我们做过调查，没有调查就没有发言权，这种事要谨慎，人事问题要小心，必须按程序办。病假是真的，不错，可是，病假过完，你的去向就不清楚。我们等了半个月，又等一个月，一个月零几天，两个月，都在等，等你来说清楚。我想过你可能发生意外，一个人发生意外，很不幸，可是，科里的工作要做，要正常开展，不能等。你的问题我们汇报了，科里没有权力处理，上面研究过，发文件，我们就照办，只能照办。"

科长拉开抽屉，取出一份红头文件，一张轻薄的纸，递给我。

我没有接他的文件，顽强地坚持着，继续解释说："我有病，才开半个月病假，不过，后来又病了，可以找人作证，我还会写检讨，请领导相信我，给我机会。"

"我理解，"科长亲切地笑着说，"很理解，说句难听话，如果你出事，比如死了，意外死亡，我们会很难过。年纪轻轻，大学刚毕业，就失去生命，很不幸啊。幸好没有那种事，你活得很健康，黑黑的像一个运动员，精神抖擞，可以跑马拉松。这就好。年轻人思想解放，无所顾忌，我理解，非常理解。我也年轻过，现在四十七八，不算老。你这种不打招呼就走的事，机关里不是第一例，以前发生过，当然不多。以前跟现在不一样，以前走投无路，处理下来是有些惨。现在开放了，出路多，海阔凭鱼跃，天高任鸟飞，我理解，支持你出去闯荡，勇敢地吃螃蟹，摸着石头过河。"

科长站起来，从我的面前跨过去，拾起墙角文件柜边的小纸箱，笑容满面地返回，把纸箱放到我的面前。

"开除了？"我极不情愿地问。

"有空还是要来玩的，"科长说，"你这个运动员，要经常来走动，跑几步就到了，轻松得很。"

"这么简单？完了？"

"没有完，年轻人，日子很长，大有作为。"

"科长，我愿意接受任何惩罚，但是不能开除，请不要开除我。"

"这不是惩罚，是按程序办，旷工三天就要处理，你多少天了？机关制度很严格，这个制度不是我定的，全中国一样，全世界也一样，美国讲民主自由，旷工也要处理的。"

科长再次与我热烈握手。

三

父母上班，弟弟上学，家里没有人，有人也无脸回去。我骑车在城里转，回忆美好时光。中午在街上吃米线，不知不觉来到圆通山动物园，买票进去，坐到猴舍前一条冰凉石凳上，看满笼子上下蹿动的猴子，心中戚戚焉。暮色渐起，腰酸背痛，我告别相互拉扯撕咬的猴子，走出动物园，骑车回家。

家里暗淡无光，晚饭后，我逃出家门，骑车找小美。

我看见小美房间的灯光了，当时的居民楼，都是旧房子。街边旧式木楼上，几块方方正正的小玻璃，隐藏在树影后，那几块透出灯光的玻璃，无数次温柔地迎接我，它们是我的全部生活。

我把自行车停在小美家门口，敲门进去。

小美的父亲不在家，她的母亲惊喜地把我迎进屋，回身关紧临街房门，满面笑容地盯住我，指指小屋的楼梯口。我大喜过望，急步上楼。

小美坐在书桌前，我上楼，她放下手中的一本书，从椅子上转过身来，台灯照着她的背，我看不清她的脸。

我快步走过去，坐到床边说："哎呀对不起，我去冒险了，怕你担心，就没有告诉你，真是对不起。我在那个地方，天天想你啊，可是没有电话，路断了也不通信，那里两三个月才送一次报纸，你猜猜，是什么地方？"

小美神色冷峻，直视我的眼睛。

我掏出衣袋里的小布包，捧在手心问："猜猜，是什么东西？哪里搞来的好东西？猜猜看。"

"你请病假半个月？"小美问。

"半个月也不够啊，"我说，"路太远，跑那个地方，最少要一个月。后来路断了，没有车，我还生病，差点病死，只能等到现在。人家说我晒黑了，像一个运动员，你看是不是黑了？"

"半个月病假不好请呢？"小美咬牙切齿地说。

"找了一个熟人，"我说，"熟人有办法，现在上班，不像以前在大学了，也不像你在中学教书，大学和中学有假期，机关一年到头上班，想出门冒险，也没有时间啊，很枯燥。告诉你，我去的那个地方很不错，假期我带你去，让你长见识，那个地方相当神秘，你会有意想不到的发现。"

"你的事并不神秘。"

"怎么啦？"

"你不是找熟人开病假，是找一个朋友，你就是找她开的病假条，只有她才会给你开半个月的病假条，我很清楚。"

"熟人也就是朋友了，不是朋友怎么算熟人？"

"你和她一直有来往，你们玩得高兴了，两个月跑到哪里去，我不想知道，你也不用告诉我。"

完蛋了，彻底完蛋。

小美说的那个人叫李影，我童年时代的邻居，医学院毕业生。我开病假，找的就是李影。小美不是笨蛋，也不是聪明人，更不是侦探，怎么知道我找李影？就算找李影，只是开病假，有什么关系？开病假是老王的主意，他提建议，我就想起李影。我与李影好久没有联系，她从小胆大妄为，头晕耳鸣大脑有毛病的理由，只有她想得出来。

"你去找李影了？"我问。

"我不会找她,你才会。"

"你误会了,我找好几个人打听,才见到她,见她只是为了开病假。"

"我不听解释,只想告诉你,开病假是她亲口说的,她得意得很,我想你也很得意。"

"开病假条有什么了不起?她为什么要得意?她这个人怎么这么蠢?"

"愚蠢的人是我。"

"我更蠢,不该找她,不该开病假条,不该离开昆明。我后悔死了,后悔有什么用?小美你要相信我,你怎么不相信我呢?我不会骗你啊!"

"请你小点声。"

我张了张嘴,把冲到嘴边的话仓皇咽下。

小美接着说:"我去人民医院看病,正好遇上她。我不知道她在那家医院,知道就不会去,真是很倒霉。她老远叫我,大声说给你开了病假条,一边说一边笑,笑得我心寒,她的样子丑死了。"

四

李影是我的童年邻居,老四合院里上海裁缝的女儿。她母亲死得早,父亲心灵手巧,擅长甜言蜜语,专做女人的丝棉夹衣,以此养活两个哥哥和她。两个哥哥长大,一个爬墙撬屋,做窃贼,关进监狱，一个心不在焉地学裁缝，手艺差，勾引姑娘是高手。她的那个风流哥哥像一只英俊的八哥，会唱昆明城流行的所有黄色歌曲，头发梳成光滑的导弹式，鬓角留得很长，穿花衬衣，爱去金碧路南来盛小店，混在越南华侨堆里喝咖啡。

李影八岁就会偷看邻居做爱，好几次拖着我，扒着邻居家门缝，共同观赏男女亲热场面。她还从哥哥的床下捡出避孕套，丢到我身上，有一次要我看她撒尿。高中时她家搬走，我们从此分开，没有联系。大学三年级，一次校际新年联欢会上，我与她意外重逢，知道她考取大学，读医学院。相比小美的安静诚实，她的精明和主动不能获得我的好感。她曾两次跑来学校找我，我装聋作哑，盛情接待，大大方方地把她交给小美，从此她不再来。

我无力解释，把装了金子的布袋放到小美的书桌上说："时间会证明一切，小美你看看这个东西吧，我带给你的，这是我们的东西，用命换来的。"

小美说："拿开你的脏东西。"

小美语调低沉，言辞强硬，态度明确。

我了解她的诚实，更了解她的固执，只得把金子收起来。

"时间不早了，"小美说，"你走吧，带上你的东西，我还要复习一下英语。我现在上夜校，学英语口语，没有时间跟你打交道。中国人就是这一套，虚伪，我很反感。"

五

天昏地暗，只有金子的微弱光芒能够照亮前途。

我要卖金子，赚钱，另谋出路。

我每天上街，东游西逛，目光朝下，不看人，衣袋里装着一小袋卡奴亚罗山捡来的金屑。金子比重大，一小包东西，很沉坠，在衣袋里有力地晃来晃去，我必须用手按住，才不会引人注意。我就这样按住衣袋，四处打听金子的黑市交易秘密。我不是道中人，心里充满戒备。当时的黄金市场由国家控制，私人不能交易，发现就没收，还要惩罚，判刑什么都有可能。我在城里的几家大银行门外徘徊几天，心里七上八下，一手捂住衣袋，一手揉眼睛，从指缝里张望世界，寻找合适的目标。

街边有很多形迹可疑者，那些人有的像我，徘徊不定，沉默寡言，有的蹲在树下，躲开刺目阳光，打量过路行人。有的主动出击，拦住老外，急促地问："换钱吗？Change。"我知道这个词，Change 就是换，换钱。他们学会一个英语单词，就出来打天下，无知无畏。他们愿意换金子吗？收购金子？我想恐怕会。只要有赚头，他们什么事都干，什么都愿意收购。可是，我不能相信这些人。他们把我带进银行旁边的小巷，亮出短刀，叫警察也来不及。

昆明有几个传统黑市，一个在一窝羊，圆通山动物园东面围墙外。清朝时那里是荒地，也是杀人法场。乱石成堆，荆棘蓬勃生长，零散的野坟点缀其间，白天乌鸦聒噪，夜晚鬼魂出没。后来建起动物园,动物园围墙外,就变成鸽子交易黑市。小时候我跟着几个同学,去一窝羊看人家卖鸽子,只见乱石杂草间黑压压一片,全是男人。我觉得奇怪,为什么都是男人?女人不兴卖鸽子?问同学,谁也答不上来。后来长大,才知道男女有别。男人会玩耍,女人爱睡觉。男人玩狗玩猫玩马玩鸽子和玩车,女人洗衣做饭看电视然后睡觉。男人走天涯,野心勃勃,女人孵蛋抱窝,望眼欲穿。

当时在一窝羊,男人不是卖鸽子,是玩鸽子,半座城市的男人汇聚一窝羊,吵吵嚷嚷,勾心斗角,消磨时光。每个贩鸽子的男人面前,都摆了糊满鸽粪的竹笼和铁笼,鸽子咕咕叫,在笼里无所顾忌地交配,情欲的翅膀在小笼子里艰难扇动。有人从笼里伸进手,抓出鸽子,拉开翅膀给人看,扳着鸽子的头,让人看它的嘴和眼睛。"五角",鸽子的主人说,"鼻泡大得很,好种。"五角是黑话,翻译出来是五块钱。买卖双方正讨价还价,忽然人群骚乱,鸽飞笼翻,警察出现。我们撒腿就跑,拐几个弯躲到乱石后,返回时,鸽子黑市空无一人。那时任何生意都是非法,卖鸽子也犯法,金子交易就不用说了,抓到会枪毙。

我按住晃来晃去的沉重衣袋,追踪童年记忆,去到一窝羊。那里不见一只鸽子,鸽子在昆明城的天空里飞翔。一群灰白色的鸽子,从我的头顶自由飞过,消失在光芒万丈的远方。早年的乱石堆被一圈长长的红砖墙围住,里面已经铲平,变成宽阔空地,竖着几个高高的钢架,好像要盖房子。路边有人摆小摊卖烧饵块,我把自行车架起来,买了一个烧饵块夹油条,坐在车后座上吃光,骑车走人。

还有一个名声远扬的黑市，在祥云街红旗电影院门口。那是早年昆明城最黑的黑市，满街是人，人人身上塞满鼓胀的东西，任何东西都在出售。短刀打火机纪念章镜子小锅半导体收音机和各种证件，那里肯定卖过金子。当时我年纪小，钻进红旗电影院门口的拥挤人群中，看得眼花缭乱，心潮起伏。东张西望绕几圈，立即溜走，不敢久留。据说警察出现，不问青红皂白，见人就按翻，用鞋带把被捕者的大拇指扎在背上，按住脑袋带走。

我找到红旗电影院，时光不再，电影院里正在装修，工人举着冲击钻，在门厅里辛苦劳动，噪声赛过枪战片的喧嚣。电影院门口贴了花哨的美国海报，同样有神色可疑的人在街边走动，却不见他们卖东西。

风把岁月的沙子卷走，留下历史的空地和孤零零的石头，我满脸迷茫，倾听时光回声。路边走过的人，看上去比我大好多，他们是早年混迹于红旗电影院黑市的二流子吗？他们要不要金子？

我一手按紧衣袋，一手把稳自行车龙头，从红旗电影院门口闪过。

另有塘子巷和大观路篆塘黑市，那两个地方我不熟悉。听说场面冷清，三三两两的人无所事事，两袖清风，生意却做得大，全城被盗的自行车，都在那里出手。开个价，就有人带你走，埋伏在几步之外的同伙，会从街边的草丛中哐啷推出一辆自行车，催你付钱。如果另有兴趣，还可以买到电机钢管甚至卡车，恐怕能买到人头。

也许，那两个地方能雇到杀手，开个价，就可以如愿泄愤，下仇家的手臂或大腿，割耳朵和脑袋，也许。那两个地方我去了，还没有开口，恐怕就被放倒，掏空衣袋，塞进街边的垃圾桶，或者丢进不远处的大观河。

六

我去找狗弟。

他的父亲是首饰加工师傅，应该知道黄金交易黑市。

星期天狗弟休息，我找了去。

我跑遍黑市，走投无路，才去找狗弟，是为了保密，不让他知道我去卡奴亚罗山，狗弟知道了，难免泄露风声，让我的父母知道内情。我被单位开除，父母很伤心，再让他们知道底细，知道我被金贩子老王和荒凉的卡奴亚罗山所害，丢脸，有口难辩，要把他们气死。

狗弟很高兴，打开门，把我带进屋里的窗户边问："你跑哪里去了，两个月不见，不会是跑广州做生意吧？"我说："就是跑广州了，那边乱得很，很多人倒电视机，我要是有钱，也想倒几台回来，可惜没有本钱啊。"

一番胡吹，狗弟果然上当，信以为真地问："真想做生意？找那个老王吧，金贩子老王，记得吗？你在我家见过的，找他借钱吧，我带你去。那个老贼，整天在花街混，卖金子给街上的首饰加工店，挣不少钱。"我压住心头的惊喜，不以为然地说："算了吧，他是你爸爸的朋友，我怎么借钱？他不会借给我。"

昆明的甬道街，是最早的花鸟市场。那是典型的昆明老街，狭窄阴暗，街两边站满倾斜破败的木板旧楼。沿街摆满地摊，卖花卖狗卖猫卖虫子和各种古怪的小动物，包括毒蛇蜥蜴和蝙蝠。另有人卖真假混杂的旧首饰旧钱币和破罐烂碗，还有算命的小摊和设局骗人的象棋摊。

甬道街上有金首饰加工店，我记得，那些小店会收购金子，我大为振奋。

哈哈。

狗弟问："你笑什么，疯掉了？"

哈哈哈，我还在笑。

甬道街被人称为花街，我第一次听说，这个暧昧的街名用在老王身上很合适，花街的老贼，恰如其分。狗弟骂我疯子，我不在意，继续狂笑，眼前浮现甬道街花鸟市场的纷乱场面。

那里无所不卖，或者说任何不能卖的东西都有人卖，我怎么没有想到？我生长在昆明，从甬道街花鸟市场走过几百遍，对这座城市还是一无所知。我在昆明摸不清方向，对世界还有什么了解？愚蠢的人除了老王，还有我。

七

次日清晨，我信心十足，心情良好，像一个熟门熟路的老手，身轻如燕地穿城而过，赶去甬道街花鸟市场。我出门太早，街面上不见一个小摊，印象中模糊记得的几家打制首饰的小店，还没有开门。街上冷冷清清，关门闭户。我不着急，丢掉工作，不用上班，时间足够多。我把自行车停在街边，沿短促的街道漫不经心地走几个来回，左顾右盼，小心谨慎。这条非常熟悉的街道，在我面前变得莫测高深。

有人吱呀开门，拿一只口缸出来，蹲在街边漱口。有人头发蓬乱地提着裤子，从家里狂奔而出，牙缝里丝丝吸气，弓着腰跑向街边的公厕。人行道边的梧桐树枝繁叶茂，粗壮枝干四处伸展，张牙舞爪。我靠着树干，左右环视，忽然意识到自己太显眼，举止怪异，容易引来怀疑，急忙走开。

我骑车去翠湖公园，像退休老人，坐在湖边的石凳上，朝水里扔石头，扔累了就打瞌睡，做黄粱美梦，做想象中的黑市黄金交易，中午被太阳烤醒，猛然一惊，匆匆赶往花鸟市场。

甬道街热闹起来了，人声奔涌，可疑的身影混杂其间，我在杂乱无章的小摊之间穿行，不动声色搜寻，发现街边有两个打制金戒指的摊子，另有三家金首饰加工小店。打制戒指的小摊边围了人，几家金首饰加工店门面冷清，无人过问，我走近一家小店，站在店门口张望。

小店老板问："要戒指？还是项链？"

我身上有黄金，心里踏实，傲慢地走开。

我走向另一家店，小店老板是圆脸的中年男人，说昆明话，年纪比老王稍轻，他的口音让我放心。

我问:"加工多少钱?"

老板问:"加工什么?"

"随便。"

"什么随便?你要买货还是带货来加工?"

我走进店里,趴到小柜上,压低声音说:"有人托我打听,收购金子多少钱一克?"

老板眉毛一跳,圆脸舒展开来,意味深长地笑了,递给我一支烟。

我摇摇头,接着说:"本来要加工,不过家里人说也可以卖掉。"

"卖什么?"老板不以为然地说。

"金子,"我说,"价格合适我就让他们来找你。"

老板在小柜后面的椅子上坐下,不慌不忙地说:"你带在身上的吧?还家里人,我早就看出来了,告诉你,我一般不收购金子,只是做加工,你要真的想卖,拿出来看看也行。"

我问:"多少钱一克?"

老板笑而不答。

我后退一步,走开了。

我连问三家小店,都得不到答案。没有人告诉我金子多少钱一克,人人守口如瓶。另外两家小店的老板是外省人,光滑的皮肤不可靠,大眼睛不可靠,薄嘴唇不可靠,清脆的外省普通话口音也不可靠,闪烁其词的态度更不可靠。我提高警惕,绝不动摇,返回昆明人的店。

我递给昆明老板一颗包在纸里的瓜子金说:"看看吧,真货。"

这个人接过我的金子说:"生金,含量不足,青黄色的生金不算好。"我说:"什么青黄色?明明是深黄,翻红呢,不买还给我。"他说:"我要验一下,看看是不是真货。"说完站起来,转身朝店里走。我眼明手快,闪身跨上去,绕过小柜,牢牢抓住他的臂说:"还给我,东西还给我,不买就算。"他开心地笑起来,像一个好兄弟,拉住我的手,把我摁到店里的椅子上坐下问:"你要卖多少钱?"我说:"不是卖多少钱,是多少钱一克?"他笑着说:"你还是生手呢,我看你也是一颗生金,没有炼过。说说吧,哪里找来的东西?捡的?偷的?还是倒来的?"我问:"要还是不要?"他说:"要也可以,不过你这颗含金量不足,我看你是缺钱花吧?好兄弟啊,缺钱花就开口,今天认识了,我们就是朋友,以后有空,要多来走走,有难处就说,一定要说,你不说我怎么知道呢?作为朋友,我再困难,怎么也要帮你一个忙的,这样吧,我就买下了,让你占便宜,我吃亏行了吧?"

那是最大的一颗金子,卖了两百块钱。我知道自己吃亏了,被他宰得惨,却为做成第一笔生意欣喜若狂。两百块是我三个月的工资,够跑一趟卡奴亚罗山了。身上的全部金子卖完,会得到多少钱?这个账不用再算。

后来,我恍然大悟,明白自己为什么被人看穿,一眼认出是生手。我不是在表情动作和说话方式上露马脚,我装得再像,拿出未经提纯的生金,也就是天然金粒,肯定吃亏,行家马上知道我是生手。没有人那样做,人家卖的都是提纯的成品金。我初涉此道,未经磨炼，连生金也算不上，只是一粒石头。

一粒石头，敲不开世界的大门，换不到足够的买路钱。

我那些剩下的金子，后来全部炼成纯金，出手顺利，换来的钱让我大受鼓舞。

八

老王为我提炼的金子。

我去甬道街花鸟市场卖金子，就知道会遇上他。我被单位开除，走投无路，与他有关。想起他，我就心烦，我不愿见他，只好自己探路折腾。没想到第一笔卖金子的两百块钱拿到手，转身走出几步，还没有溜进甬道街的人群，老王就拍我的肩，咧开干燥的嘴唇，站在我面前傻笑。

"你好朋友。"他说。

我转身欲逃，已经来不及了。

"你早上来过了，"他说，"早上我就看见你，我住在那边，街对面的楼上。"

我躲不开他，只得认命，平静地说："本来想找你，找不到，你是我的师傅，第一个师傅。可是找不到你，就只好自己卖金子，卖了金子，我就走，还要去卡奴亚罗山。"

老王瞪大眼睛，生气地说："你在胡闹。"

我说："金子不是你的，是全国人民的。"

老王说:"你应该去上班,好好上班,去过一次就行了,还要跑?你是疯子不是?有病?"

我说:"街上这么多人,你小点声。"

"小点声?你这样绕来绕去,早就暴露了,还小点声?"他把我拉朝一边,低声说,"金子不像这样卖,你这个笨蛋,跟我好好学吧,我教你炼金子,走吧,现在去我家。我真是倒霉了,认识你这个笨蛋。"

我在甬道街老王租的旧楼上看他炼金子,第一次见识真正的水银,土法炼金最重要的原料就是水银,我还见识了熔炼金子的小巧坩埚。老王告诉我,卡奴亚罗山区的土著就用这种办法提炼金子,比我聪明得多。他无情地嘲笑我,骂我无知,连马蜂村农民也不如。马蜂村人卖金子,也要提炼,炼得不好也要炼,卖熟金不卖生金。就像女人,再好看,涂脂抹粉也要搞几下,美女更要打扮。女人赤身裸体,走在街上,会把男人吓跑,卖生金价最少砍一半。

老王骂够了,摇身一变,满脸微笑,慈祥而通情达理,循循善诱,教我炼金子。我在他的旧楼上泡了三天,一分一秒地守在他身边,向他学习,也在严密监视,防止他盗窃我的金子。老王觉察出我的顾虑,对我的高度戒备很理解,给足我面子,不戳穿我的担心。他把每道工序都清楚地亮给我看,毫无保留,他的坦诚和从容令我无比感动。

那三天,他不去街上摆摊,关门闭户,躲在幽暗的旧楼上,专心为我做事,紧张而忙碌。我们早晚都在街边的小店吃米线,草草打发肚子，立即上楼，接着干。夜晚分手，不待我开口，老王就用一只大土罐把尚未完工的半成品装进去，递给我带走。我一手提沉重的土罐，一手推自行车，吃力地穿过几条街回家。

夜黑风高，我把自行车推进院门，提着土罐轻手轻脚上楼，推门进自己的房间，把土罐放到床下，倒在床上，长长地吐出一口气。

母亲和父亲早睡了，我丢掉工作的事，他们不会不知道，可是不说。他们不说，我也不说。他们不把事情说破，是无法接受这个后果，我不说，也是不敢面对如此严重的后果。大家都沉默，无比难受，比骂我打我或把我赶出家门难受，寂静的窒息和绝望，胜过纷繁的喧嚣。

弟弟已经睡熟，床头台灯未关，昏暗的光线映照得房间里一片凄凉。弟弟是嗜睡青年，每晚九点过，就哈欠连天地上床。睡得多，精力足，内分泌旺盛，粉刺就长得快而多，他像父亲，温和而软弱，粉刺是他的唯一人生烦恼。我看他闭着眼，均匀地呼吸，手指按住下巴上的一颗硕大粉刺，眉头微皱，忽然心生怪想，那些粉刺如果是金子，我会挖走，他也少了烦恼。我下床，摸到他身边，弯腰凑近，仔细观察他的脸。他醒了，生气地把我推开，我咻地尖笑。

次日清晨，我悄悄起床，提着土罐出门。

第三天下午，金子提炼工作完成，我的那些大小金粒被浇铸成三颗鸽蛋大的金球。老王把温热的金球一一交给我，转身出门，十多分钟后，找来一个六十岁的老头。此人精瘦，脸只有拳头大，头发稀疏，睡意蒙眬，眼神飘忽不定，身子像纤细的竹竿，微微摇晃，走路轻巧无声。他坐在老王的旧楼上,一句话不说,从随身挎着的布包里取出一把旧天平,把我的金球一颗颗放上去,再摸出几把钱,付钱走人。

九

我挎着马桶包,里面圆鼓鼓地塞满鼓胀的钞票,壮志凌云,最早富起来。

"吃饭,"我对老王说,"我请客,今天晚上陪你喝几杯。"

老王很高兴,红光满面,跟着我出门。我们走在下班的滚滚人流中,迎面是成千上万愁苦的脸,人人骑着破旧自行车,左冲右突,疲惫不堪,只有我趾高气扬,想唱歌。我觉得自己是自由的鸽子,重获新生,从一窝羊空地起飞,盘旋在宽阔的天空。丰沛的气流稳健地托着我,温暖的阳光把我紧紧拥抱,小小的竹哨绑在我的尾翼,迎风吐出时代的最强音。身下密密麻麻的行人抬头仰望,朝我挥手致意,热烈鼓掌,送来崇敬的目光。我对众人的浅薄尊敬并不领情,拍几下翅膀,拉出一泡屎,朝绝高处一绺美丽的白云射去。

我们又走进顺城街那家烤鸭店。

拐两道弯,就是我上班的机关楼。区政府的那幢法国式旧楼,腐朽的老楼,肮脏的交易,罪恶的历史,丑陋的嘎吱声。此刻,那幢楼沐浴在气息奄奄的暮色中,机关干部们下班回家了,也许有少部分人留在办公室加班,赶写材料,或者制作开会的布标,那套工作我很熟悉。我在办公室加班不下五十次，写大字和贴布标十多次，材料写过多少万字，我说不清，领导更说不清，忙来忙去，就为每月几十块钱工资。为几十块钱卖命，俯首帖耳，可耻。现在，我身上的钱不说够十年工资，七八年只有多的。如果老奸巨猾的科长同志从烤鸭店门外走过，我会盛情接待，把他拖进餐馆灌酒，用钞票为他擦下巴上的口水。

我说："今天我请客，老王你不准出钱，说好了，要两瓶酒，你喝一瓶半，我喝半瓶。"

老王说："今天听你的，以后也听你的。"

我说："听我的没有错，我们科长说，海阔凭鱼跃，天高任鸟飞，这是他送给我的祝福。"

老王说："你这个国家干部，就是不一样，很得意。"

两盘烤鸭、很多肉、几份菜、两瓶酒，酒使我忘记悲伤。几杯酒下肚，老王兴奋了，大口大气地教训我。他说："你小子现在油得很啊，学会混日子了，这几天又开病假啦？出去两个月，就不想上班了，这样不好啊。"

我说："病假很简单，想开多少就开多少。"

老王抹一把脸，语重心长地说："你要注意，要注意影响，上班很要紧，做一个国家干部不容易，很光荣啊。"

我说："前面，我有两个月没去上班了，两个月不上班，说明我有大病，有大病的人，隔几天休息一下很正常。我要是好好上班，每天干得热火朝天，人家就不相信了。你想想一个人一下子有重病，一下子活蹦乱跳，鬼才信。"

老王骂道："你这个年轻人，赶上了改革开放的好时代，还不识好歹！"

我回骂道："你算老几？有什么资格教训我？不是改革开放，你早就饿死了，告诉你，现在这种班，我想上就上，不想上马上就可以走人。"

老王说："你小子要是不在单位上好好干，就不要再来见我。"

我与老王碰了杯，一口喝光半杯酒，抹抹嘴说："你也给我上政治课，为什么？你这个老江湖，怕我抢饭碗是不是？告诉你，没有我，你只能小打小闹，有了我才可以大干，以后我们要大干。"

老王愚蠢地看着我笑。

我说："你这个人毛病多，怪里怪气，不过我会帮你的，放心啦。"

老王抱歉地说："我是老糊涂，有些事请你原谅，我要是不糊涂，不会落到今天的下场，你要理解我。我不像你，大学生，国家干部，父母兄弟一家人，什么都有。我一个人漂泊，没有依靠，半辈子就过完了，不着急怎么可能？我要像你年纪轻，也会什么都不在乎，早些年我就是不在乎，才干出蠢事，走到现在这一步，我有苦难言啊。"

我说："我不在乎，放弃这份烂工作也不在乎，可以重打天下。"

老王把送到嘴边的烤鸭腿放下，慌张地问："你不会丢掉工作了吧？"

"喝酒，喝，明天就走，我们再去卡奴亚罗山，大干一场。"

"你出事了？"

"出事也不怪你。"

后来，两瓶酒喝得快要见底，老王号啕大哭。

我没有告诉老王区政府机关已经把我除名，也没有透露心里的空虚和恐慌，这个自称糊涂的老江湖，还是看穿了我的心事。他旁敲侧击，东一榔头西一棒，四面合围，老脸上挂满疑虑，鼻子两边的皱纹里阴云密布。我躲闪不及，难免说漏嘴。我有钱，失去工作不在乎，在乎也没有用。科长把我开除，小美也把我开除，这座城市容不下我，不听我解释，对我视而不见，只有走。做人无路，做鬼可以吧？在单位不行，出来混可以吧？老实说卡奴亚罗山那个地方，早晚会去，迟去不如早去，老王也挡不了我的路。

老王放下酒杯，趴在桌子上，越哭越凶，老泪纵横，鼻涕眼泪抹得满脸都是。"我对不起你啊，"他咧开丑陋的大嘴巴，呜呜哭着说，"对不起啊，你完蛋了，真是可怜啊，你打我的嘴巴吧，打几下我才好过。"

我硬挺着脖子，咬紧牙齿，憋住气，还是吃不消，崩溃了，眼泪夺眶而出。

老王止住号哭，抬起头问我："事情搞乱了，你恨我？"

我说："你是一条老狗，我是小狗，扯平了。我们联手干，总比对着干好，有金子什么事办不到？你要是在乎我这个朋友，以后就帮助我，也不是你帮助我，是我们相互帮助，你不要阴阳怪气，我也不跟你吵架。现在金子第一，小命第二，有了我，你会更厉害。"

老王沉默了几分钟，惊慌地问："你没有工作，父母知道了？我惹出来的麻烦，你没有说吧？你没有说我的事吧？"

我点头。

十

夜色空空荡荡，恰如我失魂落魄的心情。再次出发前半个月，我去找小美。失去区政府机关的工作，就可能失去她。失去她无可奈何，她不听解释，我就受不了。我能接受没有小美的生活，却不能接受误会。我骑车穿过被雨水淋湿的街道，来到小美家门外，迟疑地敲门。小美的父亲开门看到我，目光狼狈地闪开。这个大大咧咧的豪爽男人变得满腹心事，说不出话，把我让进屋，就匆匆靠墙坐下，心慌意乱地看电视。

小美的母亲很镇定，笑脸相迎。

"不巧啊，小美不在，上夜校学英语去了。"她母亲说。

学英语干什么？出国？我坐在小美家，陪她的父母看电视。她的父亲保持沉默，母亲用力挤出笑容，看我几眼，又看电视。场面有些尴尬，坐了几分钟，我起身告辞。她的父亲毫不隐讳，响亮地吐出闷气，歉然点点头，那个夜晚就从日历上撕去了。

我需要书，还是书，真正有关黄金的书，我跑图书馆，接连几天去，不辞辛苦。路过东风东路市政府门口，看到大门两边目光坚定的士兵，油然而生敬意，黯然神伤。这个莫测高深的院子，本来我有希望进去。在区政府努力工作，会被提拔，一步步往上爬，前程远大，有一天走进市政府大院，做市长是可能的。父亲告诉我，某某副市长，他的同学，大学毕业分配到野外地质队，失恋后哭鼻子，差点自杀。那个软弱的人可以做副市长，我也能。市长往上走，就是省长。

图书馆书目繁杂，查得我几乎晕倒。图书每次借一本，带回家发现无用，赶回去还，再借，还是无用。折腾一星期，找到一本《黄金采掘手册》，我如获至宝，带书去找老王，他看到书皮上《黄金采掘手册》几个字，鄙夷地说："你不相信我？有我还会搞不懂金子？"我说："你搞得懂，可是我不懂，我不能一辈子跟着你。"老王说："你不懂的事很多，跟我学，只有你占便宜，你上次买到金子，不是占我的便宜了？"

我最不愿听的就是占便宜，从来就不想占便宜，更不想占老王的便宜，可是他总要把占便宜挂在嘴上，好像吃了多大的亏。卡奴亚罗山不是他家，地下的金子不是他的私人财产，他说话粗俗，天一句地一句，经常把我从热情万丈的楼上踢翻，摔得浑身疼痛。

我气愤地吼道："我会自己干，不怕你威胁，我会自己去卡奴亚罗山，不想见到你。我不会占你的便宜，放心好了。所以我才自己去找书，我看书弄懂了道理，会自己找到出路的，我不会再跟你打交道。"

老王又慌了，急忙道歉。

第六章

一

重返卡奴亚罗山区，沿途留宿小旅馆，我抓紧时间读书，很失望，那本小册子无用，讲的是采掘技术。坑道井架风钻矿车和水泵，罗列一堆，唯独没有指明我的未来，未能揭示岩层深处何处埋藏要命的金子。那本书现在无用，以后我修炼成挖金子的高手，可以参考。何为以后？也许两三年，我就死去，暴尸卡奴亚罗山。我把小册子丢开，朝旅店的窗外张望，心里夜风呼啸。

几天的颠簸结束，我们走进马蜂村，老王精神大振，像一只发情的公猪，弃我不顾，夺路狂奔，找小荔枝去了。

吴老板进入马蜂村的风声在第二天传出。当时我在小神仙家，刚吃过晚饭，老王连滚带爬，脸色铁青地跑来，拖我出门，在门外土墙边说："完蛋了，吴老板来了，他找到马蜂村来了，这个人会把我们的事情搞乱。"

吴老板？完蛋？我已经完蛋，怕什么？

我看着卡奴亚罗山上的月亮,心不在焉。弯月像一把遗弃在荒地的砍刀,挂在卡奴亚罗山上空,粗壮而明朗。也许,这里山高坡大,地势险峻,天空低矮,月亮比昆明大。

"怎么办?"老王夸张地说,"我们赶不走他,会被他害死,想想办法啊年轻人,你脑袋灵活,想想办法。"

来一个人,吓成这样?老王的话我不信。我在夜色苍茫的空地里划一个扫堂腿,笑着说:"脚踢四方高手,拳打天下好汉,来一个收拾一个,有什么干不完的呢?"

老王告诉我,吴老板不懂金子,懂别的矿,进监狱跟他认识,出狱后一起干,在新疆倒卖黄金。这个人心黑手狠,把老王打昏,抢走金子,从此不见,没想到会在卡奴亚罗山的马蜂村相遇。我说:"好啊,你可以报仇,这个杂种自投罗网了。"老王连声叹气。我发憷,一时无话。老王与人结下梁子,有可能,我却无力相助。我初入此道,唯一的师傅是老王,唯一的敌人也是老王,没想到会冒出另一个对手。

我对吴老板不害怕,只有好奇和几分敬畏,见到他时,却哑然失笑。吴老板来到马蜂村,人生地不熟,住村长老鹰家。老王当天下午带我去认识吴老板,走进村长老鹰家的院门,就看到了吴老板,他坐在小院里啃烧洋芋。太阳当空,他不怕热,脑门晒出一片汗珠,吃得津津有味。他是一个笨拙的胖子,说话轻声细语,略带女人腔。见到老王,吴老板惊诧万分,努力把小眼睛张开,迷迷糊糊地仰起头,好半天不说话。看得出来,老王的出现同样超出吴老板的想象,在遥远的卡奴亚罗山区与牢友老王相遇,这一幕吴老板也没有想到。

他举着啃了一半的烧洋芋,慢慢站直,笨拙地迎上来,拉住老王的手。

"你在这里?"吴老板说,"真是你老王?"

老王假装高兴,咧开大嘴巴笑。

两人拍拍打打,说一些我所不懂的黑话,场面感人至深,弥漫着浓重的友情。

吴老板身子胖,脸颊饱满,皱纹少,看上去比老王年轻。如果我不认识老王,同时与吴老板和老王第一次打交道,会更喜欢这个吴老板。他的小眼睛闪闪发亮,流露出亲切和友善,给人一见如故的感觉。

"这位小兄弟,"吴老板指着我问老王,"你的朋友?"

老王说:"大学生,来这里玩的。"

"幸会幸会,"吴老板伸出短短的手臂,搂住我的肩膀说,"这里山清水秀,是养老的好地方。我们这些老人不行了,只想找个安静的地方休息,你们年轻人游山玩水,走走看看,可以长见识。"

老王说:"大学生就是喜欢跑,还有人去登什么雪山。"

吴老板问老王:"你是来玩?还是来找我的?"

老王说:"来散心的啊,松一下老骨头。"

吴老板说:"是啊,松松老骨头。"

二

"看到了吗?"从村长老鹰家出来,老王说,"看清这个杂种了吗?说话阴阳怪气,什么松松老骨头,他是在威胁我,他看到我心虚了,在打鬼主意啦,你说怎么办?拿这个杂种怎么办?"

松松老骨头算威胁?神经过敏!我对老王说:"收购金子吧,不要管那么多,你把金子收完,吴老板待不住,就会自己走掉,以后的事再说。"

老王忧心忡忡地点头。次日上午,老王找来,掏出大把钱,交给芭蕉花,让她去别人家买肉买酒。热烈的晚宴又在老神仙家举行,杀了两只羊,来的人更多,村长老鹰和大半村民出席,各家搬来一些桌子和小凳,在老神仙家门外的空地里摆开。酒多肉多菜多话多,友情压倒一切,欢乐拥抱着卡奴亚罗山的夜晚。

吴老板也来了。

芭蕉花带着几个村里的妇女,忙出忙进地端菜送饭,她爱闹好客,人多就高兴。老王提起一只装酒的塑料小桶,沿各张桌子走动,把桌上的酒碗倒满,自己端起一只碗说:"喝啊,喝酒啊朋友们,喝死算球!"吴老板慢慢走到老王面前说:"不能死,要好好地活朋友,你看我没有死,在这里遇见你,不容易啊。"老王搂住吴老板肥胖的身子说:"不容易,真是不容易,在这里遇到你不容易啊。"

众人喝酒说话,拉拉扯扯地把老王围住,笑声不断。乡下男人见面,常见的友好表示就是推来推去,好像各人都是石头或一棵树,推不倒扯不断。老王在村民亲热的撕扯中摇晃,脸上翻滚着幸福的激浪。

芭蕉花端着一盆羊肉从老王身边走过,老王抓住她说:"喝一口酒。"芭蕉花把热气腾腾的羊肉盆送到老王面前说:"你吃了这盆肉吧,我在做事呢,不要闹!"老王搂住芭蕉花,把酒碗凑近她的嘴,强迫她喝了一口。

吴老板客气地对芭蕉花说:"嫂子很漂亮哦,也喝我的一口酒。"

芭蕉花把羊肉盆放到桌子上,迅速逃走。

吴老板默默走开。

老王喝了酒,兴致高昂,把我拖出人群,追进老神仙家。芭蕉花坐在灶台边喘息,端一只碗独自喝汤,老王走过去说:"芭蕉花辛苦了,我们父子二人来敬酒,感谢你的帮助。"

我说:"什么父子?你又喝醉了?"

芭蕉花喝了一口酒,吴老板在门口出现,客气地笑了笑,跨进房间说:"嫂子刚才跑掉,不给面子,也喝我一口酒吧。"老王把吴老板推开。芭蕉花说:"我要做事,喝醉咋办?背我上楼睡觉?"老王说:"我背你上楼,一起睡觉。"芭蕉花尖笑,打翻老王的酒碗,跑到屋外。

门外酒气冲天,老神仙喝多了,正端着酒碗唱歌。

月色轻摇,有人提议烧火,众人叫好,涌向村口的芒果树下。柴火在芒果树前的空地点燃,火光像狮子,在卡奴亚罗山的黑夜奔跑,袅袅烟雾飘荡,宛若女人踏梦而至。叮叮咚咚的琴声中,村里人哇啦哇啦唱,围着跳跃的柴火绕圈子。

老神仙挎着卡奴亚罗山四弦琴,边弹边唱:

……
大河涨水小河清,
小河天桥难通行,
丢个石头试深浅,
唱个山歌给妹听,
哦——

漂白衣衫一朵花,
远看妹子纺棉花,
知心山歌唱一个,
有心跟你做一家,
呀——
……

  吴老板混在人群中,大唱革命歌曲,扭得满头是汗。老王坐在柴火边,左边是女人,右边也是女人,笑得东倒西歪。我溜出跳舞的人群,坐到老王身边。老王抓住身边一个马蜂村女人的手说:"这个大学生,还没有讨老婆,他这次来马蜂村,就是想找一个姑娘带回去。"我狠狠地抬起头,看天上的月亮,女人们笑得挤作一团。

  吴老板凑过来,老王瞪他一眼走开,坐到远处的芒果树下,几个马蜂村男人围住他,有人摸出东西,放到老王手心,有人拿出一块布,慢慢展开。

我好奇地走过去问:"金子吗?"

老王说:"上次你不是见过了?他这个东西炼过一下,不算太纯,拿回去再炼,用起来就顺手了,成色还好。"

我说:"熟金?怎么看起来像石头?炼得不好。"

老王说:"你以为是石头?有这种石头?"

柴火逐渐垮塌,吴老板坐在暗淡的柴火边打瞌睡。

三

喝醉的吴老板被村长老鹰架走,老王在老神仙家顺利收购到金子,马蜂村风平浪静,并无危险迹象。金子收购结束,老神仙上楼睡觉,老王余兴未消,缠住灶台边的芭蕉花,说笑几句,摸几把,才去小荔枝家。我上楼时,小神仙已经躺在地板上睡着,他喝得多,早就不省人事。我多喝了几口,躺下去很快入梦,一觉醒来,天已大亮。老神仙一家出门了。小窗洞外晨风轻摇,我独自下楼,靠土墙坐着,迷糊昏沉,哈欠连天,似醒非醒。

早饭时,老神仙全家有说有笑,一切正常。吃过饭,芭蕉花和小神仙上山挖地,老神仙拿着粉笔盒出门,准备去小学校上课。老神仙出门前,讨好地看着我说:"大学生,去小学校参观一下吧,提提意见。"

我抱歉地摇头。

我要等老王,昨晚他有收获,按照约定,应该卖一部分金子给我。现在，我最在乎的就是金子，卡奴亚罗山、马蜂村、老王、来路不明的吴老板，无所谓，重要的是金子。我坐在黑屋里，无所用心，把带来的书翻一阵，丢下书出门，去小荔枝家找老王。屋门紧闭，没有人。从村长老鹰家走过，不见吴老板，也不见老王。村长老鹰挎着一只背箩，腰上别一把雪亮斧头，正出门。他说："进我家院子坐坐？"我谢过他，朝小学校走去。

我不是来玩，应该巴结老神仙，摸出自己的路。老王在马蜂村吃得开，就靠老神仙，我住老神仙家，何不抢先得手？我可以帮老神仙上课，建立起牢固友谊。

小学校低矮破旧，教室里一片吵闹，我紧走几步，靠近教室旁边一间土屋。土屋没有门，像仓库，墙壁糊满烟垢，屋里堆着几张破桌子。

土屋后有人声，吴老板和老神仙在讲话，我急忙站住。

吴老板说："你家芭蕉花很漂亮，男人都喜欢她。"

老神仙说："丑婆娘，有什么好看的。"

吴老板说："你也不得了，本事大，全村人都听你的话，你要他们卖金子，他们就卖，你说卖多少钱，他们就卖多少钱，你是马蜂村的毛主席啊。"

老神仙说："不敢当不敢当，我怎么比得上毛主席？你不要把我吓死。我只是帮大家的忙，也帮老王，朋友要互相帮忙。"

吴老板说："老王算朋友？你帮他卖金子，他给你钱吗？小心捞不到钱，还把老婆赔出去。"

老神仙不说话。

吴老板说:"你帮我买金子吧,我会给你钱,我这个人最够朋友,不害人,也不会看上你的老婆,老王好像有毛病,见女人就想上?"

吴老板在挑唆,我听了害怕,闪身逃走。返回老神仙家的路上,我遇见老王,他脸色苍白,好像偷听到了吴老板与老神仙的谈话,抓住我匆匆向前,出村穿过田野和树林,来到金沙江边,老王指着江上的铁索桥说:"有办法了,我一整天都在想办法,找到收拾吴老板的办法了。你看这个桥,把吴老板带来,领上桥,一脚踢下去。"

"杀人?"

"不是杀人,是带他上桥,你带他来怎么样?他不认识你,没有防备。"

我心惊胆战,扭头走开,头也不回地跑回村子。我不会告密,也不会与老王合谋杀人,他的愚蠢计划搅乱了我的脑袋,回到老神仙家,我很沮丧,心灰意懒。

晚饭后,我心怀不安,上楼坐在床边发呆。

天黑尽,村里人全部入睡,老神仙与芭蕉花也上楼。半夜,我被惊醒,听到老神仙与芭蕉花在吵架,先是低声对骂,后来大吵,再后来老神仙动手,踢芭蕉花,芭蕉花尖叫着还击,被老神仙推下床,哭着下楼,再没有上来。卡奴亚罗山夜风狂猛,老神仙家楼下的木门咕吱摇晃,凌晨时雷声滚过,大雨倾盆。第二天,金沙江洪流滚滚。如果老王先动手,干掉吴老板,暴雨会掩盖一切,可惜晚了一步。老神仙家燃起战火,烧得马蜂村不得安宁。

老王是色鬼的流言在马蜂村传开。

幸好老神仙爱面子,这个马蜂村的著名知识分子只在夜晚吵闹,白天若无其事,假装镇定。他躲在家,每天夜里与芭蕉花吵架,闹得不可开交,开口就是无情辱骂。老神仙用猪狗牛马做比喻,骂出恶心脏话,芭蕉花放声尖嚎,哭喊声飞出小屋,抽打着马蜂村的黑夜。老神仙一次次踢翻芭蕉花,芭蕉花勇敢反抗,扑上去撕咬。老神仙揪住芭蕉花的头发抽耳光,芭蕉花咬他的手。接连几天,芭蕉花都坐在楼下的火塘边彻夜哭泣。

小神仙无法入睡,坐在地板上,低垂着悲伤的脑袋,直到天亮。我浑身冰凉,躺在床上,半睡半醒,不敢动弹。

天亮时,老神仙下楼,朝芭蕉花吐几泡口水,去小学校上课。

几天过去,芭蕉花失去反抗兴趣,不哭不喊,不还击,任老神仙折腾。小神仙万分羞愧,带着我逃到石头家住。一日,我陪小神仙摸黑回去,看到老神仙醉倒在门外,屋里空寂无声。推开门,发现芭蕉花躺在火塘边,衣裙散乱,气息全无,脸上挂着破碎的表情,手边丢弃着一只装农药的空酒瓶。

小神仙提着砍刀出门了。

四

老王闻风而逃,和蔼客气的胖子吴老板也不见了,石头和小神仙各提一把砍柴刀,满村乱窜,村长老鹰紧追在两个杀气腾腾的少年身后，反复阻拦和警告，均无济于事。

老神仙父子受到重大打击，他家的小楼上，静静地躺着芭蕉花的尸体。我不能离开马蜂村，也无法离开，困在了马蜂村，只能按住心头的惊恐，打扮成忠诚的朋友，以示清白。

村长老鹰为防不测，把我请到他家住下。如果小神仙和石头杀了我，只能认命。他们杀了我，我也可以解脱，从两个月前第一次走进马蜂村，我就被比恶语中伤更强大的力量控制，压在卡奴亚罗山下。我推不倒这座山，躲不开它的阴影，一死了之也好。

我流着眼泪说："芭蕉花很惨啊，还不如我死了好。"

村长老鹰说："我也对不起芭蕉花，她是一个好女人。男人打老婆，也不能这样打，我应该劝老神仙，不准他们打架，我也有错。"

芭蕉是一种高大的亚热带植物，其花粗壮，硕大而豪放，状如一颗袒露的心脏。这种花好看，砍下来洗净切碎，配辣椒炒吃，是卡奴亚罗山区的一道好菜。马蜂村的女人芭蕉花香消玉殒，男人会永远怀念。老神仙被死亡惊醒，无比悔恨，每天坐在家里恸哭。

一天晚上，村里闹哄哄地吵，我出门看，发现村长老鹰带着一帮人，把小神仙和石头用绳子拴了拖回来。

村长老鹰在家门口停下，不停地骂人，抽了小神仙和石头几个耳光。

几个村里的男人用柴棍做成一个担架，抬着吴老板走进村长老鹰家的院子。

原来，吴老板没有跑远，躲在村后山坡的田棚里。田棚是山地边的小草房,卡奴亚罗山路烂坡陡,地广人稀,大多数村子离田地较远。村民在田头地边搭建草棚,农忙时可以举家出村,住到山地边,免去每日的跋涉之苦。平时干活,也可以在田棚里休息,很方便。冬天农闲,满山稀落的田棚人去室空,过路人走累了,可以进去烧火煮饭。山上的青年男女,也会钻进田棚睡觉。

吴老板就躲在那样一间田棚里。他说话带女人腔,心肠却很硬,芭蕉花自杀,村长老鹰害怕,预感到有麻烦,劝吴老板走,他走出几步远,躲进山上的田棚,静观事态发展,两天后被小神仙和石头找到。小神仙和石头的目标是老王,找不到老王,才拿吴老板出气,两个疯狂少年把吴老板砍倒在田棚里,村长老鹰带人赶到,人命案被制止。

五

埋了芭蕉花,我离开马蜂村上山。小神仙没有送我,守在家里,陪父亲老神仙,父子二人相对无言,场面很凄凉。芭蕉花死后,我搬到村长老鹰家住,躲避危险和混饭吃。离开马蜂村时,我在村口迟疑地站住,朝小神仙家远远地看一眼。村里的散乱泥屋挡住了视线,我没有看见小神仙和他的父亲,只听到谁家的房门在风中哐啷哐啷晃荡。

我在卡奴亚罗山半山腰的镇街子上见到了老王,他也没有逃远,留在镇上,坐在供销社木屋外玩扑克牌魔术。

他的高超魔术把李叔叔震住了,糊弄得李叔叔百思不解。李叔叔在老王面前来回走动，不服气地拿起地上的扑克牌，在掌心里翻来翻去地琢磨，慢吞吞地说："怎么可能？怎么可能？怎么可能就是红桃3。"

老王看到我，丢下扑克牌，一跃而起，泪花四溅。他把我拉到身边说："我在这里等你，等好几天了。以前，我对不起你，这次不能再错了，我要等你来说清楚。看到了吧，吴老板挑拨离间，搞得我们完蛋，把芭蕉花也害死了。现在你想好，要就跟我一起干，要就自己回家。我不是你爹，也算一个朋友，好歹我们有交情，分手要说清楚。你告诉我，是回家还是留在这里跟我干？"

我问："留在这里怎么干？"

老王说："吴老板在马蜂村不会走，我了解他。他懂矿，来马蜂村不是买金子，是想挖金子。他把我们打败，也不是坏事。我们把马蜂村的地盘让给他，由他干，他动手挖金子，被政府抓起来，很好，挖金子没有人管更好，到时候我们赶回马蜂村，也挖矿，各人忙不过来，以前的事就两清了。"

我说："如果他不挖金子，怎么办？"

老王说："不挖金子他就会走，他走了我们回去，还不是一样？总会有办法的，大不了一起死。"

我坐在地上，迎着卡奴亚罗山上投下的下午的阳光，两眼发直。老王坐在我身边唠叨，信心十足地描绘远大未来。李叔叔返回供销社黑屋，趴在柜台上看旧报纸。一只黑色公狗追逐着一只断尾巴的白母狗，从我的面前跑过，母狗忸忸怩怩，把公狗引向不远处的红砖墙小屋。那几间红砖墙小屋是镇政府办公室，几乎不开门，办公室里的小镇干部，是不是获知芭蕉花的自杀消息？他们是否察觉到我和老王的可疑？

我问："跟着你怎么干？有什么好干的？"

老王笑起来，告诉我打露皮的历史。他说马蜂村人早年会打露皮，露是暴露，皮是黄皮，他们上山找裸露在外的金矿石，架柴火烧，泼水敲裂，背碎矿石回家，用石磨磨细，淘洗金子。他们技术落后，前人打过的露皮，可以再打。我们可以出钱，让村民去打露皮，淘出金子。

我问："回去，打露皮？"

老王说："我想打露皮，本来想过的，现在不行了，只有走，你愿意就跟我走，也许别的村子可以打露皮，就算打不了露皮，也可以收购到金子。我在这里跑好几年，守着一个马蜂村，不对，卡奴亚罗山那么大，别处就不会有金子？"

老王从布包里掏出一本算命的书，递给我。书薄而破旧，内页发黄卷曲，封皮糊了牛皮纸，干硬发皱，用钢笔写了工工整整的"大面书"三个字，细心画了一只展翅欲飞的燕子。

老王说："这样吧，我算个命，看看你会不会发财。"

他翻开书，随手找出一段文字念道：

"正月间生人，红日半空升；二月间生人，性命如麻绳；三月间生人，舌巧嘴巴横；四月间生人，买卖不会赔；五月间生人，夜半腰杆疼；六月间生人，猪马牛羊肥；七月间生人，雀鸟满天飞；

八月间生人，火烧亮脑门；九月间生人，家有大金盆；十月间生人，儿孙会孝顺；冬月间生人，奇技手艺真；腊月间生人，东南走空城。"

念完颠三倒四的顺口溜，老王说："你会当大官，回家算了，你就不要在这里混。"

我苦笑，懒洋洋地指着供销社黑屋问："李叔叔呢，他会发财吗？他也懂金子，是能人，你算算他会不会发财！"

老王走进供销社，给李叔叔算一卦。

"你要发大财，"老王重复一遍可笑的仪式，对李叔叔说，"老兄你九月生，会变成老板，大老板，我敢保证，你会很有钱，在卡奴亚罗山出大名。"

李叔叔把柜台上的旧报纸折起，直起身子，笑得流出口水，一条细细的涎水在嘴唇边慢悠悠晃几下，被他用手掌捧着，不慌不忙地轻轻吸上去。

我想起小神仙的母亲芭蕉花。在马蜂村的葬礼上，我知道芭蕉花出生于阴历正月初四，如果那个日子不假，根据老王的解释，"正月间生人，红日半空升，"芭蕉花就是一轮红日，悬挂在卡奴亚罗山上空，正注视马蜂村的丈夫和儿子，也在注视无路可走的我和老王。我仰望暗淡的天空，寻找芭蕉花的身影，被西斜的阳光刺得睁不开眼。

六

老王凭借扑克魔术和算命两种才华，带着我四处跋涉，在卡奴亚罗山区重新寻找金子线索。居无定所的流浪生活散发出几分浪漫气息，鼓舞我前进，也让我心惊。我以为经历过马蜂村的仓皇事变，日子会危机重重，风声鹤唳，遇见比胖子吴老板更凶残的强盗或江湖骗子。

最初的一段时间里，老王反复回忆，用新疆生活的危险为我抚平创伤，消除芭蕉花之死带来的内疚和恐慌，他说那次在新疆被吴老板打昏，幸好被维族牧羊人救活，如果那次死去，故事就收场，无缘见识卡奴亚罗山黄金，也不会结交上我这个新朋友。他的话让我哭笑不得。我不愿认识他，只愿结识武侠高手和电影中美国西部好汉，武侠小说和电影故事是虚假传闻，我的处境却危机四伏，前途莫测。

其实，浪游平淡无奇，既无危险，也无更多艰难。我们在卡奴亚罗山区遇见的都是老实巴交的村民。走东走西老王很在行，糊弄老实的村民更是高手。他摸出扑克牌洗几遍，让围观的村民抽了看，每次都能赢得响亮惊叹，几招使过，我们就可以坐进村民家吃喝。如果村民对扑克牌魔术不感兴趣，老王就翻开破书算命，算命收费，好命五块，中等命四块，差命三块，挣一笔算一笔。

我们访遍了卡奴亚罗山上的很多村子。

有一天，走进一个村子，三言两语引来村民看热闹，老王给一个妇人算出坏命，退还她两块六角钱。这一招很管用，迅速制造出热火朝天的混乱。人家长眼睛，也没见过算命先生倒给别人钱，更多人的钱包因此被炸开。

送钱改命的发明来自老王某日的灵机一动，那次老王算了一个坏命，人家张口就骂，眼看要闹事，他急中生智，想出送钱改命的做法，倒给人家两块六角钱，说是把坏命买走，送出好运。这招发明强大有力，效果奇佳，赢得了众人好感，现场冲突平息，更多人迷糊了，纷纷掏钱。

老王用百试不爽的绝招在这个村子又换来信任。

他扒开围观的村民，站起来，拍拍屁股上的灰说："人太多了，声音太吵，到家里算，家里才算得准，这个地方气息杂乱。"

我们走进村尾的最后一户人家。

这户人家住在土墙围住的院子里，院里有一幢小楼，楼上下四间房，院子一角用矮墙围了一个猪圈，猪圈上架了一层简陋木楼，木楼上堆满乱草。小院泥墙塌落，还算结实。

老王走进院子就说："看得出来啊，你家的日子很好过。"

一对老夫妻坐在黑屋里，仿佛两尊年久龟裂的泥像，两个光屁股的孩子满院子乱跑，年轻的女人把我和老王让进了屋。

一个四十多岁的结实男人从里屋走出来，坐到老王身边问："算命的？"

老王说："看你气色不错，命好。"

女人送上茶水说："好什么好？今年雨水少，地里长不出东西，不行了。"

男人说："算一下我今年会不会淘到金子。"

老王脸上的两道深刻皱纹猛然颤抖，一开一合有力地抖动，他抬起头问:"淘金子?在哪里淘?"

男人说:"马蜂村知道吗?远得很呢,那里人多起来了,有钱的金老板投资挖洞,没有钱就去淘金,只要吃得苦,一天淘几分是可以的。守在地里刨食靠不住啊,还是要想办法。"

"挖洞?金老板?有很多人进去了?"老王大惊。

"是挖洞,"这个男人说,"以前的人不会挖洞,现在马蜂村有人在挖了,外面的人进去挖。挖洞本钱大,我没有本钱,还是只能淘金,吃辛苦饭。"

老王眼睛亮了,故作镇静地说:"淘到金子了?拿出来看看,验一下金子,就能算出你的命,看你是不是还可以淘金。"

女人狐疑地看着老王。

老王从容移开目光,翻开手中的书,叽里咕噜念。

我说:"师傅的话不相信吗?还是舍不得拿金子出来?"

男人问:"真要看金子?"

我说:"这位师傅厉害得很,算命相当准,今天遇到你,算缘分啊,你怕什么呢?他不会吃掉你的金子,吃金子要死人的。"

男人进屋磨蹭一阵,拿出一个蓝色的布包,递给老王。老王层层揭开布包,果然看到一颗金子。沉闷的黄色,椭圆形,比鸟蛋稍大,这是熟金,已经炼好的,值很多钱。

老王伸出手,把书罩到金子上,绕三个圆圈,叽里咕噜念几句。

"金子有问题,血气重,"老王合上书说,"这样吧,金子我带走,给你钱,不然你会倒霉的。"

女人抢先说:"不卖,金子现在涨价了,一天比一天贵。"

老王说:"你的命不是我的命,不卖就算了。"

男人问:"怎么办?改一下命可以吗?"

老王说:"我试试看。"

老王拿起那颗金子,放进嘴里,轻轻咬一下,抹抹嘴,取出金子捏在指间,装模作样地转来转去,反复观察,点点头说:"金子硬度好,你的命不算太坏,不过要小心,今年不要去淘金了,在家里守着老婆好好过日子,明年再去,才会发财的。"

男人连声道谢。

七

我和老王离开村子,搭乘一辆蹦蹦跳跳的拖拉机,来到两公里外的一个小镇,在镇上一家简陋的私人旅馆里住下。

老王异常兴奋,在狭窄的老式木板房里走来走去,不时伸出脑袋,朝小窗户外张望。

我躺在床上不动。

跟着老王在卡奴亚罗山区各处走,算命为生,已经半年多。来到离马蜂村八十公里远的地方,第一次听到的金子消息,却是传自早已淡忘的马蜂村。我对马蜂村有成见,心存余悸,不愿回去,想回家,回昆明见父母。跟着老王半年多混吃混喝,摆小摊骗人,不堪回首,这种卑鄙无耻的可笑遭遇,让远在八百公里外的父母知道,会羞愧得无地自容。

老王坐到床边，摸出一粒黄色的小东西递给我。

我说："拿金子给我看干什么？"

老王说："刚才那个人的，在他家，你注意到了吗？我咬了一下金子。他不懂，那颗金子沙软，可以咬下来。你看，搓起来也是一小颗了，可以卖钱。"

我说："你不该要人家的东西。"

老王说："是不该要，可是手痒。我问你，回不回去？去马蜂村，重新干。你看那个地方已经有人挖矿了，有人在挖了，这就好，可以大干。山那么大，谁也挖不完。我说的没有错吧，挖矿的事，就是吴老板干的，他干起来，别人就进去了，他可以干我们也可以干了，我们赶快回去，抢一块地盘大干。"

我支支吾吾地说："算了吧，你要回去跟吴老板闹？你会被他打败的，现在他玩得熟，你回马蜂村，更不是对手了。"

老王大笑说："我打不过他？你小看人了吧？"

我说："你在他手上，死过两次了，下一次，会搭上我的命，我不想死，还想回昆明见父母的。"

老王大笑，眼睛闪闪发亮，挤到我的床上坐下，兴冲冲地讲故事，重新追忆新疆沙漠的奇异经历。这一次，他揭开了谜底，得意地告诉我，当年不是吴老板打昏他，是他把吴老板的女人抢走。老王承认自己有毛病，跟女人打交道处理不好，冲动。他说女人也是人，抢不走，只能骗走。他把吴老板的女人骗走，吴老板气得发疯，一路找来。他没有办法，才把吴老板打昏，自己跑掉。他说，吴老板为什么叫老板？因为他在新疆挖过一个矿，有钱有势，我懂技术，就跟他合作。他说挖金子的事是我教吴老板的，我带吴老板去天山挖金子，金子挖出来，还挖到一个女人，那个女人不喜欢我，喜欢吴老板，为什么别人找到女人，只有我孤单？不公平，我这一生，就是这个问题不懂。

我问："吴老板为什么进监狱？"

老王说："他进什么监狱？我进的监狱，出来后认识他，那些话都是哄你玩的。"

老王的话实在让我惊奇甚至愤怒，照此下去，明天他告诉我，自己是美国总统或金三角毒枭，后天告诉我，自己来自外太空某星球，化身为地球人，是胡闹，带着我东奔西跑，是一个玩笑，都有可能。我的所有犹豫悲伤慌乱和空虚，在他那里似乎都是玩笑。

我冷笑一声问："你还有多少真话没有告诉我？"

老王问："你生气了？"

我从床上坐起来说："我不去马蜂村，要回家。"

老王怔怔地看着我。

下午，我与老王在远离马蜂村的那个小镇上吃了一顿分手饭。

半年多时间里，卡奴亚罗山上有各种变化，外地人多起来，八十公里外的这个小镇，已经有两家私人小旅馆和三家小饭馆。在小饭馆吃饭，听小老板说，外地好多人进来，都是去那边的马蜂村，在那里挖金子。

老王眼巴巴地看着我说:"听到了吧,到处都有人在议论,马蜂村真的挖出金子了,不要回家了,跟我下去干。"

我摇了摇头。

我们相对无言,默默喝酒。

酒过三巡,老王拉住我说:"兄弟,我们是朋友,快一年了。兄弟,我们相依为命,有了感情啊,我舍不得你走,也留不住你,没有办法。"

我说:"你会发大财,我知道。"

老王说:"你回昆明,想来就来,我只要不死,就会等着你。我发财了,少不了你一份,你不想来,我也没有办法。"

他在抹眼泪,我也眼睛酸酸的。

第二天早上醒来,小旅馆里不见老王,他像一颗无法阻挡的子弹,射回马蜂村了。

我收拾东西,出门打听,准备坐车回家,返回离别得太久的昆明城。

第六章

一

　　一别三年。我在卡奴亚罗山区的经历被城里的喧嚣掩盖，无人所知。看上去，我是普通人，昆明城的小个体户，形只影单，平凡无奇。我做各种生意，卖衣服裤子、卖鲜花、卖电视机、开米线馆，倒卖过少量出口日本的干萝卜丝。

　　在城里做小生意，不比去卡奴亚罗山区收购金子轻松，也不比穿越卡奴亚罗山上的疾风暴雨轻松。在马蜂村，面对由芭蕉花自杀引出的混乱，我一度绝望，可是，那份一团漆黑的绝望中，夹杂有柔软的悲伤和深深的歉疚，为此我视死如归。现在，住在故乡的城市，混迹于个体户队伍，做小生意，满脑袋成本利润，却挣不到钱，受到的折磨远大于遥远山区的生死考验。什么东西好卖？哪里进货？进价多少？在何处租店出售？卖多少钱？搞得我头大。吃苦受累赚到钱还好，赔钱就很惨，我若干次赔钱。

　　别人卖电视机赚得发疯，我卖电视机亏本，原因是进不到货，转几道手拿来的电视机无利可图,加上商店租金工商税费小工工资和水电费种种,少亏点已算运气。我的电视机小店里雇过一个高中肄业的昆明姑娘,那个姑娘十八岁,头发上扎满各种彩色橡皮筋,对顾客半理不睬,每天趴在柜台上唱歌,接见各路男朋友。一群男青年围着她,在我的小店门口制造无所顾忌的爱情欢乐,气得我发疯。我把她开除后,立即惹火上身,小店接连几次半夜被砸。留长头发的男青年们形迹可疑,隔三岔五出现,在我的小店门前晃来晃去,我只好认输关门,另起炉灶。

在各种小生意中兜一圈,我又返回去卖衣服。

李影救了我的命。她利用医生身份,与病人搞关系,联系上本地的纺织品进出口公司,让我顺利拿到价格极低又款式新颖的外贸服装。五块钱一条的红花棉布裤子,卖三十块钱也有人争着要,一天卖二十多条,比金子赚钱。十五块钱一件的夹克外衣,因为口袋多,印了外国图案和花哨的英文字,标价八十块钱,照样轻松卖光。

货源好,狗屎也能赚大钱。

李影对我很欣赏,不断夸奖我,她说:"你是做生意的料,好好干,干什么都一样,要乐观,前途是光明的,道路是曲折的。"

我说:"感谢你的支持。"

李影说:"拿什么感谢我?给一点提成吧?"

我数出几张钞票给她,她笑了,把钱还给我。

我沦落为个体户,得到两个人的欣赏,一个是李影,另一个是狗弟。狗弟找我玩,不再为打牌,是为了占便宜。我卖的衣服他拿了就走，我开米线馆他每天来吃，千山万水地绕半座城，也要来吃。骑一辆破自行车，满头大汗地跑来，吃完来不及抹嘴，下巴上糊着韭菜段，朝我送来诚恳的微笑，拔腿就逃。我开鲜花店，他经常带新交的女朋友来店里拜访。那些姑娘都是他的工厂同事，他结交过三个工厂同事，年轻女工，第四个还是同事，同车间的女工。跟未婚女同事轮番谈恋爱，向很多女同事介绍自己屁股上的痣，我认为这种做法不可取，他却乐此不疲。他能把厂里的女工搞到手，已经不错了。

他很得意，每次把一个女工搞到手，就带来给我看。

有一天，狗弟带来新任女朋友，另一个女工，拜访我的花店。那个姑娘动作利索，走进花店，各个样品拿几枝，凑到蒜头鼻下猛闻，问狗弟好不好看。不待狗弟点头，已把花抱在挺拔的胸口，拖着狗弟退出店门，爽快地向与我告别。她没有忘记高声道别，唯独忘记付钱。

我与区政府机关同事再无交往，他们变成过时的干裂标语，字迹模糊的纸片，记忆的风惊起，摇得那些粘贴在夜色中的干裂标语咔咔响，我会毛骨悚然。

大学同学更少与我往来，只有李影不嫌弃我。

可是，我对小美念念不忘。

二

我离开昆明半年多，回家见到母亲，惊得她当场昏倒。她以为我死了，自杀或被杀。我半年多没有消息的日子里，母亲极度绝望，父亲却能保持平静。父亲是一个软弱的男人，或者说是一个无力反抗灾难的男人，面对我的长期失踪，父亲无计可施，很认命，他劝母亲也认命，对母亲反复安慰、解释和劝说，母亲不听，又跑派出所报警，还跑公安局，调动了很多学生家长的关系，无济于事。我第一次去卡奴亚罗山，她就报过警，第二次去，长时间失踪，她受不了，再度报警。警察认识她，报之以无奈的叹息，草草登记了事。警察很忙，人少事多，有关治安的报道，常见的套话是警力不足。在她面前，人家是客气的，客气地登记和询问，客气地叹息，叹息着登记，就完了，再无下文。

我失踪半年使母亲丢掉半条命，剩下的半条命，靠残缺的希望支撑。她不愿意承认我会死，却面对着我可能已经死去的空虚。如果我真死了，她就完蛋。

有关卡奴亚罗山，我没有向父母提半句，我的解释永远是跑广东什么。卡奴亚罗山区危险，民风怪异，生活艰难，却不是羞耻之地。老王身份不明，没有地位，性格古怪，也不是什么见不得人的朋友。他嘱咐我不要把与他交往的经历告诉父母，我答应他，就坚持信守诺言，我守信用不是为老王，是为自己的面子。我不愿再提卡奴亚罗山，那是我的禁忌，它害得我够惨，我要把那座山忘记。

母亲说："我给你安排一下，找一家学校做代课老师，要不就到我的学校来。我可以找校长说说看，先做代课教师，以后找机会，也许可以转正。"

我坚持做生意，拒绝了母亲的建议。

母亲说："你怎么变得这样庸俗啊？"

我说："我需要钱，如果有钱，小美那边就好办，她对我的看法会改变的，起码会改变一些，结婚需要钱。"

母亲想起李影，对我说："对了李影找过你，原来邻居家的那个姑娘，你不在昆明的这段时间，她来家里找过两次。她现在做医生，比小时候漂亮多了，也比小美大方，我看小美不如李影好。"

我不认为李影好，继续对小美保持着无法抹去的怀念。

李影却找到我的电视机小店来了，她机敏过人，坚忍顽强，主动出击，绝不手软，比吴老板厉害，也比老王厉害，她去卡奴亚罗山区，也许我们都不是对手。

她说："你跑广州还是跑北京了？"

我说："今天天气热，看把你跑得满脸是汗，喝杯水吧，我的杯子，你要是不嫌脏，喝一口，我没有高级的东西接待你，只能送一杯水。"

她接过我的杯子，咕噜喝下一口水，使个眼色，把我从小店里拉出来，背对着店里的姑娘，严肃地说："店里这个小姑娘不行，会坏事，把她开除。"

我说："过一段时候吧，总不能光杆司令开店，到哪里去找合适的帮手呢？"

她说："不是过一段时间，是明天就不要她来了，快刀斩乱麻，赶快下决心。"

我接受她的建议，把守店的女孩开除，立即吃到苦头，差点挨她的男朋友们揍。电视机小店关门后，李影建议我卖花，开鲜花店。她告诉我现在的人生活讲究，有情调，鲜花生意大有前途。外国人喜欢花，中国人学外国，也会喜欢花。不是喜欢看花，是愿意出钱买花，用鲜花装点心情，生活会更加明亮和芬芳。她说外国的花很贵，中国的花也会贵起来，昆明一年四季鲜花开放，货源充足，进价低，这个生意好做。

她为我在医院里散发小纸片，建议病人和病人家属到我的小店里买花，还建议病故者的亲人找我买花。她把医学社会学和心理学相联系，半通不通地讲道理，告诉人家花可以使人心情好，心情好免疫力就会增强，有病的人好得快，她说故去的人不会活过来，伤心的亲人却能从鲜花中获得安慰，看到故世者躺在鲜花丛中，再大的痛苦也会有所缓解。

可是人家很少找我买花。我的花店位置远，太偏僻。她建议花店开在医院门口，我不干。我不愿接近她，也不愿人家把我的鲜花店与卖花圈黑纱和死人寿衣的纸花店相联系。

后来，鲜花店倒闭，李影找到货源，我才开起服装店。

我把服装店开在小美教书的那家学校对面，只为了等她上门。

李影不生气，只是时不时会找话刺激我。

"小美找了一个老外做朋友，我看见了，"李影平静地说，"我看到小美走在街上，一副很得意的样子。其实老外有什么了不起？毛主席说过了，美国是纸老虎，外国的月亮不比中国的圆。"

她醋劲不大,却很公开,而且尖锐。

我装聋作哑。

三

我的服装店只卖女装,年轻姑娘的时尚服装,这是常规。全世界百公之九十的服装都卖给女人,女人最节省也最浪费,最精明也最糊涂,最感性又最理智,最宽容温柔又最狭隘狠毒。女人的自我矛盾本性,是世界自我矛盾最大和最生动的体现,女人的复杂和丰富,强烈体现出世界的复杂和丰富。相比之下,男人太简单,古怪如老王,阴险如吴老板,都太简单,一条路走到黑,不拐弯。女人经常拐弯和走错路,轻易就上钩。

我卖女装,是设下诱饵,等小美上钩。

我站在小店柜台后面,借着店门口几排衣服的掩护,可以自如地观察街对面的行人。小美是中学教师,上学和放学的重要时刻,一定会飘然出现。学校门口纷乱的人群中,中学生们幸福地奔跑着,笑声尖脆而响亮,我满怀期待。

我需要小美,需要解释,爱情就是解释,也是等待。

李影不比小美难看,也不比小美笨,她不需要解释,更没有耐心等待,她直接上门,开诚布公。这就是她们的区别。

当然,我对李影是感激的,万分感激。

有李影的帮助,我的服装店款式繁多,价格便宜,名声越来越大。很多姑娘是老顾客,隔天就到店里转。小美所在的学校里,也有人对我的小店情有独钟,为什么她从未穿街走来?为什么她不到我的店里探望?她记恨我还是为我感到羞耻?

她的态度无所谓。只要她知道我在街对面开店,知道我每天在注视她,就是极大的安慰。爱情像一个蚕蛹,卧在我的心中,那个蛹会长出翅膀,在某个日子破壳出茧,接受阳光的问候。

左等右等不见小美,我只能厚着脸皮,登门找她。无论如何,我要把心事告诉她。我真的见到了她,在她家的旧楼上,我坦然介绍了自己的现状,送给她一条新的金项链。她不屑一顾,竟然把原来那条金项链也从书桌抽屉里找出来,郑重其事地还给我。

那是冬天一个被孤独紧紧围困的夜晚,气温骤降,穿越中国大地的西伯利亚冷空气突如其来,势不可挡。昆明居民习惯了冬天一成不变的温暖阳光,对骤然降临的寒冷极不适应,呼啸的北风引起全城恐慌,连路灯也在咳嗽和打喷嚏。

我汲取上次登门未遇的教训,事前作了周密调查,在城中心正义路一条小巷的英语夜校里,查到了小美的踪迹,她还在英语口语班上课。

我摸清小美的行踪,掌握了那家英语夜校的底细。那个设在小巷深处老四合院里的英语班,由两位昆明的退休教授和一位美国老太太创立,全英语教学,收费低质量高,带有基督教教会背景。我在夜校教务处查到小美的名字时,喉头哽咽,差点失控。

为了万无一失,接下来的一星期,掐准英语班的上课时间,我像一条游出草丛的蛇,晚饭后潜出家门,穿过街边的灯火,藏到距离那个小巷不远处的树影里,密切观察。我的辛苦没有白费,接连两个晚上,我都看到小美匆匆出现,每周两次课,两次我都发现了她。我没有愚蠢地追过去,目送她走进幽暗的巷道,我就回家了。

围困全城的冷空气未能冻结我的思念,反而让我生出信心,热情高涨,我算准她不上课的日子,迅速出门。

我冒着万箭穿心的寒风赶去她家,沿路听到牙齿打战的路人在尖锐的北风中绝望呻吟,抱怨世事的混乱与无情,好像忽然降临的不只是寒冷,还是人生的绝路,只有我心情良好。

她果然在家。

她的母亲谨慎地拉开一条门缝,看到我,脸色变灰,立即把门关上。

我坚定地继续敲门。

小美下楼来开门了。

我跟着她走进屋里,她的父亲坐在墙边的椅子上,用若干件衣服把自己包裹得过分严实和笨重,好像卖衣服的人是他,不是我,好像他这个假冒的服装店小老板正要搬家,东西带不走,只好全部穿在身上。

这是昆明冬天的奇景,屋里没有暖气,柜子里找不出厚实冬衣,面对突然降临的寒冷,居民手足无措,只好用层层叠叠的单衣自卫。小美的父亲很健康,也很自信,天气骤寒,家里找不出棉衣,很正常。

他至少穿了三件夹外衣,里面还有好几件衬衣,脖子被几层衣领抵住，无法扭动。如此行动不便，不能扭头来看我，他就站起来，转动身子对着我。

"听说你有新的女朋友了，"他正面迎着我，直截了当地说，"那么长时间不见，要结婚了吧？来送我们请柬吧？我等着吃你的喜糖呢！"

他在骂我，骂得好啊，骂得越狠，我越高兴，说明他喜欢我。听说我另有所爱，他无比愤怒，这个另有所爱完全是误会啊，我来他家就是为了解释，消除误会，与小美和她的父母重归于好。

我朝小美的父亲送去感激不尽的笑脸，她的父亲大声朝地上吐了一口痰，以示对我的不屑，我激动得差点伸出手，把他吐出的痰接住，向他表示自己的诚意和清白，告诉他我永远爱着美丽的姑娘小美。

小美拉我一把，示意我跟着她上楼。

我与小美不见面已经一年了，在我眼中，她长得更漂亮也更成熟，魅力无穷，我有满腹的冤屈要向她倾诉。按照常理，她应该对我说几句客气话。好久不见啊，没有变化啊，过得怎么样之类。可是，上楼后，小美在书桌边坐下，眼光投向墙壁，无视我的存在，简明扼要地说："这是最后一次了，以后你不要再来。你看到我爸爸的态度了，我妈连门也不想给你开。你不来他们已经习惯了，我也习惯了，有人说谈不成恋爱可以做朋友，我认为做朋友也没有必要，永远不见面，对大家都好。"

我说："这是一场误会，一场天大的误会，误会应该消除啊。"

小美说："误会就误会吧。"

我说："知道是误会，为什么还要坚持？"

小美说："我喜欢误会，误会是一种美得了吧。"

我说："时间过去那么久，你还记仇？不应该啊。我要解释，你不听，我现在的变化你就不想听一听？"

"你走吧。"小美说。

我掏出金项链，结果更惨。小美马上翻脸，愤怒地站起来说："请出去，出去，你这个人很可笑，真是太可笑了，拿这种东西来收买我。出去，现在就离开我家，我一分钟也不想见你。"

四

只有早年的邻居女孩，现在的年轻女医生李影坚定不移地带给我温柔的怜悯，她用花样百出的哄骗，把我诱入她的小房间。城里一家机关单位宿舍院的四层水泥楼上，有一个李影自己的小房间，不知道那是父母的宿舍还是亲戚的空房。房间窗户垂着飘逸的花窗帘、墙上贴满旧挂历上撕下的画片，全部是年轻美女，电影明星。一个个搔首弄姿，从四面八方朝我投来热辣辣的目光。窗户前的书桌上有一块玻璃，玻璃下面塞满照片，李影自己的照片。左侧照右侧照，抬手拢头发的照片，含羞坐在公园阳光下的照片，回眸一笑百媚生的照片等，全部在含情脉脉地模仿电影明星。

李影说："不要看那些照片，丑死了，看玻璃板下面的格言吧，我抄了压进去的。"

这是女医生李影与其他姑娘的不同,千姿百媚的照片之外,还对人生格言情有独钟。她在书桌玻璃板下面压了两条手抄的格言,一条是"走自己的路,让别人说去吧",一条是"美丽的外表,比不上一颗美丽的心灵"。

我说:"你这个人很深刻啊,可以到大学教哲学去了。"

李影听出我的讽刺,红着脸说:"不要打击我,你这个人只会咬文嚼字,其他不懂,来床上坐着吧,这里软和。"

她的小床不像别人那样把被子折叠起来,让枕头和床单平整展露,是把被子拉开,温柔地盖住枕头和床单,被子上蒙了一块印满鲜花的厚棉布。当时刚流行床罩,她不买商店里千篇一律的床罩,自己创造出时尚温情,也算别出心裁。

我在书桌前的椅子上坐下,与她拉开一段距离,按兵不动。我知道她擅长布置陷阱,更知道自己软弱,很容易落入圈套。

她不着急,朝我噘一下嘴,从床下滑下来说:"我煮咖啡给你喝吧。"

我说:"饿了,上街吃饭。"

她说:"你的钱比我多,请我吃饭哦。"

她开始找衣服,打开床边一个小小的旧柜子,挑出一件又一件外衣和裙子,反复在身上比试,征求我的意见。我老实说出自己的看法,她不听,还在挑选和比试。然后,她开始脱衣服,我假装难为情,背过身子,抬头欣赏墙上的美女,身后窸窸窣窣响一阵,她轻轻捅我的腰说:"看看怎么样?"

我回头看,见她穿了一条短裙,上身还未收拾好,只穿贴身内衣,内衣有些发皱,胸部突起,小巧而顽皮,散发出扑面而来的温热。

她晃了一下身子,胸部微微颤动。

我把目光落到地上,看着她的脚说:"这条裙子好看。"

她笑着说:"你呀这个人,你呀你呀,我要怎么说你呀。"

我们一起出门了。

有一天她说:"这间房子我很少用的,给你一把钥匙吧,你累了可以来这里睡觉,店里有些货,也可以放到这里来。"

我未接招,东拉西扯地敷衍过去了。

一天下午,李影出现在店门口,疲惫地说:"累死了,昨天晚上接了两个病人,一夜没有合眼。"

我给她倒了一杯水。

她坐进店里喝水,很快睡着,吐出轻柔的鼾声,我找了一件衣服,披到她背上。她果然很累,坐在店里的椅子上睡了半小时,醒来时已是街对面中学放学的时间。我趴在服装店的小柜台上,密切注视校门口,等待小美出现。李影走过来,站到我的身后说:"那边呢,你这个笨蛋,还没有看见?她在那边,出来了,要去找她的老外男朋友,看见了吗?头发一晃一晃的那个人,那个人就是小美。"

我看不见小美,李影却看见了。

李影说:"她换第二个老外了,前一个还算好,小伙子,不过是从泰国来的,在泰国干什么不知道,昆明的老外,其实泰国来的多。现在这个倒是美国来的，可是太差，老头，听说以前开卡车，一个美国的老卡车司机，你说有什么好？恐怕早就阳痿了。"

我的脸在发烧。

李影上街买来吃的，我们坐在店里吃饭，晚上关门，李影说："送我回去吧，今天太累了，真的太累，我要是累倒在楼梯上，就很惨，也没有人管。"

我老老实实地把她送回那个四层楼的小房间里。

那天晚上我们睡在一起。李影很兴奋，躲在被子里唠叨，指尖在我的肚子上划来划去，蓬散的头发搔着我的脸，哈出的气息无限芳香。她不慌不忙，我急火攻心，两手上下出击，急于揭开昆明之夜生动的一页。她把我的手握住，举到嘴边吻几下，贴到自己的脸上，嘻嘻地笑，快乐的眼睛眨个不停。

后来我翻身爬上去，压住她，被她轻巧推开。她光着身子下床，在书桌抽屉里翻一阵，找出一个避孕套。"今天日子不好，"她说，"有危险，我们要小心的，你就委屈一下吧，套起来。"她什么都懂，日子掐得准，避孕套也有。她对书桌抽屉里的避孕套作了解释，告诉我是前任男朋友留下的，她说早与那个人分手了，分手时间在我那次去医院找她不久。

她说我害了她，也害了那个人，我出现，那个人变得一无是处。她的夸奖让我信心大增，感激不尽，她的话却像泥水，黏稠混浊，再无法听清。我不想听她说话，只想出击，迅速攻陷暴雨倾盆的卡奴亚罗山峰。后来我听到她发出长长的喊叫，那声热烈而悠长的呐喊像卡奴亚罗山上的闪电，惊得我灵魂出窍。我对她的所有信任和感激，均来自那次惊动，她的声音从此留在了我的身体里。

五

那时，志向高远的中国姑娘的伟大梦想是嫁老外。我的一个同学，男生，大学时的学校乐队队长，能说会道，写书法如行云流水，小提琴拉得如泣如诉，还会作曲，创作过昆明最早的摇滚乐。女生遇见他，就失去了自尊和骄傲，坐以待毙。大学毕业后的两年时间里，他却疲于奔命，接连失恋。早先热爱他的女朋友们，一个个走了，后来结交的五个漂亮姑娘，也先后不见。不是他风流成性，是因为老外出现。他喜欢跟老外玩，老外喜欢他身边的女朋友，一物降一物，他的所有才华，在老外看上他的女朋友时，全部失效。

我犯错误，造成小美落入老外之手，这叫自掘坟墓。我理解小美，也能原谅她，我让她失望，有什么可抱怨的？她没有出路，只能远走高飞，出国，只有这个目标，时代的目标，举国上下所有姑娘的目标。一个人，怎么能抵抗时代的风气？怎么能抵抗历史的召唤？她能成功嫁一个老外，远涉重洋，管他是开卡车的老头还是游荡在泰国的身份不明者，管他阳痿还是早泄，只要是老外，都好。

我想把这个意见转告她，嫁老外不能身无分文，我愿意支持她一些钱。我摸清小生意门道，卖衣服赚的钱不少，利润之大，捞钱之容易，让我吃惊。那是我最早知道的中国秘密，小生意挣大钱，富起来不难，想变穷却有些难。支持她一些钱，能让她结交老外时有面子，也为我换来骄傲。

我每天看到她走在街对面，却找不到机会，如果她不要钱，我可以送她衣服，她到我店里来，什么衣服随便挑，不收钱，可是她不来。她是死心眼的姑娘。

机会来了，她父亲生病住院。

消息是李影透露的，她说："小美的父亲病重了，住在我们医院里。你看小美就是这样倒霉，她不愿意父亲生病，更不愿意父亲住到我们医院里，可是没有办法，我们那里是她父亲的特约医院，不住进来，报不了账，这就叫冤家路窄。"

我说："小美是朋友，好歹算一个同学。"

李影说："我是她的冤家。"

第二天，我关了店门，去医院看望小美的父亲。我光明正大地提着各种营养品，做好了被人赶出病房的准备。探望病人被无理驱逐，不可耻，做得好还会赢来同情，让对方被人小看。小美一家被人小看，不是我的愿望。我的愿望是，即使他们不欢迎我，也不要拒绝我的到来，我送上问候，放下东西就走。

走进病房，我松了一口气，小美不在。她的父亲躺在床上，母亲坐在床头的一把椅子上打毛线。

看到我提着东西走进来，她的母亲慌忙站起来，毛线团滚到了病床下。

我弯下腰，把毛线团捡起来递给她。

"谢谢你。"小美的母亲说。

她的父亲醒来了。

这个刚强的老头,看到我竟然眼睛发红,嘴唇动几下,说不出话。

"好好休息,"我说,"不要动。"

小美的父亲说:"扶我坐起来,我睡得骨头疼。"

小美的母亲急忙上前,我把她拦住,走过去把小美的父亲扶起来坐直。

小美的父亲说:"你还来看我,不记得我骂你的话了?"

我说:"骂什么骂?骂得好啊,我对不起你。"

小美的父亲说:"对不起的话就不说了,我认识那个李医生了,她人不错。"

我说:"误会啊,现在就不说了,你好好养病。"

小美的父亲说:"有些话还是要说,我一直想说,可是见不到你。我和她妈都很喜欢你,把你当儿子。我只有小美,还要一个儿子,儿子就是你。可是你跑了,把我这个老头丢下。现在小美也要跑,跑到美国,那么远,以后就见不到了。她的男朋友是一个老头,你没有见过吧,年纪比我还大。你说中国女人就这么贱?只能嫁一个美国老头?"

小美的母亲哀求说:"你不要说话了,还是睡下吧。"

邻床的人朝这边扭头看。

我说:"生病的时候要多休息,其他事不要想。"

我看到他坐得歪斜,走过去抱住他,把他的身子重新扶正,顺便朝他的枕头下藏进一沓用报纸包好的钱。这时,小美推门进来了,看到我,她在门边站住,犹豫了一下,慢慢走过来。

"谢谢你。"她说。

她的这句话,让我无比激动。

得到小美母女二人的感谢,听到他父亲对我的热忱夸奖,我很满足,心潮澎湃,热血沸腾。

"再见,我要走了,"我说,"老伯好好休息。"

我没有向小美告别,也不愿告别。我认为,早晚还会见面。一个人的命,就是这样,改变不了。

我看了小美一眼,什么也不说,轻松地走出病房。

我看到病房外面走廊的椅子上坐了一个老外,五十多岁的男人,头发掉光了,身子却很结实,脸上皮肤通红,像煮熟的虾,穿短袖衬衣,敞开的衣领处露出茁壮的胸毛。

这个人有些慌张,两眼迷茫。他不是稳稳地靠在椅子上,是心事重重,屁股沾了椅子的一点边,身子直直的,两手撑着椅子,好像随时想一跃而起逃跑,或者扑上去战斗。也许他不懂中文,如果他真是卡车司机,就没有多少文化,不懂中文。一个老外,在别人的国家,不懂人家的话,难免紧张兮兮,迷茫混沌是可能的,受骗上当也可能。

李影站在走廊远处医生办公室门口朝我招手。

我走进她的办公室。

李影说:"看见了吗?就是这个老外,一只老狗熊。"

我说:"够老的。"

李影说:"小美要出国了,去成都办签证才回来的。"

六

我与老王在卡奴亚罗山分手后,对他的生死一无所知,他撒谎也好说真话也好,无所谓。不管怎么说,他重新回去的地方,充满了仇恨和误解,我为他多少捏一把汗。时间长了,我对老王难免怀念,对遥远的卡奴亚罗山区,同样爱恨交加,欲罢不能。无数夜深人静的时刻,我的耳边不可避免地响起金沙江的水声,眼前出现三五成群的淘金村民,他们弓着身子,在江边的烈日下辛苦淘洗泥砂,刨得江底的鹅卵石哐啷哐啷响。

三年时间里,我在小生意活动中随波逐流,经常与狗弟见面,从来没有听到老王的消息,好像他已经被武功高强的吴老板干掉或被小神仙砍死。

当老王神气活现地仰着下巴,漆黑的脸上闪烁着卡奴亚罗山的阳光,从服装店门口匆匆的人流中钻出来,朝我走近,我非常吃惊。

他变样了,更瘦更结实,厚嘴唇咬得很紧,透出固执和粗蛮,穿一身灰色的廉价西装,脖子上晃来晃去地挂着一根大红色的领带,稀疏的头发整齐地朝脑后梳过去,露出布满皱纹的宽大脑门,打扮得像一个真正的老板。

他扑上来,一把抱住我,眼里滚动着泪花,干裂的嘴唇张开,吐出大口热气。我紧靠着服装店小柜,好半天才从他有力的双臂中挣脱,累得呼呼喘息。

"啊呀,"他说,"啊呀我就怕找不到你,啊呀又见到你我真是太高兴了。"

"发财啦?"我说,"你没有死,肯定就发财,发大财,你这个杂种力气太大,肉吃多了是不是?"

他啊呀啊呀地叫,说不出话。

我关了店门,兴冲冲地带他去吃饭。

在小饭馆里,老王抹一把脑门,无限深情地盯住我说:"朋友啊,我是发财啦,挖金子比买金子强,可是不见你,发财有什么用?我那里缺人手,缺少帮手知道吗?你在城里这样混,开一个小商店,不如跟我回去,跟我回卡奴亚罗山吧,我们一起干,那个地方以后有大发展,我一个人干不了。"

"小神仙呢?"我问,"他现在怎么样?恨你吗?他没有把你砍死?"

老王说:"他是小兄弟,在我的矿上干。砍什么砍?砍矿石去,砍金子还来不及。"

我心动了,挖金子是大场面,真正的大事。

"挖金子容易吗?"我问。

老王说:"不容易,什么都不容易,活着不容易,想死也不容易。挖金子再难,也比开小商店好,你跟我去吧?去不去?"

我说:"这一次,不能偷偷摸摸干了,要说清楚。"

老王问:"什么说清楚?"

我说:"前两次,差点把我妈吓死,这次要跟她说清楚。"

老王放下酒杯,不说话。

我说:"不能骗他们,骗父母太累了,我的心太累。"

老王慢慢抬起头来说:"以前,你不是说去广东?现在也说去广东好了。卖衣服的人跑广东很正常。你说挖矿真的会把父母吓死,他们不准你去,我也不敢要你,你的父母还会追了来,把我砍死。小神仙砍不死我,被你父母砍死了,真是划不来啊。"

我大笑。

"算了你不要去,"老王说,"我不能再害你,你还是做小生意,好歹跟父母在一起。你有女朋友吧?要结婚了吧?你结婚,告诉我一声,我会送你金子,要不就送你钱,我不会忘记你。"

我说:"我现在是光棍,跟你一样,卡奴亚罗肯定要去,反正我不告诉父母就是了。"

我与老王举杯同饮。

当天晚上,我就把挖金子的打算向父亲坦白。

我没有透露卡奴亚罗山,只说挖金子。我问父亲:"哪里可以挖金子?"父亲在书桌边坐直身子,取下老花镜,揉了揉疲倦的眼睛问:"怎么想到挖金子?谁找你合伙?"我说:"你不是挖过金子?"父亲说:"我不是挖金子,是在勘探队工作过。"我说:"我也想去勘探一下,看看哪里有金子,告诉我怎么勘探?"我故作轻松,小心防范,用心观察父亲的表情。

我有某种觉察，我的父母，似乎与老王有某种牵连，好像有。世界错综交织，人与人有瓜葛，可能，就像昆明城的街道，东一条西一条，相互交叉。如果，提到挖金子，父亲脸色骤变，问题就暴露。

　　他们有什么牵连？同学或朋友？难以想象。老王颠三倒四，反复无常，会与我的父母相识？我认识老王纯属偶然，不是圈套，狗弟没有本事设下周密圈套，老王也做不到。老王做不了这种事，他没有耐心，他的最大缺点就是没有耐心。可是生活很有耐心，任时间流过，任世事交错重叠，耐心等待着老王与我相遇，真是这样？世上的事如此奇巧？

　　父亲的目光平静地划过我的脸，投向窗外的天空，他淡淡地说："哪里都可能有金子，哪里也都可能没有，云南是矿产资源藏量较多的地区，挖金子的事不奇怪，你跟什么生意人合伙，人家带你去挖金子？"

　　我松了一口气，同样平静地说："小美出国，我没有牵挂，失恋了，想去远处走走。可能挖金子，也可能去广东发展。卖衣服的人都跑广东，只有我留在昆明。昆明市场太小，没有前途，就是这样，没有别的意思。"

　　父亲说："你最好不要挖金子，那种事干不了，不说危险吧，也太辛苦。"

　　母亲去外婆家，回来晚了，她走进家门，坐下，我就说要去挖金子。

　　母亲大惊失色，仰身倒在沙发背上。

我也大惊失色，急忙问："怎么啦？脸色这样？挖金子怎么啦？有什么大不了的？"

母亲默默流泪说："为什么这样啊？为什么绕来绕去，你要走老路？跑野外干什么？你们这些小老板，吃错药是不是？"

"挖金子，你不反对吧？"

"我不是反对，是坚决反对。"

母亲伤心痛哭。

我主意已定。

母亲说得对，绕来绕去，我只能走父亲的老路，父亲痛恨野外勘探工作，我也痛恨，我去卡奴亚罗山，为了金子，也为了报仇，那座山毁了我，要向它索赔，赔金子，不能轻易放它走。

我把去卡奴亚罗山的想法告诉李影。

她抱住我抹眼泪。

"你应该去，"她说，"卖衣服怎么比得上挖金子？可是怎么办？见不到你怎么办？我要是守不住，喜欢别人，你不要怪我啊。"我说："只要我不死，你结婚的时候，我会送上一朵金子做的玫瑰花。"她又抹一把眼泪，笑着捅我一指头说："小气鬼啊，才送一朵，要送一大把。真的玫瑰花送一朵就行了，金子做的玫瑰花要送一大把，你自己过得好不行啊，我也要沾光。"

一夜翻腾，缠绵不尽。

第七章

一

再次出发。

六月的晴空向我敞开胸怀，沿途八百公里，所有村庄田野山峰，狭窄的县城街道和灰暗的小镇旅馆都似曾相识，分外亲切，车子越走越远，居民的口音逐渐变化，卡奴亚罗山暴雨在我的身体里呼啸，污泥浊水滚滚而下，峡谷深处的纤细金沙江像一道闪电，把记忆的黑夜照亮。

我没有在卡奴亚罗山腰见到供销社的李叔叔，远离李叔叔所在的小镇二十公里之外就可以乘车，直达马蜂村。卡奴亚罗山下的马蜂村修了粗糙的山区公路，通了一趟客车。车次很少，半月一班，半月一班已经不错，算开天辟地的大事。

我坐在客车里，脸贴近窗玻璃，看着窗外陌生的小镇。这个镇同样荒凉，街边也有黑狗白狗追逐打闹，却多了三五成群的外地人，开了三家饭馆五家小旅馆和一家温州理发店，那些狗围着饭馆和旅馆打转，默默目送着客车从街上驶过。

客车驶向山下的马蜂村，车内弥漫着浓重的汗味脚臭味塑料袋味灰土味和汽油味，车身在狭窄而坎坷的山道跳舞，车内的走道座椅下和后排座位上堆满大小不一的麻袋塑料袋和纸箱，散乱的铁铲钢钎和几只方形塑料桶压在大小袋子之下，所有杂物都在晃动和有力碰撞，响亮的声音撞击着我的胸口。

已经很不错，从前走路下山，现在可以坐车。

厚重灰尘在车身后的阳光下翻卷，好像受惊的大鸟，扑嗒扑嗒扇翅膀，蹿进车窗，拍打每个乘客的身子。乘客都在睡觉，男人女人老人和小孩东倒西歪，张着嘴，斜着肩膀，人事不省。只有我大睁着眼睛，脸紧贴车窗，看着窗外连绵的群山。

公路下方的山坡上，出现一片蓬勃的芭蕉地。

一支山歌在我的耳边回响：

……
小妹唱歌好声音，
山前山后有人听，
小哥骑上金鞍马，
勒马回头听妹音。
哦——

漂白围腰绣红花，

哥种田来妹纺纱,
两人一心并一意,
一心一意做人家。
呀——
……

这支歌芭蕉花和老神仙唱过,老王也唱过,芭蕉花年近四十,唱几句,捂住脸笑个不停。也许,老神仙与芭蕉花就是唱这支歌相识,也许芭蕉花用这支歌把马蜂村的知识分子老神仙打垮,让他寝食不安。现在,芭蕉花死去几年,她的身体融入了卡奴亚罗山的大地。

走进马蜂村,我看到后山山坡上的一排小矿井,机器噪声隐约传来,低矮的草房一间间卧在阳光下。马蜂村人不养马蜂了,荔枝树上光秃秃的。有人牵着驮马,马背上堆满杂物,一路朝后山的小矿井走去,赶马人来自外地,口音很陌生。

马蜂村村民的显著变化是,对我的出现不再好奇,没有人看我一眼。从前,村里走进外人,全村知道,人人盯着看,也有人躲在远处指点,悄悄议论。这次,我跟着老王走进马蜂村,村里人低头走路,各自忙碌。女人挎着背箩扛着锄头,不紧不慢地走着,大概去地里干活,男人穿着长水靴,两手空空地走向后山。

老王告诉我,矿井挖进去,岩层和泥土里会渗水,干活要穿长水靴。

老王拉住一个穿长水靴的男人,这个人看看我,微微一笑,一边走,一边回答老王的提问。

"这几天不见矿脉了,"这个人说,"挖出来的都是烂石头。"

几个男人站在村路边说话,大谈矿脉。

马蜂村人变成专家了,我不懂的道理,他们半懂不懂,常把简单的金矿术语挂在嘴上。村民口中出现最多的一个词是矿脉,找到矿脉就发财,找不到矿脉白干,大笔钱亏完。

这是吴老板开创的卡奴亚罗山崭新历史,恰如老王所言,吴老板有远大计划。三年前我与老王被打跑,游走卡奴亚罗山,毫无成果地搜寻金子,养好腿伤的吴老板静静地坐在村长老鹰家院子里,等待自己的同伙,一个人称工程师的男人。工程师来到马蜂村,历史就改变了。那个人是机械高手,精通矿井知识,于是,马蜂村诞生了第一口矿井,那口矿井是吴老板与工程师合伙,租马蜂村后山一块地挖出的。

吴老板挖矿井前,村长老鹰担心他吃亏,反复提醒说:"挖亏了不要怪我啊,你们出钱,挖一个狗洞,就划不来了。这个地方从来不兴挖金子,金子都在水里,要去水里淘的,最多去山上打露皮,不兴挖狗洞。"

吴老板说:"不是挖狗洞,是挖一口矿井,矿井比狗洞大多了,还很深。"

村长老鹰说:"那就更不得了,要花多少钱啊,你们亏大了。"

吴老板说:"挖进去要是没有金子,就把我埋掉,封起洞口做坟墓,我老了,埋在这里还是很好。"

吴老板和工程师坚持干,毫不动摇,村长老鹰无可奈何。他们交租地的钱,雇村民去干活,让大家挣工资,何乐不为?不用淘金子,就可以领钱,好事。

吴老板带工程师上山勘察,确定位置,工作就开始,马蜂村的男人都去后山挖矿洞。最初是原始的挖掘,铁铲钎子大锤镐子炸药齐上,慢慢推进。矿洞越挖越深,工程师就走了,半个月后,工程师用马车运来发电机、风机、风镐、水泵、粉碎机和球磨机,小矿井有模有样,轰轰烈烈。

半年将尽,果然挖出了金子。

有金子就有一切,金矿扩大,矿井外盖起几间石头房办公室,还盖了一排草房做宿舍,另有一间小食堂。马蜂村的男人上夜班,可以在草棚里睡觉,食堂提供一顿饭。

局势明朗,工程师与吴老板分手,另租一块地,自己雇人挖矿,马蜂村出现第二个矿井。几个温州人不知从何处冒出,不远千里赶来,进入马蜂村,租地挖矿井。村长老鹰眼界大开,不愿租地,要合股,分一半矿井的金子。矿老板们大惊,纷纷掏钱,每人支付十万元,一次性买断矿井。

马蜂村人忽然拥有五十万元人民币,被巨大的财富惊呆了,这是他们见过的最多的钱,五十万元钞票,码起来一堆,捆起来像岩石,砸得死人。

这笔钱怎么花?村民一筹莫展。

二

　　前往卡奴亚罗山的几天路程中，老王告诉我很多事。他说三年前与我分手，赶回马蜂村，确实提心吊胆。他在下午的闷热中穿过棉花虫的尖锐叫唤，小心翼翼进入马蜂村，摸去老神仙家，不见人，去村长老鹰家也不见人，找小荔枝，她家也没有人。拉住一个村民打听，才知道马蜂村今非昔比，半村人去后山小矿井挖矿了。小神仙在吴老板的矿洞干活，石头也给吴老板打工，工钱解决了冲突，让人兴奋并化解了仇恨，吴老板与两个疯狂少年早就和好，小荔枝也找到事做，为温州人的矿井煮饭。

　　没有人记得一年前发生在吴老板与老王之间的战斗，也没有人提起不幸死去的女人芭蕉花，人人挖金子，一天比一天增多的外来矿老板分散了村民的注意力，老王的出现毫不引人注目。

　　老神仙不教书了，小学校分来一个年轻的男教师，这个人姓陈，小神仙叫他陈哥。陈哥接替老神仙，老神仙获得自由，也在吴老板的金矿干活。老神仙有文化，在吴老板的矿井做主任，管食堂、负责打考勤和发放工具，好像半个领导。

　　老王万分高兴。

　　晚上，老王在老神仙家喝酒，少了芭蕉花，老神仙家的屋子变得宽大，有几分空虚，老王心里也空虚，不敢重提旧事，只谈马蜂村的变化，谈挖矿找金子的新鲜事。

　　老神仙为马蜂村的变化感慨万端，他说："是啊，变化大，这个吴老板比我们聪明，知道金子可以从山肚子里挖出来，你来马蜂村多少年，怎么就不知道？我们在这里几辈子也不知道，几辈子只会淘金，淘出一小点，还累得很。"

老王连连点头。

老神仙说："你投资挖一个洞吧，我跟你干，工钱合理就跟你干，我们是老朋友了。"

老王钱不够，就算够，也不愿轻易出手，挖矿成本大，风险也大。他在村里住几天，摸清情况，知道村长老鹰握着卖矿井得到的五十万，就找上门去，拍胸脯保证让马蜂村人发财。

村长老鹰正为五十万发愁，不知所措，见到老王，非常高兴。他信任马蜂村的第一个金贩子老王，当场拍板，同意出钱，让老王带人挖矿井。

马蜂村人的第一口集体矿井挖出来，意见也接着出来，村里人认为老王与村长老鹰合谋，占大家的便宜。村长老鹰吃不消，开会商量，把剩下的钱分几份，把全村人分几个组，每组拿一份钱，各挖自己的矿井。

马蜂村后山热火朝天，出现拥挤的小矿井，山上的外村人也下来干活。吴老板去外面，找来十多个四川人，四川人不怕苦，干得最卖力，吴老板做成马蜂村后山最大的矿老板。

三

我在老王的矿井见到了小神仙。

他长高了,光着上身,只穿一条肮脏的内裤,身子很粗壮,脚上套了一双长水靴,还是叫我大哥。

"大哥,"小神仙的嗓音变粗,人沉着了许多,他说,"老王说你比工程师厉害,知道哪里有矿脉,你找到矿脉,我就带人去挖,跟你干。"

我也见到小神仙的朋友石头,早年提刀砍伤吴老板,石头是元凶。这个头脑简单的青年,在吴老板的矿井里学会挖矿,现在与父亲和两个哥哥一道,挖自己家的矿井。我见到石头时,他刚从矿洞里出来,满身污黑地坐在洞口,气喘吁吁。我问石头有没有挖到矿脉,他只是笑,不回答。

石头有心眼,学会守口如瓶。

马蜂村人都学会保密,对自己矿井里的活动绝不透露,不透露是因为场面混乱。地下的金子看不见,有人挖出矿脉,其他人就一哄而上,围着这个人的矿井滥挖。吴老板带人挖出马蜂村历史上的第一口小矿井,工程师挖出第二口,以后,马蜂村的所有矿井都围在吴老板和工程师的两口矿井旁,哄抢矿脉的局面让人心烦,却无力改变。

我参观了老王和石头父子的矿井,去村长老鹰的矿井走访,拜见了久违的吴老板,每天在村里走动,四处查访和观察。我把后山转遍，又从村外江边那个晃晃荡荡的危险铁索桥上走过去，到江对岸的山上勘察，在对岸的山上费力爬动，渴了找山泉水喝，累了坐在山坡上喘息，朝故乡昆明的方向看去，眺望远大未来。

老王邀我入股，我不置可否，继续研究和寻找，我不再是初出茅庐的大学生，是做过生意的小老板，想挖自己的矿井。

我在金沙江对岸的山上搜索，几天过去，发现一个极不显眼的小山洞，洞口参差不齐，被灌木和杂草遮住，很隐蔽，拨开灌木杂枝和草叶，刚好可以钻进洞里。山上的一条小溪就从这个洞里流出，溪流蜿蜒曲折，穿过树林和乱石，时隐时现，最后流到山下。也许，马蜂村人在这条小溪由上而下汇入江水的地方淘到过金子，也许吧？

如果山下的江边有金子，山上小溪的源头，这个山洞里会不会有金子？

我捧起小溪里的泉水，连喝几口，想尝出金子的味道。

四顾无人，我朝洞口走去，攀着滑腻而潮湿的岩石，谨慎地钻进山洞。我担心洞里有恶兽，史前怪物吃人的蟒蛇吸血蝙蝠或老虎或熊，或者外星人地心人之类。其实什么也没有，只有虚无缥缈的寒气。冰寒的气流把我捆住，冷得牙齿打颤。我弓着腰朝里爬，摸索着前进，走出一段路，洞壁扩大，有一人多高，我站起来，跨出一步，不慎踩到水里，差点摔倒。

面前有一个水塘，很浅的水塘，幸好很浅，否则我会被淹死。

洞里漆黑，我伸出手，抓了一把水塘下面的污泥，激动得差点窒息。

那是我一生中最伟大的发现。

四

江对岸的卡奴亚罗山坡安详镇定,我的心里一片喧嚣。山上有成千上万隐蔽的裂缝和小洞,就像人身上有无数毛孔和微小伤疤,没有人想到某个细小毛孔里躲藏着重大心事,更无人知道对岸山上埋藏着我的秘密。我猜想可能有秘密,重大秘密,一阵激动过去,脑袋恢复平静。

我再没有去江对岸,也不会把江对岸小山洞里的伟大发现告诉任何人,我知道自己势单力薄,无力控制那片沃土,斗不过蜂拥进入马蜂村的各路高手。斗不过吴老板、工程师和老王,斗不过老神仙父子和石头一家,斗不过村长老鹰和所有马蜂村村民,斗不过要钱不要命的四川人,稍有不慎,我就是自寻死路。这里的任何人都是凶手,会把我杀死,丢入金沙江,或埋入无人所知的矿洞。如果,他们不如我想象的那么凶险,如果前景并非暗淡无光,如果有人愿意合伙,出钱出力,分享我在那个洞里发现的成果,也不行,我会痛苦,深深的痛苦。我认为,那个洞中如果真有伟大的秘密,只能独自享受,否则,就让它永远埋藏。

我耐心等待,埋伏在暗中,等待着时光流逝,春雷惊起。

任何人都不知道那天下午我有过一段心惊肉跳的经历,所有人都在江这边的马蜂村后山挖矿,没有人把焦虑的目光投向江对岸山坡。江对岸一片寂静,莽莽苍苍,我的宏伟计划被无边的寂寞掩盖。

我在马蜂村继续走访,勘察了半个月,果断投奔老王。

一日深夜,我对老王说:"我们从石头家的矿洞下手,那个洞值得投资。"

老王吃惊地说:"那个洞矿脉短,已经挖完了,他们的运气不好,你认为那个洞不废?还可以挖出金子?"

我说:"我认为可以。"

半年前,石头一家与另外几户马蜂村人合伙挖洞,挖洞的钱来自村里分得的那笔资金。他们找到工程师,买了些工具和简陋设备,用掉几十箱炸药,在洞口烧火做饭,流血流汗地苦熬。

可是洞里挖不出金子,背出的都是废石和泥巴。

众人心烦意乱,失去耐心,反复合议后,把矿洞卖给两个温州人,换回六万元成本,另找地方再挖。

这次他们挖到了矿脉,炼出金子。挖到金子反而麻烦,几家人经常吵架,最后,石头一家买下矿洞,其他人一哄而散,投奔矿老板卖力气去了。

矿脉零散浅薄,时断时续,这就是危险。矿体破碎分散,人称鸡窝矿,鸡窝矿不做工业开采,原因就在于此。前面挣到的钱,填到后面的辛苦中,人生忽明忽暗,希望的火光风雨飘摇,类似酷刑,苦不堪言。

现在,矿脉断绝,石头一家熬不住,我找石头聊天,从他的脸上看出了焦躁和不耐烦。

他的手在发抖,嘴唇干裂,眼神游移躲闪。父亲和另外两个哥哥满脸怨气,骂骂咧咧。几个雇来打工的村民无精打采,蹲在矿洞外晒太阳,不合时宜地哼着遥远的山歌。

我对老王说:"试试看吧,买下石头家的矿洞,往前挖,也许能挖出金子。"

老王说:"从山形和地质结构分析,石头家的矿洞应该有戏,我也知道有戏,问题是我们有多大能力挖出矿脉?挖到了又有多少矿?"

我说:"你比我懂行,有可能做的事,为什么不敢做呢?"

老王迟疑地点头。本来,他不愿投资新矿井,只想邀我加入,自己松口气。他年纪大,有些干不动,经我一番说服,他动心了,萌生新的计划。

老王感叹道:"如果能进石头家的矿井,看看也好,那样把握更大。"

我笑着说:"谁能进你的矿井?只有工人,除了合伙的工人,别人进不了你的矿,你也进不了人家的矿,这种事就不要抱幻想了。"

在马蜂村,任何人的矿洞,未经允许,都不能进,只能在洞外观察和打听。石头一家有气无力,透露出无尽的恐慌,信心在动摇。他们信心动摇,不是没有矿脉,是无钱挖到矿脉带,只能卖矿洞。我凭感觉,老王凭经验,都认为石头家的矿洞有戏。

老王说:"挖矿就是赌博,好吧赌一把。"

我找石头商量，他不愿卖洞，只同意合股，我觉得合股不错，老王不愿合股，要全部买下。

石头说："矿洞不卖。"

谈判当即破裂。

石头一家又干半个月，吃不消，同意卖矿洞。我对石头说："卖矿洞好啊，风险是我们的，你们可以继续干，还在这个洞里挖，挖到金子了，分一成，挖不到有工资，不是很好？"

石头说："我不在这个洞里挖，挖不出来你会骂我，挖到金子又会气死。"

他拿着钱另起炉灶去了。

我把小神仙找来，雇几个外村村民，开始我的挖金子生活。

我买了几台风钻，增加了一台柴油发电机，让雇来的人分白班夜班猛干。两个月后，好运降临，挖到石英层，出现矿脉了。挖出的矿石经打砂机粉碎，球磨机磨细，再用水银浸泡和坩埚熔炼，提炼成一颗一颗沉重的纯金。

老王盯住渐渐冷却的坩埚，老脸上滚下跟金子小球差不多大的泪珠。他说："啊呀你不得了，真是大学生，买一个废洞，两个月就挖出金子，谢谢你，我会好好感谢你。"

我说："感谢小神仙，他们干得很卖力。"

老王说："大家都有份，每个人都有钱，我要发奖金。"

我变成专家了，这么简单？

五

湖南人老孟推着车，从村路上走过，把自己制作的打砂机和小推车送到后山的矿洞出售，小四川牵着两匹马，穿行在各个矿洞之间，卖酒肉盐巴香烟汽油和炸药，价钱合适，也会收购金子。

马蜂村洋溢着劳动的欢乐。

湖南人老孟一年前来到马蜂村，租一间房，要制作拉矿石的小推车，这个狂妄的念头让村里人大为吃惊。马蜂村人挖矿，有工程师倒卖的旧设备已经足够，他们不用小推车，洞里的矿石靠人背出来，也买不到推车，更无法制作。半山腰的镇街子上买不到材料，供销社的李叔叔只卖锄头和麻绳。湖南人老孟不以为然，他访遍后山所有矿洞，点头哈腰，见人就发烟，连比带划地唠叨。摸清行情，收了三个矿老板的两百元预付款，挂出小木板，用墨汁写了定做小推车几个字，搭班车走了。当时马蜂村刚出资修通与五公里外一个村子相连的山区公路，可以坐班车上山。老孟半个月后押一辆破卡车，拉来铁皮角钢轮胎氧气瓶和几件小机器，带来自己的儿子，一个长着鼓胀金鱼眼的十五岁少年，大张旗鼓开工。

第一批五辆小推车如期出厂，价廉物美，交货后大受欢迎。

老孟卖出十五辆小推车，趁热打铁推出第二个项目，制作打砂机。以前，矿石背出矿洞，用粉碎机粉碎，再用球磨机磨细，机器都由工程师倒卖出来。球磨机很厉害，粉碎机不好用，工程师倒卖的机器价格也高。老孟从县城买来一台旧打砂机，拆开研究，生产出了马蜂村牌的打砂机。

卖杂货的小四川，原来是吴老板矿洞的工人，每天下井挖矿，很辛苦，也很满足。这个机灵的小个子眼明手快，不怕累，经常做老神仙的跑腿，买酒买肉。后来小四川辞职，在马蜂村倒卖杂货，购进香烟盐巴和酒肉，一个矿洞一个矿洞跑，送货上门，用四川话讨价还价。

小生意赚不了大钱，能赚大钱的东西是炸药。挖矿的人买炸药，要去镇上办手续。镇上没有人说可以挖矿，也没有人说不可以，买炸药挖矿不行，开沟挖渠用炸药就可以，手续很麻烦。以前的炸药都是工程师卖出，不知道他从哪里搞来。小四川这只来自异乡的黄鼠狼不畏艰难，在卡奴亚罗山的土路上疾速穿梭，在镇政府的小街上谦卑地轻声叫唤，交了朋友，办通手续，从此也卖炸药。

后来，小四川再接再厉，增加汽油柴油生意。矿洞用发电机，要烧汽油和柴油，油也是工程师的买卖，小四川成功割走了工程师的一块肉。

马蜂村的外地人越来越多，小四川五花八门的琐碎生意做大了，每天赶着马，忙得屁滚尿流。

我们把小四川找来，买了酒肉和香烟，在矿洞外面的草房里喝酒唱歌，庆祝成功。

石头一家在新挖的矿洞旁吵架。

他们与吴老板争吵，闹过几次了。卖了矿洞，石头一家另找地方开挖。他们害怕危险了，非常害怕，找离吴老板矿洞太近的地方，挖了两天,吴老板带人去干涉,从此吵闹不断。

吴老板财大气粗,石头一家性情暴躁,又是本村人,两边各不相让,难分高下。

小神仙说:"我把石头找来,也请他一起喝酒吧。"

我说:"石头挖不出金子,我们挖出来了,他会生气的。"

小神仙说:"我找他来就不会,我们是朋友。"

小神仙找来了石头。

石头果然不生气,他喝着酒,对我表示由衷的钦佩。

石头说:"我跟吴老板吵架,村长老鹰来调解,现在两边和好,吴老板不干涉,我们要后退,离他们的矿洞五十米远。"

我说:"你的矿洞差他那边也太近了,是不太好。"

石头说:"不是离多远的问题,是我们斜着挖,朝他的矿洞挖,他生气了。现在说的不是后退,是不准斜着挖他的矿脉。"

我说:"你下手狠啊,想抢他的矿。"

石头说:"我们运气不好,挖不来矿,你来合股吧,教我们挖矿,你是大学生,比我们懂。"

我对他的信任表示了感谢。

我在马蜂村,不能只为老王打工,应该有自己的矿洞,挣到大钱。江对岸埋藏着我的希望,真正是我的地盘,一个大生意,没有实力我做不了。

也许,我出一份资,与石头的家人合股,是可以考虑的第一步?

我与石头碰了酒碗,各喝半碗酒,我说:"如果你看得起,合作一把也可以。"

石头高兴得喝醉了。

六

我把老王的矿洞交给小神仙主要负责，自己两边跑，不过，更多时间我是守在石头家的矿洞里，这边有我的投资，要付出更多精力。

石头家的新矿洞不顺利。

挖了半年，还是不见矿脉。

这是少有的事，一般情况下，三个月不见矿脉，就吃不消，很少有人赔得起超过三个月的本钱。用马蜂村的话说，不见矿脉就是不着砂，半年不着砂，我也发慌了。我投进去三万块钱了，三万块钱是我带来的全部资金。

石头的二哥害怕了，焦急地说："钱要用完了，这次我的钱要用完了，挖出的是一个野猪洞，花我的钱帮野猪挖一个洞啊。"

石头说："你再叫我就用铜炮枪把你干死。"

石头的二哥说："你把我干死吧，没有钱我不想活了。"

草棚里藏了一支枪，石头站起来，朝矿洞边的草棚走去，被父亲追上去一棍子打倒。

父子三人吵闹不休，我也没有主意。这个矿洞除石头父子四人外，还雇了三个外村人，洞里挖不出希望，只好暂停工资，不管饭，外村村民的肚子,要自己解决,三个外村人熬不住,怨气冲天地走了。

石头咬牙切齿地说:"再挖,不着砂是挖得浅,我们卖的洞,后来都着砂了,就是挖得浅。"

我说:"挖得浅是因为资金不够,我们这个洞现在缺资金,还要往里面投钱,投进去会有回报的,金子可以挖出来,我保证。"

石头说:"你敢保证?真的可以挖出金子来?只要你保证,我就干,再坚持下去。"

我说:"不是坚持的问题,是资金不够了。"

石头说:"这样吧,找东北人来合伙,他们挖了一个洞,也是不着砂,好像他们还有资金。"

我不愿找东北人合伙,第一次在马蜂村的矿洞占有重要股份,也算半个矿老板,把外省的东北人找来入伙,吃不准。可是,没有资金,就挖不下去,我的钱将血本无归。

我提议找老王合股,这样把稳些,石头又不干。他认为老王太狡猾,东北人讲普通话,说出收音机里的声音,感觉像国家的大干部,肯定够朋友。

七

两个东北人喝醉了,睡在马蜂村姑娘米果家楼上。他们租米果家的房子住,上个月开始赖房租。洞里不着砂,雇来挖矿的外村人偷了发电机跑掉,损失惨重。他们不交房租,还在米果家吃饭,把米果家的米酒倒出来,每天滥喝,用普通话蒙骗米果的父亲,支使他去买四川人的苞谷酒。苞谷酒六十度,醉得快,醉了就在米果家楼上整天睡觉。

早年羞涩的小姑娘米果长大了,胸脯饱满,春心萌动,双目顾盼生姿。她刚从菜地回来,坐在家门口,面前摆着一只背篓。

石头问:"东北人呢?找他们来,有要紧事商量。"

米果说:"不要吵,东北的大哥在楼上睡觉。"

石头说:"睡什么觉?挖出金子了?白天还睡大觉。"

米果笑着说:"挖什么金子啊,连房租也不交,还吃我家的饭,两个东北人够可怜,以后怎么回家?恐怕要在这里住一辈子了。"

石头说:"住一辈子?你要做东北人的媳妇?"

米果在石头的肩上打了一巴掌说:"才不要呢,两个人怎么要?"

石头说:"要一个就行了啊,另一个帮你家喂猪。"

我跟着石头上楼,看到两条东北大汉光着肚皮,只穿裤衩,歪斜着躺在床上,呼噜呼噜打鼾。这两个人一个高大粗壮,一个略矮,村里人叫他们大东北和小东北。大东北脸上有几只苍蝇忙碌着,舔吃嘴角的口水。石头捡起地板上的一块干土捻碎,凑近大东北的嘴,轻搓几下,碎土就落到他的嘴边。大东北停止打鼾,舌头像一条软软的虫,爬出嘴唇,把碎土裹进嘴里吃下了。

石头笑得很开心。

大东北睁开眼,揩一下嘴,坐起来骂道:"我操,嘴里净是沙子。"

石头说:"再睡下去,嘴里还会有屎,狗会跑来拉屎。我们这里的狗，会把屎拉到人的嘴里信不信？你睡得死狗就跑会来。"

"狗会跑来拉屎？"大东北睡眼惺忪地问。

石头说："狗屎里有金子，我们这里的鸡，胃里有金子，鸭的胃里也有，狗的胃太厉害，会把金子消化，拉出来变成屎。"

大东北笑了，用力拍着石头的肩膀说："哥们有意思，很好玩。你叫石头吧？听说很厉害，吴老板也怕三分。"

石头说："吴老板是一泡狗屎。"

小东北也醒了。

我们说出合伙挖矿的事。

大东北说："我操，还合伙？我们没有钱了，怎么合伙？"

石头说："你们钱多得很，肚皮这么大。"

大东北笑了。

我说："那个矿洞肯定有金子，会挖到矿脉，只是缺资金，你们来合伙，占便宜了，出五万块，以后要赚几十万。"

石头搂住我的肩膀说："这个大学生是专家，懂科学的教授，我的话不信，他的话你要信的吧？"

大东北与我握了握手说："听说你的本事了，跟你合作，可以考虑。"

找东北人之前，石头做过手脚。他跑到吴老板矿洞那边，背来一箩废石，倒在自己的矿洞旁，混在真正废石中，又倒一些在洞底。吴老板那边的废石紧靠金矿矿脉，夹杂着闪亮的石英石颗粒，可以制造将要成功的假象，为东北人描绘出远大希望。

两个东北人出门,一路跟我和石头胡吹,来到我们的矿洞,蹲在洞口的废石边拨拉一通,提着电筒进矿井,摸索着看一阵,捡几块矿石出来,翻来翻去地看。

大东北说:"试试看吧,我出两万块,这是最后一笔钱了,挖不出金子,只好跳金沙江。"

石头说:"原来真有钱啊,你们赖米果家的房租,还骗人家的饭吃。"

大东北说:"我操,让你看出来了,这两万块是留着跟你合作的啊,钱用完了,你现在不是只能跳金沙江?"

石头说:"金沙江里有金子的。"

大东北说:"其他不说了,我们要合作,就考虑多一些,也干得长一些。人多力量大,我们再找小四川吧,拉他来入伙。他做小生意赚了不少钱,也想投资,找他来合股,让他再出钱,资金多挖起来才保险,我们可以多支撑一阵。"

我对勤劳而小气的小四川不抱希望,没想到他很爽快,同意入股,其中原因是小四川喜欢米果,米果喜欢东北人。大东北和小东北轮番夹击,连哄带骗,说服米果出面,劝小四川入股,一举成功。

有四川人的钱,还是不保险。大东北建议多雇人,加快进度,可以不付工资,以工抵股。大家拴在一起,节约成本,有福同享有难同担,风险大分的钱就多,不吃亏。

这个提议很绝。

那就是后来流行的卡奴亚罗分成法,当地挖金子成风后,各种发明创造诞生，各种约定增多，有几条铁定的规矩，始终雷打不动，一是两洞相隔五十米，只能挖直线，不得抢别人的矿脉，二是挖矿的工人以工抵股，不拿工钱，挖出金子后参与分成。

当然有违约和反悔。人就是这样，会制定规矩，也擅长破坏契约。对此，老王的解释是，规矩不是用来管人的，也不能保证契约双方的好处，只是用来钻空子。有人钻出去，看到一片阳光，有人却落入深渊。

我说："别人捣乱是别人的事，我们要守规矩。"

老王说："这里的人都是乱干，守什么规矩？"

也许石头最能理解老王的话。很多日子过去，卡奴亚罗山的太阳依然如故。阳光投到矿洞外的灰白色碎石上，依然刺目，夜晚的月亮泛出潮湿的浅蓝色光辉。那时石头不再挖洞，是一条破脸狗。名叫破脸狗的卡奴亚罗山小兽相貌丑陋，很凶残，动作凌厉，灭绝多年，只在镇政府的一册地方志小资料里出现，石头却变成了那样一条狗，他最理解什么叫作乱干。

那是后话。

第八章

一

有了东北人两兄弟和小四川的资金,我们喜出望外。

大东北和小东北也高兴,干劲十足。他们弟兄两人在洞外操作机器,兼煮饭做菜。米果牵挂东北人,有时候会摸到矿洞口,送来几棵青菜和半碗炸熟的棉花虫。东北人不敢吃棉花虫,米果就朝他们的嘴里塞,两人捉住米果的手,拖着她钻进草棚,嘻嘻哈哈闹一阵,又去干活。

石头一家带着几个外村人在矿洞里干活,矿洞在艰难推进,矿脉却不见。

石头说:"找湖南人老孟买小推车,那样干得快。"

大东北说:"没有钱了哥们,不见矿脉,还敢乱花钱?"

小东北说:"石头说的有道理,买推车干得快,死也死得快,不要像这样磨磨蹭蹭。"

大东北说:"除非赊账,湖南人老孟会愿意吗?"

小东北说:"这个主意好,先借车子用,到时候还不了钱,他能吃了我?"

小东北三寸不烂之舌,果然借来了湖南人老孟的三辆推车。

推车带来了好运。

石头最早发现矿脉。

那天晚上他在洞里放炮,洞壁剧烈摇晃,头顶簌簌滚落下沙土碎石。他抱住头,以为洞会塌,把自己像老鼠一样砸死,那一刻他不绝望,反而很平静。

可是没有死,还可以爬动。

他爬到洞底,撬开乱石,伸手摸到了矿脉。夹杂在泥砂里的细碎颗粒棱角分明,是冰凉的石英石。石英石挤压在岩层里,眼睛可以看见,手也摸得出来。那些光滑冰凉的细碎颗粒是小兽的牙齿,比老鼠还小的兽,卡奴亚罗山的鬼,它们守护着金子,躲藏了几万年。

"着砂了。"石头在洞里大叫。

石头的二哥摸索着爬过来,身上落满灰土,战战兢兢地问:"你没有被炸死?"

石头抠下一把土,塞进二哥手里,二哥哦地叫一声,放声大哭。

洞里推出一车矿砂,洞外漆黑,风声凄厉,草棚里睡着东北人、石头的父亲和三个外村人。夜班的挖矿人只有石头两兄弟。两人很兴奋,又很孤独。

石头扑进草棚,把大东北拖起来。

"着砂了,"石头说,抽了他一巴掌,叫道,"大东北你起来看，赶快。"

大东北喷出一口酒气，一动不动。

小东北闻声坐起来，瞪大眼睛。

石头拖着小东北往外跑。

他们开动机器连夜干，天色灰白时淘出了金子。石头从溜床凹槽里刮下泥砂，在手心摊开，凑到灰白的晨光下辨认着说："有金子，我看到了，不算多，可是有啊，现在不多，慢慢会多起来。在江底淘砂也是这样，有多有少，再少也是金子啊。"

天色大亮，大东北被欢乐的机器轰响吵醒，钻出草棚打哈欠，听说淘出金屑，惊得连滚带爬，跑出草棚。

从那天起，大东北和小东北开足机器，把矿砂全部粉碎磨细，堆在洞口。堆了半个月，全部人出力，挖出一条窄长的大坑，摆进几只溜床，一起淘洗。淘砂很累，比挖矿石和推小车累。弓着腰，用铁铲在泥砂和流水中铲动，来回冲洗。几十吨无用的砂土被水冲走，把剩下的细砂装进塑料盆，再淘洗。

淘到盆底剩一碗泥砂，那些泥砂中轻若烟尘的微粒，就是金屑。

一碗最后淘尽的细砂，经水银浸泡过滤和熔炼，得到的金子只有几分。书上说，一吨矿石，含六克金子就是高品位，含三克也可以开采。人挖狗刨地掘洞，得到一吨砂石，把砂石全部磨细淘尽，得到不足六克的金屑，有些惨烈，类似熬尽岁月，换来一丝惨笑。如果最后两手空空呢？油尽灯灭，两手空空，并不少见。

二

大东北发明的以工代股分成法,显出强大力量,三个外村人干得不知疲倦,好像三架机器,嘎嘎吱吱响,洞口的一堆砂子,大半是三个外村人淘完的。

小四川闻讯赶来,笑容像一群蝴蝶,围绕着他的瘦脸,不断地扇翅膀。他买来了一只鸡和两瓶酒,带来了米果。

米果把咯咯挣扎的鸡举给东北人看,黝黑的脸上闪闪发亮,她说:"我煮饭,你们吃了更有力气淘金。"

小四川挤到米果身边说:"我杀鸡,你煮饭。"

米果把小四川推开。

石头看了好笑。

欢乐延续到半夜,两个东北人回草棚睡觉了,小四川温柔地对米果说:"走吧,我送你回家。"米果说:"你先回去,我要坐在这里看月亮。"石头三兄弟也钻进草棚,石头的父亲醉倒了,趴在地上不动。不远处吴老板的矿洞口轰隆隆响,人声杂乱,山下的马蜂村很宁静,被夜色吞没。小四川不走,磨磨蹭蹭,围着米果转,就像一只猫,围着水里游动的美丽的鱼,转来转去,无可奈何。他们何时回村,没有人知道。

三

　　精砂端到众人面前，朝盆里倒水银了。石头说："以后有钱，我要有一个自己的矿洞。"小东北问："你要跟我们分手啦？"石头说："现在还是合伙，以后要自己干，我要一个人做矿老板，不跟家里人合作，也不跟你合作，就是自己干。"小东北哈哈大笑说："你讨了老婆，就有自己的洞了，何必等到做矿老板？"

　　第二天，精砂被水银融化，石头的父亲找出一块布，把融化的矿砂滤出，包起布，用石头压住，过几天，布里的干渣倒进小坩埚，炼出了一颗金子。小东北说："我操！干到现在，我操！我要死了，才得到这颗金子，我操！什么时候我可以发财？什么时候会有一百颗金子？"石头从小东北手中夺过金子说："你没有见过世面，好好看看吧，跟着我们的专家干，就会有出息。今天有一颗金子，明天就有两颗，过几天有三五颗，让你发财了，高兴吧？"

　　炼出的金子交石头的父亲保管。

　　洞口的矿砂又堆高了，麻烦出现，水不够，无法淘洗，两个东北人每天上山找水源。

　　江里淘金要水，掘岩挖矿，磨细矿砂，同样要用水淘洗。山上找到涧水，用塑料管接下来，就可以淘金子。冬天不下雨，溪流也不会干涸。山有多高，水有多高，遍山的大树和杂草吸足水分，养育着整座卡奴亚罗山。

　　可是水太远，接到矿洞口很麻烦。用钢管接水花钱多，太贵，用塑料管接水会出事，牛把水管踩烂，过路人把塑料管割破，都有可能。

矿洞里也有水，山肚子里的积水会渗出，用水泵抽出来，灌到池子中，也可以使用。现在的水有两个来源，一是接山水，二是抽洞里的水。石头在距离洞口二十多米远的地方刨过一个小坑，积水慢慢渗出，在坑里蓄积，就可以用。也抽矿洞里的水，可是矿洞不深，出水少。

可以找到水源，但是太远，接过来几乎不可能，众人慌了手脚。

吴老板的水用钢管从山上接下来，长年不断。他的矿井规模大，用水多，从最早挖矿时起，工程师就以专业态度，找人上山，在马蜂村后山著名的大沟旁砌了一个水池，水池下方接出一根钢管，保证了矿洞的各种用水。

金子是卡奴亚罗山上的鬼魂，水是卡奴亚罗山的血，鬼魂躲藏在血液中，没有水，希望就死去。

石头说："去山上找吴老板的水管，敲一个洞接水下来。"石头的二哥说："偷水会打架的。"大东北说："找吴老板商量，买水。"小东北说："借点水行不？不要说买水，有多少钱买水？"

只有找吴老板借水。

石头跟了去，不说话，站在一边看。他跟吴老板吵过架，有过节，只能让东北人出面。东北人能说会道，说了一堆哥们义气道理，搂住吴老板的肩摇来晃去。

吴老板看了一眼站在门边的石头，犹豫不决。

"哥们,"小东北说,"帮个忙,用两天水就行,你看这个天,马上就会下雨,到时候还你水,加倍还。"

"我的水不够。"吴老板说。

"你连钱也用不完,水怎么会不够?"小东北说。

"我的水不够。"吴老板坚持说。

石头狠狠地瞪了吴老板一眼,踢了门框一脚,冷冷地说:"不是你的水,是山上的水,你不是这里的人。"

吴老板移开目光,看着头顶的天花板说:"要不就出几个钱,卖给你们水。"

"借水吧,"小东北说,"借两天的水。"

吴老板说:"不买就算了。"

买水的事以五百元钱成交,当场付款。

工作恢复正常,又开始淘砂。

小东北的话应验了,两天过去,惊雷滚过卡奴亚罗山,暴雨倾盆而下,山水哗啦啦流泻。可是雨太大,山水汹涌,冲走了堆在洞口的泥砂,疾风把矿洞口的一间草棚掀翻,抛到山底,棚里的被褥躺在肮脏的污泥中,众人被淋透,仍然兴高采烈。

晚上,小东北把我找来,提出新建议。他说买水增加成本,最后的分钱办法要改动,全部出钱的投资人拿走成本,剩下的钱再分,不是平分,是三七开。

我说:"那些工人,挖矿的工人,他们就会分得少了,比原来说的少多了。"

小东北说:"他们以工代股,只出力,不出钱,风险太小,太占便宜了,你看我头发急白了,他们不过是出了几身臭汗。"

我说:"这样不好吧?以后改动可以,现在改改来改去,不守信用了,人家会生气的,吵起来怎么办?"

小东北说:"守什么信用?分他们钱就是好的了,还讲什么信用?挖不出金子,大家都跳金沙江,谁来讲信用?谁管我们的命?"

我说:"你自己去解释,我不管。"

当天晚上,小东北说出新的改动方案。

三个外村人不懂。

大东北做解释,三个外村人跳起来嚷叫。

石头说:"好好说,不要吵架。"

一个村民提起地上的砍刀。

石头说:"把刀子放下。"

石头伸手抢刀,这个人猛地砍下。石头躲开,摔倒在一边。杀气顿起,石头也害怕,大东北更害怕。

小东北说:"好了好了,不改,还是老样子,炼出九颗金子,一人一颗,分掉再商量了,以后做以后的计算,愿干就干,不愿干走。"

山水在夜色中哗啦啦流淌,我们坐在新搭的草棚里,心里干燥而温暖。流传甚广的卡奴亚罗分成法,在那个潮湿的夜晚得到补充完善。以后,采金人合伙打分成,全部采纳小东北修改的补充约定:事前垫付的成本,先行扣除,才最后分成,以保证出钱的投资人利益。那个合理而艰深的补充具有重大意义,有力地推动了本地采金史的发展，进入卡奴亚罗山的金老板逐渐增多，卡奴亚罗山走向空前繁荣。

四

炼出五颗金子，砂路断了。

小东北说："我操！什么时候有完？"

大东北也黑着脸叫苦。

两个东北人晒得很黑，他们初到马蜂村，皮肤白，身子滚圆高大，村里人看了好笑，叫他们豆腐，他们也笑。米果喜欢这两块豆腐，对小东北和大东北都喜欢，听到他们说普通话，看到他们高大白皙的脸，心里就充满棉花虫欢乐的歌唱。

现在，东北人心情沉重，脸上黑一块紫一块，正在蜕皮。

众人商量的结果是卖金子，用卖金子的钱支付后面的成本，接着再挖。

小四川以为要卖金子分钱，很高兴，听说卖了投资，再砸进矿洞，又很伤心。小四川说："我还没有见过金子啊，一颗金子也没有见过啊。"

石头说："你收购过金子的，还没见过？"

小四川还在叫屈。

只有卖。

买家是温州金贩子。一个清秀的男人，看不出年纪。这个人每隔十天半月就在马蜂村出现,他不坐车,从山上的树林里钻出,头上沾着草屑和树叶,裤脚上糊满湿泥,为了安全,走私黄金,就这样不辞辛苦跑路。他把卡奴亚罗山的复杂山路摸得很熟,不容易。温州金贩子进山时间不长,比老王晚多了,老王日渐衰老,他越来越年轻,神色冷峻,头脑清醒。

温州金贩验过货,出了一个很低的价。

"卖不卖?"他冷峻地说,"我还有事。"

只能卖。

温州金贩付出两万元,两万元能买很多汽油,还可以买米肉和酒,够挖几个月矿洞了。

又挖到矿脉。

这次矿脉厚,砂路长,卡奴亚罗山经过耐心调教,变成一个忠实的朋友,亲热地拥抱着我和石头一家。两个月后,石头的父亲已经保管着十二颗金子。石头的母亲缝了一个黑布包,让男人把金子装进去,时刻挎在身上,就像卡奴亚罗山男人把四弦琴挎在身上,也像士兵把枪和子弹挎在身上。不同之处是,男人挎着四弦琴,走村串户唱歌,是为了找女人,玩得忘情尽兴,就把琴放下了;士兵的枪和子弹,也会在危险暂停时从身上取下;石头父亲身上的黑布袋,不论白天黑夜,始终挎在身上,是身体里长出的骨头和血肉。人在金在,同生共死。十二颗金子在黑布包柔软的底部坠出一个沉重的大包块,晃来晃去,令人振奋。

还不够。

再挖,越快越好。矿脉没有断,洞里有火药味、烟雾味、泥土腥味和污水的腐败味,还有甜丝丝的轻弱气味,这是金子味,金子怎么会有这种味?没有人知道。石头每天进洞,闻到白糖的甜味,或者蜂蜜甜味,就浑身舒畅。

众人的意见是,挖到矿脉再断,就卖金子散伙。

秋天来到。卡奴亚罗山区不是中国东北,冬天不冷,树木葱绿,生机勃勃,粗壮茂盛的山草在风中摇晃。冬天唯一的标志是棉花虫不叫,那些无知而大胆的小虫,在秋天隐藏,谨慎地躲进土里,敛声息气,卧在一团漆黑的寂静深渊。

棉花虫不叫,山上略显冷清。江水见落,露出大小乱石,少数村民陆续下山,在江边淘金,趴着跪着,像蚂蚁,围在弯曲浅显处忙碌,弄出干燥的声响。中午天气很好,艳阳高照,很暖和,阳光刺目,早晚寒意较重。早上冷风劲吹,晚上寒风刺骨,中午热得人冒汗,让东北人惊叹。

大东北说:"这个地方我喜欢,再冷也不会下雪。"

小东北响亮地打了一个喷嚏,"这种天气,一下冷一下热,受不了。"

小东北感冒了,打喷嚏流鼻涕,眼睛发红,流眼泪,好像被人欺负。他到马蜂村快两年,仍然不适应这里一日几变的气候,经常感冒。

小东北拍拍石头的肩膀说:"哥们,赚了钱去中国的东北,我的老家,去那里看看三尺厚的雪,三尺厚啊,要把你冷死,应该去看。天南地北走走，才活得值啊，那个地方比你们这里先进，先进得很哦。"

石头淡然一笑，他不想去中国的东北，认为那个地方不好，也不先进。如果好，东北人为什么跑来马蜂村？如果那个地方有妹子，小东北为什么缠着米果？

石头只喜欢卡奴亚罗山。

他告诉我马蜂村很好，天下第一，因为好，才有各种人来。他说老王和你来了一次又一次，也是因为这里最好。听了他的话，我很感动。他对故乡过分热爱，身怀坚定的深情，我却远离昆明，在这里漂泊。他很幸福，我可怜。

卡奴亚罗山确实好，吸引了很多外省人。

湖南人进来、东北人进来、四川人进来、温州人和福建人进来。两个月前，一个广西人也进村了，吴老板请来的，这个人很快在卡奴亚罗山赢得化学家的美誉。化学家在马蜂村住下，为吴老板干活，也为自己干。他不像早期的那个工程师，卖身投靠，从走进马蜂村的那天起，他就只卖给吴老板新技术，凭着聪明的脑袋做生意，不跟任何人合作，不做任何人的手下。他是一个鬼。

这个来自广西的鬼，是真正懂行的提炼金子的专家，思路缜密而精准，技术比工程师高明。工程师挖出了金子才单干，他在马蜂村住下就单干，无所顾忌，还干得很好，赚钱很快。

伟大的鬼，伟大的广西化学家，为卡奴亚罗山带来了氰化法，用剧毒药物氰化钠泡金砂，再用锌丝汲取金屑，效果惊人地好，就像把针管插进皮肤，温热而鲜红的液体马上流进透明针管。

广西化学家的技术传开，马蜂村的所有金老板，都学会用氰化钠泡砂取金。

五

我们也学会用氰化钠提金子。

用氰化钠泡砂取金，减省了淘砂的辛苦。磨细的矿砂倒进氰化池大坑，兑入药水，撒进石灰，不断搅拌，几天后，从池底的小孔放出流水，蓄到下方另一个池子中，放进一只长长的木盒，盒子里摆几卷像乱草一样的锌丝，金屑就能吸附到锌丝上。抖动锌丝，金泥就会脱落，堆积到木盒里，取出金泥加温烧化，一颗颗金子就像魔鬼的小脑袋，在精巧的坩埚里骨碌碌滚动。

神奇的化学让马蜂村的挖金人大开眼界，亲身领教到科学的厉害，明白了世界的广阔和复杂，知道天下还有比人心更加深不见底的技术。因为深不见底，氰化法的道理人们不懂，不懂不要紧，依样画葫，就可以炼金子，人们就像喜欢糖果一样迷恋剧毒的氰化钠。

年近五十岁的广西化学家每天忙得马不停蹄。

这个神秘的男人在每个星光灿烂的夜晚及时出现，走进马蜂村各户人家的房子，脸上带着永远不褪的微笑。他从挎包里取出几只玻璃瓶，用广西普通话草草讲授氰化法道理。人们急不可耐，不爱听道理，也听不懂，只对他的小瓶感兴趣，看到锌丝浮在水面上滋滋燃烧，以为亲眼看到了世代传说的鬼魂，惊得张口结舌，对科学不得不服。

然后，化学家开始卖药水和锌丝，他卖的锌丝不是表演时用的那种会自动燃烧的锌丝，是提炼金子使用的锌丝，很安全，大家愿意接受，不害怕。

所有人使用的氰化钠水，也是这个化学家出售的，每隔几天，就有农用卡车拉着一些猛烈碰撞的大铁桶驶进马蜂村，桶里的氰化钠水很快一售而空。

小四川说："我要去找这种水，这种氰化纳水我也可以卖的，我看卖这种东西赚钱太快了，比挖金子还快。"

那是后话了。

氰化钠剧毒，村里的鸡死了很多，有的人家还死了猪牛，争吵和打架增加。有一个小孩误吃了溅有氰化钠水的面饼，不幸身亡，引出两户人家相互砍杀的血案。那也是后话。

六

石头父亲黑布包里的金子，有二十三颗了。

如果十颗金子是成本，剩下的十颗大家分，每人可以分得一颗稍多。

分金子还是卖成钱？大家等得不耐烦，想钱想得要疯了。

石头不同意卖金子，坚持往下挖，挖到矿脉断的时候再说。

小东北说："你不要老说矿脉断，说了就会断，这种倒霉话少说。"

果然，冬天将逝的时候，矿脉断了。

石头父亲的黑布包里的金子增加到了三十三颗。

这是超出所有人想象的重大收获，初步估计，全部金子可以卖得三十万元。这笔钱在石头的心里，多得可以买下整座卡奴亚罗山。大家再无怨言，矿脉断了最好，所有的人都熬不住，急切盼望着分钱。怎么分？分金子还是卖钱？

"分金子不好，"小东北说，"有的轻有的重，金子这种东西，少一钱就少很多票子，多一克就是几十块钱，还是卖成钱再分。"

众人同意卖金子。

小东北说："不在这里卖，不卖给马蜂村的金贩子，到外面卖，上次那个温州人，就让我们吃大亏了，吃了大亏啊，吃哑巴亏啊。我们出去，半山腰，镇政府那个街子上，有外地金贩子。金贩子就住在小旅馆里，去那里，找到金贩子，可以卖更多钱，或者跑到县城，去县城卖的价格更高。"

石头的父亲说："跑那么远，金子丢掉怎么办？"

小东北说："金子丢掉？金子会丢掉？金子丢掉我的命也就丢掉了，不可能出那种事！"

石头的父亲问："怎么去卖，你们东北人两兄弟带出去？"

小东北说："我们两兄弟带出去，是不可能的，你信得过我，我还不相信自己呢。我要是跑了，或者被人砍死，这件事就说不清了，我说不清，你们也说不清，还受不了。我只是提议把金子带出去卖，怎么卖要大家商量，也可能是你们自己带出去卖，我在村子里睡觉，等着拿钱就是了。"

石头的父亲说："不是信得过信不过的事，是不能这样做。"

大东北说："我认为还是带出去卖，让石头跟着去，我们一起去。"

石头的父亲说："也不行。"

我说："我也去，我跟石头一起去，大东北和小东北也去。"

石头的父亲犹豫了，痛苦地坐在地上，低下沉重的脑袋，两只手紧紧护住身上的黑布袋，不再说话，干硬乌黑的脸上愁云密布。

小东北说："金子交给石头保管就行了，让我带在身上，还爬不动路呢，我不比你们，你们是一些马，爬山太厉害了，我不行，我爬山就累得要死。"

石头的父亲慢慢抬起头来问："怎么带出去？就这样挎在身上？那么多金子，值几十万元人民币，挎在身上就带走了？"

马蜂村这个地方相当偏远，没有警察来查，不过，我听说有人带金子外出半路被查，人财两空。半路不是卡奴亚罗山半腰，是两百公里远的外县，走出几百公里，就没有办法了，什么事都会发生，我们不走那么远，就算去县城，也只有一百多公里。应该说，带金子被查获的事很少，从前我带少量金屑上昆明，并无危险。

从前马蜂村默默无闻，现在，各路人马进入，风声传得很远了，谁敢保证不出事？

小东北说："温州人收购金子，带出去很多了，也没有听说出事。"

这句话很有说服力。

老王返回昆明若干次，每次都把金子安全带走。我在马蜂村的这段时间里，抽时间回昆明，看望过父母和李影，沿路见到有零星警察查堵，却没有人查我，警察的目标很多，不一定是金子。

如果，我们只去半山腰的那个小镇，何必顾虑？就算进县城，也是小事，去八百公里外的昆明，也没有危险，一百公里远的县城怕什么？

石头的父亲未松口，仍然不愿交出装金子的黑布包。

我说："这样吧，分一部分金子，带出去卖一部分，这样就更可靠了。"

小东北说："没有必要了，全部带走。"

石头的父亲说："分一半，带一半出去卖。"

众人接受了这个建议。

开始分金子，按乡下习惯，凭肉眼看，每人分一颗金子，剩下的集中起来，带出去卖钱。石头的父亲从布包里拿出金子，石头把烟壳纸撕成几片，写上编号，包起金子，小东北在另外的纸上也写编号，开始抽签。首先喝酒，赌咒发誓，严守发财消息。本来可以找温州金贩借天平，怕走漏风声，放弃了。马蜂村所有挖金子的人，都不说自己发财，人人都说不着砂，发财的事由别人去猜测。

抽签结束，小四川笑歪了嘴。他认为自己抽到的金子最大，看上去好像最大，众人不以为然，金子拿到手，人人高兴。

没有分一半，只分了九颗，一人一颗最好分。

剩下的二十四颗金子分为两半，交给石头和我，两个东北人陪同，一起带出去卖钱。我们四人结伴，可以相互照顾。身上带了一堆金子，我心虚，提出把金子分四份，各人带一份，这样更安全也更公平。

小东北客气地说："你是大学生，交你一半最好，我相信你。如果你带着金子逃跑，躲到哪个犄角旮旯，石头会找到你的，他不会饶了你。"

石头的父亲严肃地说："丢掉金子，你们每个人都要赔，就算人死了，也要由家里人来赔。"

七

东北人出村，不是回遥远的故乡，是上山卖金子，米果还是受不了，无限牵挂，恋恋不舍。那天，米果眼睛红红的，流着眼泪，跑到村口送东北人。她不是哭，马蜂村的女人不会为送行哭泣，她们有足够的耐心等待男人回家。她是传染了小东北的病，感冒了，也在流眼泪打喷嚏。她的喷嚏很好听，轻巧尖脆，像猫叫也像唱歌，不像小东北的喷嚏干涩而响亮。

她换了一身干净的黑布衣服，腰上扎着花围腰，头发梳得光滑整齐，一边抹眼泪，一边摇晃身子，打出一连串动听而温柔的喷嚏，目送着远去的东北人。

小东北走得急，踏进凹陷的土坑，差点摔倒。米果捂住脸，笑得很开心。

石头挎一个黑布包,我也挎一个,包里各有十二颗金子。每颗金子是一颗心脏,在我的身上七上八下的跳动。石头的背上鼓着一个硬块,里面别了一把刀,一把砍柴刀。卡奴亚罗山村民出门,都要在腰上别一把砍刀。他们的砍刀沉重而锋利,可以轻松砍断一棵树,也可以灵巧地削水果皮,还可以杀人。

我们没有乘车,也不走公路,走的是林中小道,温州金贩子也选择走小道。小道很隐秘,攀越卡奴亚罗山,穿过林中的小道,可以走向大有前途的未来。

走山路石头很在行,从小到大,出门就是走路。东北人还行,我很差。东北人来自辽宁沈阳,听说是钢铁厂铸工,力气大,山路还能对付,我走得叫苦连天。

只能走,休息一下再走,只能这样。温州金贩子进入卡奴亚罗山,永远都是走路,我相信他们也曾经累得趴在山上哭喊,累也要走,就是这样。

中午,我们走进半山腰的牛村,饿得要命。

几年前我和老王在卡奴亚罗山游荡,认识牛村一个叫猪尿泡的少年,那天老王为猪尿泡的母亲算命,算出她腰杆疼,惊得那个女人脸色苍白。

猪尿泡长大了,二十多岁,很苍老,头发稀稀拉拉,脑袋更大,歪歪扭扭,衣服破烂肮脏,正坐在村口的大杨树下晒太阳。

"猪尿泡。"石头叫道。

猪尿泡迟钝地抬起了头。

石头走过去，用力拍猪尿泡的头。

"猪尿泡，"石头说，"到你家吃饭去，我带来两个朋友，走路饿死了，到你家吃一顿饭，你这个杂种不要小气。"

这个猪尿泡，曾是石头的初中同学。

马蜂村有小学，牛村有初中，石头上一年初中就回家了，猪尿泡也上过几天初中。

我们没有在猪尿泡家吃饭，猪尿泡的母亲死了。那个女人去山上的水沟边淘金，引发了早年的腰伤，不治而亡。山里人患重病，进不了医院，只能等死。

石头找到牛村的另一个中学同学，这个同学名叫青蛙。

青蛙在挖矿。

牛村人也在本村后山挖洞采金了。外省金老板进入卡奴亚罗山，满山乱窜，有广东人在牛村租地，雇人挖洞，炼出了金子，牛村人纷纷上山乱挖。

青蛙挖出了金子，脸上挂着光芒万丈的笑容。

我们在青蛙家吃饭。

石头说："你看，我的朋友，大学生，还有东北的金老板，是出来考察的，以后，你们这里有金子，这些人都可以投资。"

青蛙张开大嘴巴，像一只真正的青蛙，哇啦哇啦地说："投资好啊，我们这里金子多，比马蜂村多，只是没有本钱，你们带钱来，会有很多人出力，一起合伙挖金子。"

石头与老同学青蛙热情叙旧，只为骗一顿饭吃。他饿得不顾面子，讲很多废话，无耻地大碗喝酒，假模假样地与青蛙畅想未来。

酒足饭饱，石头起身告别，握住青蛙的手说："老朋友，你现在有钱了，可是我很穷，穷得要死啊，看到人家发财我心慌啊，我的这些朋友有钱，你也有钱，告诉我你是不是发财了？"

青蛙没回答他的话，搂住石头的肩膀，压低声音说："老哥，小心这三个人，这三个外地人，外地人都有坏心眼，老哥你要小心，不对头就动手，把他们砍死。你带着金子是不是？我看你好像是去卖金子，要小心啊。"

他们用本地土语交谈，我还是听出了大概。

石头说："有什么金子？我怎么会把金子带在身上？我连金子也没见过。"

他搂住青蛙的肩膀，用力摇几下，依依不舍地告别。

暮色四合，我们一行四人走进了半山腰的镇政府小街。

天色发灰，阳光从西面山顶落下，划过街面上的低矮房顶，移到东面树影模糊的山腰。镇政府小街有很大变化，铺了水泥地，可是地面干裂，开了好几条粗大缝隙，好像老王脸上的深刻皱纹。

两个东北人把外衣脱下，提在手上，只穿破旧的圆领衫，肚子剧烈起伏，我一边走路，一边呼哧呼哧喘气，石头也满头大汗，脚步拖拖拉拉，摩擦出沉重的声响。

八

　　这个世上最荒凉的镇，正从数十年的安详沉睡中默默醒来，看上去，镇街子还是空空荡荡，其实已经多了几家小饭馆和私人旅馆，微风从街边无声刮过，卷起灰尘和草屑，送向暮色苍茫的远方。街上的两家小饭馆开着门，亮起了电灯，一家饭馆空空的，一家侧身坐了一个人。这个人一动不动，不看街上的行人，也不说话，好像一截木头，不知道是食客还是老板。

　　我朝供销社商店看去，想找到李叔叔，却不见人影。

　　只见小饭馆门口有人卖烧豆腐，一个女人坐在烧豆腐的铁架边打瞌睡，铁架边的小凳上，坐了两个穿黑布短褂的小伙子，两人各举着一块豆腐，正要往嘴里送，听到脚步声，一齐回头，看了我们一眼。

　　他们身后站了两匹马，马头上的皮条绳弯弯地垂下，拴在凳子脚上。烧豆腐是县城里的流行小吃，现在传到各乡镇，走遍卡奴亚罗山，都能闻到烧豆腐的糊香气。我四处环顾。金贩子在哪里？

　　一家杂货店有人探头张望，除了这个好奇的生意人，没有人对我们有兴趣。镇政府街上安静而枯燥，没有金贩子的踪迹，也不见行色匆匆的外地人。

　　我们来到一家挂了塑料小牌的旅馆前。

　　这是私人旅馆，像一个家，开了一扇窄窄的房门。我们走进那扇门，看到门里的走道上有一只小凳，凳上坐了一个十七八岁的姑娘。姑娘低着头，不敢与我们对视。她把他们带到楼上，打开房间，迅速逃走,好像我们欲行不轨。

我们走进房间,看到床和被子,立即被疲惫击倒。

东北人很快睡着。

我和石头也睡着了。

几分钟后,石头坐起来,把我推醒说:"这样睡觉?来这里就是为了睡觉?赶快去镇上找金贩子,你知道金贩子在哪里?"

我说:"问东北人啊,我怎么知道?"

小东北懒洋洋地睁开眼睛说:"先睡吧,我累得要死。"

石头说:"那就吃饭,肚子饿了,先吃饭。"

小东北闭上眼。

大东北鼾声如雷。

我和石头各挎一只黑布包出门,石头手伸到腰后,摸了一下刀把。

来到楼下,我看到旅馆老板坐在门口,端着饭碗吃饭。

这是一个五十多岁的男人,光头,黑脸,手脚粗大,小小的饭碗好像随时会被捏碎。

光头男人说:"吃饭啦,吃饭。"石头说:"是啊吃饭。"我问:"这里什么地方可以吃饭?"光头男人问:"跟我们吃?还是去街上的小饭馆吃?"

一个光屁股的男孩跑进屋里,从光头男人身边蹿过。光头男人吼道:"回来吃饭!你这个死狗!"小男孩好像心中有鬼,在灯光下一晃,不见了。

石头在光头男人身边蹲下，递给他一支烟问："这里，最近有金贩子吗？"光头男人看了石头一眼问："你卖金子？"石头说："不是，我要去县上找工作，随便问问。光头男人说："要小心，很多人不可靠，会下药。"石头说：我会下药你信不信？"光头男人笑了，拍拍石头说："你不像，莫开玩笑了，你倒是像一个抢人的。"

我们站起来要走。

光头男人拉了一把石头说："查得紧，最近查得紧啊，金贩子不敢来了。"

石头说："查得紧很好，金价就高了。"

九

我们走出小旅馆。天色黑定，街上的饭馆有灯光射出，送来油烟味和肉香，我的肚子咕咕响。来到饭馆门口，我看到有人围桌子吃饭，大声问："有饭吗？有什么菜？"

那个卖烧豆腐的女人已经回到饭馆里，她摇晃着满头乱发，走过来说："要吃吗？进来，有猪脚。"

吃饭的几个人转正脑袋，看着我和石头身上的黑布包。

我心头一凉，两人各挎一只黑布包，里面沉坠坠的，太显眼，很傻。

街边有人无声地轻巧跑过。

我急忙回头，没有发现人影。

"吃饭吗？"头发蓬乱的老板娘催促道，"要吃就进来坐，坐下再说。"

石头说："累了，我的朋友睡在旅馆里，有什么好吃的？"

老板娘问："哪家旅馆？光头的旅馆？要送饭？"

石头大喜，急忙说："送饭送饭，送饭最好。"

我们返回旅馆，两个东北人已经醒来，铁青着脸，坐在床上抽烟。看到我和石头，小东北一跃而起，胖脸扭歪了，紧紧拉住石头的手说："哥们，还以为你出事，你要是被抢，我们回去就交代不了，你爹会把我们吃掉的，如果跑掉，麻烦就更大了。"

我说："我们怎么会跑掉？我和石头，会不守信用？跑掉？你和小东北认为我们不可靠？"

大东北说："我认为你们都是守信用的朋友，可是人不可貌相啊。"

我笑着说："跑到哪里？跑回马蜂村吗？真是开玩笑。"

大东北说："不是开玩笑，你们会一起跑掉的，跑到东北躲起来，我就没有办法了。我根本想不到你们会跑去东北，我自己在马蜂村，你们跑去中国的东北了，你们做得真绝！"

石头说："少开这种烂玩笑。"

小东北说："不要生气，我最相信你们，你们也不守信用，这个国家就完蛋了。"

大东北笑了。

"肚子饿啦，"大东北说，"出去吃饭，今天晚上好好喝酒。"

我说:"有人送来,不用出去了,在旅馆里吃饭很安全。"

东北人大声叫饿。

我们坐在旅馆房间里说笑,讲与吃饭有关的小故事。大家都很饿,面目狰狞,目光涣散。有人敲门,我们很警惕,住口不言。石头退到墙边,朝腰上摸刀,盯住房门。门外的人开口,轻声脆语,是送饭的,石头扑上去开门。两个女孩各提一只红色的塑料小桶进来,桶里装着几只碗,碗里有饭菜和肉,还有一瓶酒。

小东北大叫酒不够,石头蹲到小桶边,伸手抓炒肉吃。

小东北掏出几张票子付钱,拖着两个女孩出门,买酒去了。

饿得惨吃得香,小东北买来五瓶酒,坚持要喝光,我不同意,把三瓶酒塞到床下,不准再喝,酒醉坏事,石头明白我的意思,只得咽口水。

小东北说:"喝吧哥们,这个地方卖不了金子,就到县城卖,要不干脆到昆明卖,昆明那个地方,应该可以卖高价。"

我说:"到昆明我有办法卖,昆明有一条街,住的都是金贩子。"

小东北说:"那就好,好啊,今天晚上吃好,不谈生意也不谈金子,吃够喝够,睡个好觉,明天去县城,从县城坐车上昆明,到昆明卖了金子,找两个小姐,昆明有小姐吧?"

石头不知道什么叫小姐。

小东北比了一个手势。

大东北说:"你这个兄弟啊,要开眼界,以后做金老板,有钱要会花,不花钱挖金子干什么?"

石头红了脸,羞涩可爱,像春心萌动的姑娘米果。

夜色黑如锅底,窗外传来空空旷旷的零星狗叫。

十

第二天中午,我艰难地醒来,脑袋沉重,不知身在何处。旅馆的房间很宽大,两张床空了,一张床上睡着人。我把睡着的人推醒,是石头,两个东北人不在。

石头挣扎着坐起来,用力摇脑袋,又倒下去睡着。

我坐在床边打瞌睡。

下午,石头把我摇醒,我看着他,很吃惊,房间里静得让我心慌,想起两个东北人,我觉得奇怪,怎么睡在这里?

石头说:"出事了,我们完蛋了。"

我知道他说金子,猛然跳起来。

石头提着砍刀,坐在床边,弯弯的刀口隐约闪亮,好像在苦笑。

我迅速奔到窗子边张望。

奔跑中,我蓦然惊慌,发现身子轻了,奇怪地原地转一圈,未发现蹊跷,哑然失笑。

后来,我朝肩上一摸,全身袭上透心的冰寒,五脏六腑被掏空。

布包没有了,挎在身上的那个布包,装了金子的黑布包,包里有十二颗强劲有力的心脏,那些东西都不见了。

十二颗心脏全部停止跳动,我觉得呼吸困难,手脚冰凉,身上空空的,好像剥光了衣服。我朝左边转一圈,又朝右边转一圈,站住,再转,再站住,三下两下把衣服脱光,只穿一条裤衩,光着身子在房间里跳了跳,跳一下,再跳一下。

石头说:"不要跳了,我早就这样跳过,什么也没有。"

当天晚上石头就走了,我不知他去哪里,也许去追杀东北人,追到天边,辽宁沈阳城,在冰天雪地里寻找可疑的脚印。

我有两个选择,一是逃回昆明,二是下山,回村认错,要杀要剐随便。

这两个选择,对我来说都很困难。

我在镇上的小旅馆里住了三天,每天睡觉,饿了就出去吃饭,找供销社的李叔叔吹牛。

李叔叔想自己做生意,说话慢吞吞的,语气却很坚定。他问:"马蜂村什么好卖?"我说:"卖炸药,把所有人炸死。"李叔叔不慌不忙地说:"你不告诉我,我也知道的,现在可以倒卖矿山设备,我准备干这一行。"我说:"现在,我有两个想法,一个是自杀,一个是把你杀死。"李叔叔说:"你最好还是回昆明,我看你有毛病了,不要再病倒在镇上,这次我救不了你啦,上次救你也只能算是运气。"

我选择下山回马蜂村。

做出这个选择,等于选择了死亡。

让石头的父亲和哥哥把我杀死,可以安心。无论如何,我犯错误了,我没有守住金子,等于失约,不守信用,应该以死谢罪。

下山进村，我见到了石头一家。

他们平静地看着我，包括石头，石头早就回家了，父子四人，连他的母亲，一起看着我，没有悲伤，只有少许的惊奇。

石头的父亲说："还以为你不来了，金子留着给你呢。"

金子？

后来我知道，石头早我一天回到马蜂村，前面几天干什么，无人所知。他把金子带回去了，数量一样多，大小却有差异，没有人提出疑问。另外一件事也没有人提出疑问，收购金子的那个年龄不详的温州人从此不见了。一个温州金贩子消失，不会影响到马蜂村的繁荣，每天都有新面孔的金贩子走进村子，四处打听货源，把金子买走。

我们接着干，再挖那个矿洞，后来还有重大收获。

石头不干了，从此不挖金子。

他卖了金子结婚了，从外村找来一个老婆，所有农活和家务事都交给老婆，自己闲着玩，东游西逛。有时把家里收藏的那支旧铜炮枪拿出来，坐在门口擦得很亮，举起枪口，瞄准想象中危机四伏的世界。

第九章

一

　　石头游手好闲，每天盼望着鱼雀飞来。

　　鱼雀是卡奴亚罗山区的一种候鸟，拳头大，羽毛有鱼鳞状花纹，鱼雀每年飞来，落满遍山的枝头，卡奴亚罗山区的村民就欢欣鼓舞。

　　他经常跑来找我，唠唠叨叨地说："像你这样苦干，什么时候有完？还不如打鱼雀，我现在只想打鱼雀，开枪，把雀打死，很好玩。"

　　不见鱼雀的踪影，石头烦躁不安。

　　石头的女人怀孕了，他却无所事事。

　　每天重复挖矿，确实无聊，不好玩。

　　无休无止的重复劳动和枯燥无味的单调生活把我折磨得够呛，我毕竟上过几年学，懂文化有知识，做过大城市的政府机关干部，爱听音乐，不写诗也会抄诗，在马蜂村日夜苦干，烦闷少不了。我的心境老神仙也能体会，他对我说："大学生，你在这里住不惯吧？三五个月回家一次不好受吧？我这个人，做过老师的，每天在矿上干,也不习惯,以前给学生讲课。说几个故事很好玩的,闲在家里可以弹琴唱歌,还可以上山打鸟,一年四季挖矿真的不好玩。"

马蜂村小学校的教师陈哥成了我的新朋友,小神仙带我认识陈哥的。从前老神仙教书,小神仙很羡慕,也想长大了教书,现在老神仙不教书,小神仙转而崇拜陈哥。他带我去小学校玩,我与这个爱学习的小伙子谈得来,很快成了朋友。

陈哥圆脸、白皮肤、短发、脸上挂着朝气蓬勃的笑容,比小神仙大三岁,家在邻县。我以为他是城里人,没想到也在村子里长大。他的父亲是邻县的小学教师。大约在陈哥出生后不久,父亲收集整理的五首民歌被县文化馆选用,刊登在一册内部出版的小书上,从此,做教师的陈哥父亲大受鼓舞,开始了历时半生的民歌收集活动。

陈哥读师范时,县文化馆为他的父亲出版了一册本地民歌精选,父亲把文化馆赠送的二十本自己的书锁进木箱,喜不自禁,又忧心忡忡,经常拉住妻子问:"你说我是把这些书送人呢,还是留在家里?"陈哥说到这件事,笑得合不拢嘴。他告诉我,到卡奴亚罗山教书前,父亲郑重其事地送了一本自己的书给他。

以前陈哥对父亲四处奔走,记下一两句歌词的行为不理解,现在,远离故乡,在卡奴亚罗山阅读父亲的书,他忽然喜欢书里的内容,为父亲的半生辛苦感动,也开始收集民歌。

陈哥对我说:"收集民歌很有意义,是重要的文化工作,这种事总要有人做。可是我不懂这里的语言,所以要小神仙帮忙。小神仙挖矿太辛苦,没有时间,真是麻烦啊。"

我说:"慢慢来,这是百年大计,可以做一辈子。"

陈哥不着急。

他年轻气盛,兴趣广泛,喜欢教书,还热爱武术和篮球运动。收集整理民歌一时有困难,就转向其他好玩的事,比如发展马蜂村小学的篮球运动。

他在认真教书之余,找村长老鹰,谈体育的深刻意义,为马蜂村小学建了第一个篮球场。篮球场给马蜂村小学带来崭新面貌,小学校门口的斜坡挖平了,高高的篮球架下跑着几个活泼的孩子,场面很生动,陈哥每天带着学生在篮球场上打球做操和练武术。

老神仙说:"陈哥这个人不错,年轻人就是思想活跃,做事比我强多了,他现在把小学校的工作搞得很好。"

我说:"马蜂村人有钱了,以后大家出资,把小学校扩大,建初中班,老神仙到时候你回去教书吧,教初中你可以的吧?"

老神仙说:"教初中有什么不可以?我们卡奴亚罗山的初中生,还有人在学校教高中,我教初中为什么不可以?"

我问:"我做校长可以吗?"

老神仙说:"你要在马蜂村做校长,我们这里的人会很感激啊,以后的娃娃有福气了,你这个大学生,也教几个大学生出来吧,我们这里会出大学生的,卡奴亚罗山的人不笨。"

二

三月的一天中午,石头又跑来玩,拉着小神仙坐在矿洞旁边的山坡上休息,大声抱怨道:"烦死了,就是不见鱼雀,烦死了,不好过。"

小神仙说:"鱼雀过几天就来了。"

中午休息,机器关掉,轰响停止,一片寂静,天地变得宽阔。山风呼啸着席卷而下,摇动着乱草杂树。棉花虫长大了,又零星鸣叫,短促而尖锐的叫声在山谷里飞蹿,呼唤着蠢蠢欲动的未来。

"鱼雀怎么了?"石头说,"怎么还不来?找不到路了?躲在东北吗?鱼雀知道我厉害,不敢来了?"

小神仙抬起手,比了一个射击动作,瞄准石头说:"你就是鱼雀,我一枪就可以把你干翻。"

石头仰天长叹:"鱼雀快来啊,我不会杀你的,我要喂你吃小果子。"

小神仙递给石头一截酸叽叽说:"给你吃,压压火气。"

石头咬着酸叽叽,无力地躺到地上。

酸叽叽是一种草,形状像蒿枝,却没有蒿枝的臭味和辛辣,把草秆放进嘴里,轻轻咀嚼,就有带酸味的汁液流得满嘴生津。

石头嚼着酸叽叽说:"今年我要打一百只鸟你信不信?"

小神仙说:"你打一千只鸟,也有人相信,你在这方面本事大,我比不过。"

小神仙在石头面前很谦虚,在我和陈哥面前,就变得自信,大口大气起来。我和小神仙去小学校玩,小神仙就摇身变成石头,向陈哥吹嘘自己的本事,他说:"你来几年了,还没有打过鱼雀吧?到时候我带你去,我的枪法相当准,一枪一只,百发百中。"

陈哥说:"去年你打鱼雀,我知道的,我不想去,打猎不好,伤害动物的事,现在不兴了。"

小神仙说:"不是伤害动物,是打鱼雀。"

小神仙告诉我,鱼雀飞来,不是一两百只,是成千上万只,一群鱼雀从树林里飞起,像一片飞溅的碎石,鱼雀落满山上的每一棵树,叫声排山倒海,像小学校的学生唱歌,甚至比小学校学生歌声响亮。小学校只有七八个学生,声音再响亮,七八张嘴也比不过成千上万鱼雀的嘴,人的力气再大,也不可能整天唱歌。鱼雀整天在树上叫,一边吃果子一边叫,不知疲倦。

小神仙说打鱼雀是用塞满铁砂的铜炮枪,枪里装进火药,填满铁砂,朝树上射出,有人一枪射下五十只鱼雀,装满了半只化肥袋。

我说:"什么年代了,还喜欢打鱼雀?不喜欢金子吗?"

小神仙说:"金子每天都可以挖,鱼雀一年只飞来一次,你说什么东西重要?"

这个问题我回答不了。

鱼雀来了,石头在满山叽叽喳喳的叫唤中大声欢呼。

鱼雀的叫声像一片云,笼罩着山上的密林,又像雾气,把马蜂村团团围住,石头高兴得要死,跑来找小神仙,站在矿洞口哇啦哇啦叫。

三

所有挖矿的卡奴亚罗山男人都在热烈欢呼。

我知道打鸟好玩,也想去凑热闹,以消除马蜂村生活的单调乏味。不过,我对弥漫着整座卡奴亚罗山的欢乐不太理解,老王更对此深恶痛绝。

马蜂村挖金子多年,村里人有钱了,很多钱,盖起新房子,买汽车,公路修得更宽和更平整了。可是,他们还是热爱古老游戏,喜欢打猎。这种玩法有什么意义?不会带来钱,还费钱。他们丢下矿洞里的工作,每天损失两三百块钱工资,做老板的损失更大,几千上万也可能,他们宁肯不要这些钱,也要跑去打鱼雀。

我不懂这是为什么。

只是打猎的习惯?

我问石头:"打猎有什么好玩的?"

石头说:"就是好玩!你以为只有挣钱好玩?挣钱他妈的就是不好玩。"

他的眼里射出坚硬的仇恨。

鱼雀如期而至,漫天飞舞,村民魂不守舍。吴老板的矿井走了一半人,老王的矿洞,好几个村民请假回家。我和小神仙管理的矿洞,外村人走光了,没有人上班。

小神仙拖着我回家,把床下的枪找出来,递给我看。

一星期过去，后山各小金矿停工，本地人一窝蜂跑回村去。在家里忙乱，找出铜炮枪，兴致勃勃地擦，瞄准天空里飞翔的鱼雀。

老神仙也回了家。

矿洞被人遗忘，像一张张孤独的嘴巴，无声无息。矿洞旁边的草棚里回响着风声，不见人影。吴老板的矿井那边，煮饭的女人坐在草棚外晒太阳，懒洋洋地绣花边。

小神仙在家里擦枪。

老王无事干，来找老神仙，看到小神仙擦枪，走过去问："不想挣钱了？就打小雀？"

"是打鱼雀，"小神仙说，"叫鱼雀，不叫小雀，翅膀上有鱼鳞花纹。"

老神仙走出来，坐在家门口的小凳上，幸福地看着小神仙擦枪。

老王走过去，伸出手，张开手指，对老神仙说："你是有文化的人，算一下账，上一天班，有几十块钱，多的两百块，最少三十块，一个月多少？打鱼雀挣得了这么多钱吗？"

老神仙说："打鱼雀不是这样算账的，金子卖多少钱可以称出来，玩是算不出值多少钱的，人忙来忙去，不会玩，活着还有什么意思？"

老王问："一天打多少鱼雀？"

老神仙说："碰运气了，倒霉的时候，一只也打不到。"

老王说："你们这里的人，脑子有毛病啊。"

小神仙带着我去小学校找陈哥，陈哥正在篮球场边喊叫，指挥学生打球，学生像一群鱼雀，在干裂的地上跑得灰土飞扬。

小神仙比了一个手势，朝陈哥射击。

陈哥丢下学生，带我们坐到宿舍里。

小神仙说："对不起，我家的旧枪被老神仙卖掉换酒喝了，他什么都想卖掉，不过还有一支好枪，我擦好了，到时候换着打，石头也有一支枪。"陈哥说："打不打无所谓。"小神仙说："今年你一定要去打鱼雀，很好玩的。"陈哥说："我是想去，只是没有枪。"小神仙说："我会给你枪的，保证。"

第二天早上，我们一起出发了，石头、老神仙父子，还有我。老神仙扛着枪，瘦削的老脸光滑闪亮。小神仙兴高采烈，腰上系了一条麻绳，麻绳里塞进一只空空的化肥塑料袋。

我们绕路到小学校。陈哥刚起床，正在宿舍门外洗脸，看见小神仙兴冲冲来到，提着毛巾发愣，听说打鱼雀，为难地表示走不了。

看得出来，陈哥对卡奴亚罗山的打鱼雀活动不太感兴趣，他在外县出生并长大，没有马蜂村人有关鱼雀的美好记忆，对小神仙父子的盛情有些迷茫，淡淡地说："我还要给学生上课，不去了。"

老神仙说："上什么课？我做老师的时候，想打鱼雀就放假。鱼雀来了，学生也想上山，放假他们会很高兴。"

石头不容分说，拖了陈哥就走。

四

满山的鱼雀飞来飞去，尽情享受卡奴亚罗山三月的温柔时光，不顾危险将至。这是欢乐而明朗的时刻,也是无情与黑暗的日子,一片鱼雀黑压压落到树上,吵闹不休,压得树枝晃荡。鸟声像坚硬的石子,又似清清洌的溪水。鱼雀很天真,又很警惕,对持枪上山的人类会作防范,有其聪明的安排。落在树梢高处的鸟鸣叫响亮,那是哨兵,负责警戒。哨兵偏着小脑袋,身子在树梢晃荡,叽叽喳喳唱歌,发现人影,就伸长脖子嘶鸣,拍翅惊飞,眨眼间,群鸟集体逃窜,全部消失。

打鸟人洞察一切,早有准备。

铜炮枪里填满铁砂,射出的是细碎霰弹。林子密,躲在树下射击,可以射中鱼雀,也会射中树干,浪费铁砂。卡奴亚罗山土著在世代相传的狩猎生涯中,磨炼得精明而有耐性,不会轻易开枪,更不会朝树干射击。他们会寻找枝叶疏落的空隙,在群鸟集体逃窜时,朝露天的空隙扣动扳机。这是致命的射击,运气最差的人,轰出一枪,也可以捡到两三只鸟。当然,重要的是耐性,更重要的是镇定自若,端稳枪,不要乱扣枪机。

不是每个人都能保持清醒。石头枪法准,干劲足,却过度兴奋,老神仙也在浪费机会,开了好几枪,都没有打下鱼雀。

两支枪不能为五个人提供快乐,小神仙没有枪,我和陈哥也只能看热闹。

打鸟结束,清点战果,有二十一只鱼雀。

小神仙说:"我一个人也可以打这么多。"

石头不理他,老神仙知道儿子生气了,把装了鱼雀的化肥塑料袋递给小神仙。

第二天，小神仙先下手为强，出门就把老神仙手里的枪抢走。

上山后，小神仙把枪给我说："你们轮着打，打一阵给我。"

我端着枪四处瞄准，开了几枪，没有打中。

小神仙鼓励道："要憋气，开枪的时候要憋气，霰弹也不是乱打的，还是要瞄准。"

我连开几枪，打中了三只鸟，老神仙很高兴，扑上去捡鸟。活泼的生命被射中，坠落到地上，很刺激。我有些兴奋，再开枪，又打中两只鸟，一枪打两只鸟，很开心。

我把枪递给陈哥说："你玩一下，真的感觉好。"

陈哥接过枪，鱼雀已经惊飞，逃到另一个方向了。我们紧追过去，弯来拐去地绕路，爬了两个坡，来到另一片平缓空地。这里树木低矮，鸟声不绝，远看去，只有三棵杨树高高地拔地而起，视野开阔。

一群鱼雀围着杨树大声唱歌。

石头轰地放出一枪。

小神仙骂道："你这个贼，把鱼雀打跑了。"

石头提着枪追上去。

小神仙对陈哥说："站过去，等鱼雀回来。"

他们朝树林跑去。

小神仙和陈哥钻进树林，四处张望，陈哥在小神仙的指挥下射击，打下了一只鸟，获得老神仙的大声夸奖。陈哥很快掌握了要领，每一枪轰出，都有几只鸟落下，每一枪都赢得小神仙的掌声，小神仙叫好时，石头开了一枪，树上乱纷纷落下十多只鸟。

我对陈哥说："赶快打，你也可以超过他，这种鸟很好打，有些傻。"

两只被射中的鸟挂在树上。

老神仙走过去，扒着树干往上爬，他年纪大，爬树不含糊，三下两下就爬上去，蹲在高高的枝桠处，用一截树枝拨弄挂在树上的死鸟。

一只鸟落到树下。

"快打，"我对陈哥说，"鸟要飞跑了。"

陈哥开枪了，老神仙哎呀一声，瘦削的身子晃几下，唰啦压倒几根树枝，一团黑影沉重下坠，跌落在地。要命的不是那一枪误伤，是地上的一截尖锐树桩。老神仙从高处落下，胸口砸到树桩上，身子被挑得微微突起，脑袋垂下，手脚张开，腿边有一只从树上落下的鱼雀。

石头丢下枪，抢先朝倒地不起的老神仙扑上去，哇哇大哭。

村里死了老人，尤其是德高望重的老人，要跳木雀舞，木雀舞是本地人葬礼上的隆重仪式。老神仙做过小学校教师，有文化，懂道理，三言两语，就能教人开窍，揭穿生命的黑幕，所以村里人叫他老神仙，他的死让马蜂村人很悲伤。

村里人均出席葬礼，到小神仙家帮忙。众人出钱，杀了一头牛，男人们围成圆圈，敲着芒鼓，举着冬瓜树刻成的古老雀牌，绕着小神仙家门外的一块空地缓慢旋转，整齐地吼唱芒鼓招魂调：

东方百关道，

咚咚，

在东也回来，

咚咚。

南方两百关，

咚咚，

在南也归来，

咚咚。

西方三百关，

咚咚呛，

在西也回来，

咚咚呛。

北方四百关，

咚咚呛，

在北也归来，

咚咚呛。

咚咚咚咚咚咚呛，

呛呛呛呛，

呜呜啊噢啊，

咚咚呛——

男人唱毕，马蜂村女人相拥而坐，围在一起抹眼泪，唱缠绵温柔的卡奴亚罗山的送葬调：

> 万能的天神卡奴亚罗，
> 造出了九十九股龙潭。
> 九十九股龙潭都是从山肚子里淌出啊，
> 就像奶汁从妈妈的胸口上流出。
> 妈妈的奶汁养活了兄弟姐妹啊，
> 龙潭水养活了山上的九十九棵大树。
> 九十九棵大树在地下根连着根啊，
> 就像亲爱的兄弟姐妹手拉着手。
> 兄弟姐妹手拉着手啊，
> 送走我们最亲爱的老人。
> 我们最亲爱的老人啊，
> 他要去见卡奴亚罗天神。

早几年，芭蕉花香消玉殒，灵魂像一朵云，飘在卡奴亚罗山的天空，村里人也这样唱，那是我第一次亲身经历并见证死亡。凄凉而悲怆的葬礼，从此压在我的心上。那也是我从马蜂村匆促逃走，一年后获知卡奴亚罗山下揭开挖矿掘金的崭新历史，却不愿再回马蜂村的重要原因。现在，我追随老王返回马蜂村，却在打鱼雀的枪声中看到老神仙从树上坠落，看到他的身体顷刻间化作泥土，覆盖着草地和枯叶。

如果芭蕉花不死，现在，她会是坐在地上唱送葬调的女人中最伤心的一个，她喜欢唱歌，会用最刻骨铭心的吟唱送丈夫老神仙去天国。可惜她已经先走，在天上飘游，等候着老神仙了，女人们唱出的送葬调因此显得虚幻而轻弱。

陈哥很沉痛，我也感到惭愧。

陈哥误杀了老神仙，老神仙的死却与我有关。我催他开枪，死亡才降临。这是什么关系？

老神仙的死让我无限悔恨和孤单，接连几天，我都在凌晨醒来，睁着眼睛直到天亮。想到小神仙从此将孑然一身，我万分沮丧，却无力相助。他有两个已经出嫁的姐姐，两个姐姐远在外村，乡下人的习惯是，女儿嫁出去，就是外人。葬礼结束，小神仙的两个姐姐就匆匆赶回自己家，留下弟弟小神仙独自面对无边的空虚。

我对马蜂村的挖金子生活感到厌倦，不再留恋。

两个月后，我觉得在马蜂村捞到的金子够多了，没有必要待下去。这个地方收留过我，给我幸福和欢乐，也就更让我难过。离开马蜂村前，我向老王简单告别，没有透露自己要走，没有说自己不再回来，只说回家办事。每隔几个月，我都要坐车回家，看父母和李影，回一趟家不奇怪。我不向他永远告别是不愿伤他的心，也不愿伤小神仙的心。小神仙父母双亡，孤苦伶仃，我一走了之，可耻。可是，不走不行，我无心再干挖金子这一行。

老王这个鬼，看出了我的心思，当场痛哭，那天晚上他喝得大醉。

他舍不得我走。

我只得向他保证说:"我会再来的,只要你需要我,一声召唤,就下来,放心好了。我对不起小神仙一家,在这里会死的,会难受得要死。我现在每天失眠,不回去,过几天就死了,真的要死了。"

我喜欢卡奴亚罗山,热爱这里的所有朋友,热爱老神仙一家、石头一家、村长老鹰和陈哥,又为他们难过。为老神仙和小神仙难过,为芭蕉花难过,为石头难过,也为自己难过。

陈哥被误杀老神仙的事件彻底打垮,他年轻而单薄的身体承受不住死亡的摧残,天真而热情的心里被浓重的愧疚填满。他没有出席老神仙的葬礼,整天躲在小学校宿舍内,一声不响,两个月不露面,无脸见人。

第十章

一

天下共发财粤菜酒楼、不知疲倦早晚茶、老板们一起上潮州菜馆、黔驴走四方贵州酸汤鸡、昆明男人有力气蘸水罗菲鱼、三百年豪情壮志重庆火锅、桃园结义川味饭店、大红灯笼夜总会、百花齐放夜总会、万紫千红夜总会、碧水长流夜总会。

先生请进。

要五个小姐,叫你们老板来。

我在卡奴亚罗山挖金子,并没有与纸醉金迷的现代城市隔绝,每过几个月,就坐班车回昆明。可是这座天翻地覆的城市,还是让我感到生疏,比卡奴亚罗山更遥远,飘摇轻盈,一闪而逝,远在世界之外。城里的外省人更多,越来越多,本地人越来越活泼,说大话上瘾,眼观六路,耳听八方。餐馆酒楼和夜总会的店名格外响亮,气冲霄汉,先生小姐叫起来很顺口,好像早就叫了三百年。做生意不吃不行,吃完还有节目。可疑的合同多过可疑的口音和可疑的陌生人，每个人的皮包里都有一枚公章，每个人都是总经理，刘总马总赵总。每个人手上都有货，打了款就跑。每个人都有若干举足轻重的朋友，书记主任处长老总和副总，不一而足。有什么事说一声，我有关系，打我的传呼，打我的大哥大，搞定。

楼房在拆除或翻修，街道挖开又填平，再挖开，填平，拓宽扩长，又挖开。汽车很多，呼啸而过，好车，车牌号有三个8，四个8和五个8。

酒店和商场都很大，行人打扮得千奇百怪。

昆明是季节错乱的城市，每个季节都有人穿各种服装，现在更错乱，长衫短褂皮衣一起上，很多款式的衣服从未见过。我从前卖衣服，算有见识，也不知道会冒出那么多花样翻新的服装款式。

人人谈生意，专业人士和业余爱好者混淆，传呼台乱成一片，送出很多惊天动地的廉价消息。狗弟在工厂烧锅炉，也向我推销香烟。他说："有一万件香烟要不要？三千块钱介绍费。"我说："三千块介绍费会是什么好烟？农民的草烟吧？"他说："那就四千块，你是老板，反正钱多。"我问："什么烟？"他说："好烟吧，应该是红塔山。"我问："一万件烟有多少条？"狗弟说："管他多少条，要不要？"

有一天，母亲打电话给我，低声说："我们学校里，有人可以搞到车皮，你认识的老板多，问一下看，一个车皮可以卖多少钱？"

我对着电话那边的母亲笑。

母亲慌忙挂断。

我买了一套房子，独自在家，关起门窗，每天睡觉，像意志涣散的马蜂村男人石头，什么也不干。李影很忙，医院里经常发钱，收入多了，还在嘀咕，催促我恢复信心，再作努力。她上白班，我可以放心睡懒觉，值夜班回来，看到我蒙头大睡，很生气，三两下脱衣上床，胸罩裙子丢得满地，钻进被子乱一阵，趴在我身上下命令说："找一个项目做生意去，赶快，不然来不及了。"

我问："做什么生意好？提个建议。"

李影吻我一下，像市长，坚定而成竹在胸，不假思索地说："装修，做装修最赚钱，生意好得很，找关系就可以做。我们医院的两个医生都办了留职停薪，出去开装修公司。妇产科的医生啊，也可以开装修公司，还开得不错，开了三个月就买汽车，长安面包车。"

我去办执照，开了一家装修公司。

李影没有说错，这项生意好做，到处在拆楼和建楼，到处在装修。到处翘首以待，信誓旦旦，紧追快赶，意乱情迷。活儿太多，报价混乱，有关系就可以搞定。在饭馆和卡拉OK的包房里签合同，出门后打电话，转手倒卖，不流血不流汗，说话握手唱歌外加各种温暖活动，钞票就进了腰包。

我很忙，非常忙，马不停蹄，昼夜颠倒，支票满天飞。

我从转手倒卖合同的中间人顺利过渡成功，有了自己的队伍，从游击队变成正规军，从打一枪就跑的丛林战士变成意气风发的军区司令，正面迎敌，发动集团式冲锋。我的公司有木匠十多个，泥水匠十多个，电工铁工若干，小工头若干，左右副手和公司员工若干，材料供货商遍布全城，远至广东顺德和佛山。

李影要结婚，我没有时间考虑。她就自己准备，不靠神仙皇帝，自己救自己。她把我从新房子赶去记录着早期爱情史的那个久已不用的简陋小房间，在家里指挥人搞装修。我的工头和工人被李影带走，装修工程的现场出现混乱，停工几天。

我有一个女秘书，被李影执意辞退，再招一个，李影很生气，不准要，说这个姑娘心术不正。没有女秘书不行，有了麻烦，我知道。可是生意场麻烦更多，女秘书不可缺少，只能再招。最近的一个女秘书叫小红，大学毕业，清纯勤快，办事谨严，各种材料交给她，都能收拾得井井有条，带她出去办事，该说的话会说，不该说话就不说，安静地坐着，抱着一个粉红色的文件夹，朝客户送去光明正大的温柔表情。

李影说："这个人也不行，什么小红，是假名字吧？听起来就像鸡。"

我说："你把生活看得太复杂，这样会很累。"

李影说："生活远比你我想象的复杂，就是很复杂，可以把你变成金老板，再变成装修老板，可以把你变成我的老公，也会变成别人的。变成别人的老公不行，我不干你也不会干。可是，要是不小心，出问题就收拾不了，到时候，你就没有办法，不干也不行了，要防范，防患于未然，这个道理你应该懂。我看人很准，早几年就知道你会有很大发展，记得吗？当时你很倒霉，只有我支持你，只有我爱你。"

我说:"谢谢。"

李影说:"不用谢,我爱你,你就是流浪汉我也爱你。"

"你看出我有大发展才爱我,现在又说爱一个流浪汉了。"

"你不是流浪汉,也不会成为流浪汉,你很有前途,我早就知道了。"

"你不会爱上一个流浪汉。"

"别人看你是流浪汉,我看就不是,我永远爱你。小时候我就爱上你了,我们是青梅竹马,早就订了婚,你跑不掉我也跑不掉。百年修得同船渡,这是命啊。"

"百年修得同床共枕。"

"严肃一点,同床共枕要修一千年。"

"就是正经话,我想做流浪汉,经常在想,我想下去,去卡奴亚罗山看看,以前我觉得那个地方乱,现在看来那个地方很简单,不像昆明吵吵闹闹,太复杂。"

"结婚以后,我会很乖,天天服侍你,让你离不开我。"

"老天爷,谢天谢地啊。"

隔壁的人家正装修房间,半夜还在干,热情万丈地敲敲打打,打碎旧世界,建设新生活。冲击钻像马蜂村的铜炮枪,抵在我的脑袋上,猛烈射击。李影一阵哆嗦,紧紧抱住我,把有关女秘书小红的担忧忘记了。

二

我经常躲开李影的目光,逃离声响嘈杂气味难闻的装修工地,去看望小美的父母。白天晚上都会去。白天不容易找人,老两口退休了,家门口那条老街不再宁静,摆满各种小摊,人多车多噪声很大。他们上午出门,绕过街面的生意摊,满街闲逛。有时候去圆通山,像很多年前的我,看猴子。有时候去翠湖,也像很多年前的我,看着湖面发呆,只是他们不朝湖里扔石头。有时候去城西的大观楼公园,在公园门口吃了米线,晚上,家门口街面上的货摊散尽,才返回。

他们是好人,一对相依为命的善良夫妻。

我经常晚上去看望他们。

装修工程加班加点,晚上也要忙,我在现场转一圈,找个借口开溜,朝小美的父母家赶去。

小美的母亲身子缩得很小,像一个少女,脸上却没有少女健康向上的开朗表情,只有灰暗和落寞。早年她是热情的女人,现在老了,变得胆怯和谨慎。

小美的父亲身体大不如从前,坐在椅子上,常常急促喘息。

我把手中的东西放到桌上,坐到他们面前。

小美的母亲挤出笑容。

小美的父亲说:"你就像我的儿子。"

我说:"就是儿子。"

小美的父亲说:"可惜不是真的儿子,哎呀,假东西太多了。"

小美的母亲送给我一个讨好的微笑。

小美的父亲说:"你是一个好人啊,像真的儿子一样,只有你是真的。"

我说:"就算是真的儿子吧,有什么不可以?儿子不就是一个人嘛!这个人那个人,一样的。我会经常来看你们,有什么困难告诉我,打电话给我。"

小美的父亲说:"真的假不了,假的真不了,可是,在我家,真的也变成假的了。你看小美,去美国,就不见了,真的女儿变成假的。"

小美的母亲低声说:"你不要讲怪话了。"

我问:"小美打过电话来吗?"

小美的父亲说:"没有,我家装了电话,她也不知道,电话号码更不知道。"

我为小美的父母家装的电话。

当时装电话很贵,家里有私人电话很稀奇,小美的父母受用不起,坚决拒绝,我不理,让电信局工人上门,把电话接通。可是,除了我给他们打电话,小美的声音并未从电话里传来。她是真实的,像美国,大洋彼岸,星条旗永不落,却看不见,也无法踏上那片外国土地。小楼上有她的床,床上有她用过的被子和床褥,被子和床褥她做少女时就用,残留着初潮的印迹,还有我和她共同作案的痕迹,只作过一次不太成功的案,后来再无机会。被子里残留着她的体温,被心里是空的,手按上去,立即塌陷,让人失落,就像她父母的身体,萎缩而空洞。她是一个假设的亲人,想象中的女儿,收藏在抽屉里和写在纸上的中国姑娘。

三

小红很能干,业务越来越熟,很多事我不用出面,打电话与对方联系好,放她出去就可以办成。我对她很信任,也有所警惕,支票和公章不会交给她,合同书不会交给她,我与客户进行的所有关键接触,也不让她插手,甚至不让她出面,内情她一无所知。她的工作是陪吃饭,帮我拿材料,转达我的话。放她出去只是送相关材料,事情早就谈好。不防不行,很多公司出事,手下人卷款逃跑,下落不明。有人带着客户辞职,另立山头,三下五除二,就长成强大对手,一只摧枯拉朽战无不胜的恐龙。

她出去我会经常打电话,做出领导关心群众的样子,其实是密切监视,了解她的行踪。

我在电话里说:"小红怎么样啊?不要太辛苦了,办完事回公司,我们一起吃饭,记好啦。"

她在电话里说:"这边的老总在开会,还见不到面,放心了,材料交给他,说清楚事情我就回来。"

果然就回来了,满面春风,端端正正,重新在办公桌前坐直。

一天下午六点多,我坐在公司办公室里想心事,接连三天谈业务,吃了太多的饭,喝酒无数,唱歌洗桑拿,想办的事尚无眉目,就消磨得口干舌燥，这一行有些令我生厌了。

小红推门进来。

我说："你回来了？现在几点啊，下午跑得晚，就不用再回公司啦。"

小红把文件夹放到桌子上说："跑累了，回公司休息一下，公司是我的家。"

我说："你去楼下吃饭吧，我签字报账。"

小红问："你不去？让我一个人吃？"

我说："我要回家，不回家挨老婆骂的。"

小红脱掉外衣，露出紧身的薄衬衫，饱满的胸脯轻轻晃荡，她说："你是好老公，生意这么忙，还不忘回家。"

我说："我是有家室的人，责任重啊，不像你单身，很轻松，真是羡慕你这样的单身青年。"

小红坐到椅子上，幽幽地说："单身有什么好？单身就是孤单，孤单的人只能一个人吃饭，不像你回家是两个人。"

我收拾了桌上的东西，朝门外走去，小红紧跑两步，赶上来拦住我，胸脯靠近，微笑着说："带我去吃饭吧，今天晚上，吃了饭放你回家。"

我笑着摇摇头。

根据那天下午小红六点半钟走进办公室的反常举动，我知道她有备而来。她从未这样做过，也没有必要这样。一般情况下，公司员工跑外勤，中午要回来，下午超过五点，可以不回来，有事打电话交代,第二天来办。我催促她回公司吃饭,都是中午,不会在下午六点要求她返回办公室。可是,那天下午六点半,她回来了,说公司是自己的家。把公司当成家,是她与我一道工作后产生的感觉,可以依靠的信任感。她在像家一样温暖的办公室里坐下,脱下外衣,露出健康胸脯,不是引诱我,那样说太俗。跑热了,脱衣服凉快,如此而已。

不过,脱下外衣的那一刻,她大概心里一动,就像杀手看到刀,心里一动,恍然觉悟,明白自己的处境,知道前进的方向。因为我也心动了,看到她脱下外衣,我眼前飞起一只鱼雀,看到她裹在紧身内衣里的健康胸脯,看到她饱满的胸脯呼之欲出,我就手心发热,身子僵硬,知道会有水落石出的一天。

这一天来到了,还是下午六点多,我在办公室打完电话,准备出门,小红回来了。

我说:"现在下班了,以后这么晚就不要再回来。"

小红坐到我面前的沙发上,自信地说:"回来找你。"

我问:"有什么事要汇报?"

小红说:"要你陪我吃饭。"

我说:"对不起。"

我站起来,丢下她往外走。

小红抬起头,坐在沙发上,热切的目光缓缓移动,把我拦住。她平静地说:"我爱你。"

我头也不回地走了,把她留在身后的办公室。

我能想象出她的委屈。明亮的夕阳穿过玻璃窗,她坐在阳光下,忍无可忍,坦白说出心里话,我却装聋作哑,故作镇静地逃走。看着男人坚定不移地推门走开,对于涉世未深的姑娘,是一个打击。她接受不了打击,我也接受不了她的爱。第二天上午,小红打来电话,她的声音还算好,不太感伤,也不绝望。她是昆明城里的好姑娘,清澈透明的水,坚定地流淌,懂事。

　　她对我说再见,沉默了一分钟,挂断电话。

四

　　李影生儿子那年,我买下城里一家工厂的旧车间,准备办家具厂。做装修几年,拳打脚踢,苦心钻研并百炼成钢,我变成合格的职业商人,野心膨胀,目光敏锐,知道何处有钱,更重要的是知道家具市场有利可图。住宅家具办公室家具,桌椅柜和沙发茶几,品种繁多,做装修再包揽家具采购,在自己的车间里下料加工,可以连骨头嚼碎吃光。

　　那家工厂在昆明城区一条小巷里,早年的布鞋社,一群无忧无虑的女人,坐在低矮的小屋里埋头工作,系着蓝布长围腰,戴着蓝布袖套和无檐蓝布帽,头发挽起来,一边干活一边拉家常,笑声不断。后来人走散了,工厂却在扩大,盖起几个车间,转行生产电焊机。车间里女人变少,男人增多,机器轰鸣。小学和中学时,我每天从这家工厂旁边走过,见证了它由小变大由女变男的成长历史。

我们溜进去捡过鞋底和电焊条，在工厂的篮球场上打过球，戴着车间墙角捡来的电焊工墨镜打篮球，眼前的世界一片阴凉。

现在厂里静悄悄的，生产时断时续，半个厂卖给了我。

我砌了一道围墙，把家具厂与气息奄奄的电焊机厂隔开，粉刷和改造车间，安装设备，盖办公楼，买汽车，卡车和轿车，组建领导班子，培养干部队伍，挂出公司和工厂招牌，全力出击，与昆明同行和外省老板争夺天下。

李影参观了我的办公楼，站在楼下说："你现在是大老板，要小心哦，我看办公楼里的几个女人都不可靠，你最好考虑换掉。"

我说："你们医院的院长我也不放心，我也想把他换掉，哪天我把你们医院买下，第一件事就是换院长。"

李影说："你就是不正经，这种不正经是很危险的，人家会钻空子，尤其是女人，最会钻这种空子。"

办公楼上有人下来，是一个女人，长得很漂亮，干净利落，我看中她的能干，才同意录用，并非另有所图，漂亮不完全是优点，也不是缺点。

李影压低声音说："这个女人首先换掉。"

司机开车送她回家，她坐进车子，从车窗里看我一眼，欲言又止，好像要永别，神色忧郁而孱弱。

五

后来的成就充分证明我的远见卓识的正确,有了公司办公楼,再有加工厂,兵强马壮,客户很信任,搞关系有充足理由。生意迅速发展,三家大酒店的装修工程做完,我把整座电焊机厂全部买下了。

狗弟来玩过,他苍老得很快,脸上过早出现太多细碎皱纹,头发掉了一半,垂头丧气,早年张口骂人的锐气荡然无存。他坐进我的宽大办公室,脸色发青,不敢说话,低着疲惫的脑袋,一直在搓手,干燥的手心沙啦沙啦响,好像搓掉了几层皮。

我问:"怎么样?你在的那家厂,单位效益还好吧?"

狗弟低着头说:"要垮了。"

"你还在烧锅炉?"

狗弟点点头。

"你会开汽车吗?"

狗弟摇摇头。

"今后怎么办?就这样熬到老?"

"熬到老就好了,可能熬不到,工厂要垮了,垮了以后我只能讨饭。"

"没有想过干别的?学点什么手艺。"

"想过学开车,考一本执照,可是没有钱,交学费要钱啊,钱还不少。就算学会开车,又有什么用?我想买车跑运输,钱在哪里呢?"

"不要一来就买车,先帮人家开车。"

狗弟抬起头,看着我发呆,嚅嚅地说:"如果,我考了执照,看在老同学的面上,你会借钱让我买一辆汽车吗?会借吗?我跑运输挣了钱,会还你的,保证还,我一定守信用。我要是不还钱,你就找几个人卸我的手和脚。"

我说:"你先为别人开车,攒够钱再自己买车。"

狗弟长长地叹一口气说:"算了吧,我自己买,一辈子买不起,买一辆车少说十多万,杀了我卖钱,也换不来一两万啊。"

我大笑。

狗弟满脸羞愧。

我说:"你去学开车,我可以出钱,学回来,也不要跑运输,来跟我干,做我的驾驶员。你在国家单位,这样干到退休,可以领到多少钱工资,算得出来的吧?我把这笔钱全部给你,存在银行,你就办手续离开工厂,离开工厂也就没有后顾之忧了对吧?就算我的公司垮台了,你也可以活下去,吃饭没有问题。"

狗弟目瞪口呆,猛然站起来,扑通跪下。

我又笑。

狗弟做驾驶员,我很放心。

生意场上的很多事,外人不可知,去何处见何人议何事,是昆明秘密,也是中国秘密,满街的传言,并非空穴来风,却大多查无实据,不明出处。

狗弟恢复自信，进步之快令我吃惊，在公司干半年，就如鱼得水，满脑袋好主意。狗弟说："你把王家营那边的一块地买下来，把公司和工厂搬过去，可以有更大发展。"我问："公司这边干什么？留着养老鼠？"狗弟说："开发房地产，城里的地皮值好多钱啊，这样开公司，太划不来了，这里会有大买卖，你不知道？"

我说："狗弟你这个杂种，出来得太晚了，早年出来，我干不过你。"狗弟说："谢谢夸奖。"我说："不过，在昆明做房地产还不是时候。"狗弟说："外省已经在干，卖房子可以赚很多钱，生意要抢在前面，你现在有实力，可以开发房地产了。"我说："狗弟，你不能再开车，再开车不行，你懂的东西太多了。"

狗弟慌忙说："我只是说了玩，不会干涉公司业务。"我说："你应该被重用，提拔到业务部门，做个领导，部门经理你是可以胜任的，慢慢干着看，也许还有上升空间。"狗弟说："谢谢你，我感激不尽啊，我会永远跟着你干，我是你的一条狗。要不是你，我现在饿死了。我原来的那家厂倒闭了，工人走光，那些人现在想做狗，也捡不到骨头啃啊。"我说："你是狗弟，你爸爸的一条狗。"狗弟说："我爸爸是老狗，我是小狗，你是大狗。"我说："你在骂我。"

狗弟笑了，笑得无限幸福，满脸昆明城的灿烂阳光。

狗弟说的王家营在昆明城边，他家一个亲戚，是本地镇干部，满口郊区的官渡腔，口气不小，穿西装打领带，胳膊下夹着高级黑皮包，头发梳得很光滑，吃香的喝辣的，见过很多场面，经历之丰富,眼见之开阔,待人接物之周到熟练和油滑,超出众多自以为是的城里人想象。我去见了人,让狗弟开车,带着他的亲戚,穿过灯红酒绿的城区,找快乐的地方消磨。各种先期程序走完,摸清底细,就开始办手续。不过,我没有立即采纳狗弟的建议,装修公司和家具厂未搬迁,房地产公司也未开办。我在观望,外省的事昆明不能照搬,东风压倒西风,北风阻拦南风,中国大地的风暴横扫五岳三山,刮到云贵高原,风力会减几级,方向会变,要等。

我耐心等到城里出现两家房地产公司才动手,人家下河探水,我看清水下的石头,才小心伸出脚。早期的房地产公司做的不是真正的房地产,是盖房子,算建筑加工业,签合同看图纸,按要求加工,盖单位的办公楼和宿舍,盖商店和酒店,当然有钱赚,但不是卖房子。

我那片城里的旧厂房,暂时租出去,等待机会。

六

电话铃半夜响起,卡奴亚罗山的棉花虫叫声射中我的脑袋。幸好李影上夜班,保姆带着儿子睡觉,我拿起床头的电话,先听到抽泣,然后是嚎哭,小美母亲打来的电话。老太太在城市的另一头哭喊,凄楚孤单,舌头被咬住,声音像撕碎的纸片,翻卷在寂静的夜晚。我知道出了大事,穿上衣服出门,开车赶去。

小美的父亲躺在床上,气息微弱,已经昏迷,灯光无声落下,在他松弛下坠的两颊上涂抹了一层冰冷的蜡膜。

我打电话叫来急救车,把小美的父亲送往医院。

小美的母亲灵魂出窍,虚弱得像一团气流,游荡在我的身后。我没有把病人送去李影的医院,费用我出,哪家医院都一样,不能让李影知道。她够紧张,不是早年的李影,钱多了,她变得很脆弱,一碰就碎。

夜班医生是个三十多岁的年轻人,穿白大褂,戴口罩,用语简短而明确,比李影严肃。李影在我面前永远不严肃,只是可爱的唠叨女人。

年轻医生说:"脑溢血,看样子很严重,检查以后才能下结论,你是他儿子?"

我说:"赶快检查吧,求你了,要想办法抢救。"

小美的母亲被年轻医生的坚定语气打倒,跌坐到地上,无力地摇晃着小脑袋,放声恸哭。我第一次听到她哭,也第一次听到她哭出无比响亮的声音,从五脏六腑及全身骨缝中喷薄而出的悲伤,好像卡奴亚罗山洪流,淹没了急诊室外的空旷走道。

我把她抱起来,扶到椅子上,老太太还在哭喊。

我说:"我在呢,不要哭,伤身体啊。"

她用力哭喊,要把夜色笼罩中的昆明城唤醒。

我说:"老伯不会有事,可以抢救过来的,医生告诉我了。"

她蓦然止住哭声,愣愣地看着我,抹一把瘦得奇小的脸说:"他死了,现在已经死了,我知道。"

我笑着说:"有我在呢,你怕什么?"

她说:"他死了我也要死。"

小美的父亲真的死了。

我把丧事交给狗弟料理,做出一系列安排,为小美的母亲重新买一套房,请了一个三十多岁的女工做保姆,每天陪她吃住。狗弟隔三岔五朝她家跑,送去各种东西。我再去看望的时候,她已恢复平静,比以前胖,脸上的皱纹奇迹般消失很多,皮肤变得平滑,手指间灵巧地转动着一串佛珠。

她说:"我下辈子投胎,要做你的妈,照顾你一辈子。"

我说:"现在你就是我妈。"

她说:"我现在信佛,每天念经,托菩萨保佑下辈子做你的妈。"

我说:"谢谢你。"

她说:"我也托菩萨保佑你生意顺利,阿弥陀佛。"

我的生意不顺利,最早的房地产商赚不到钱,没有人愿意买房子,也掏不出钱来买,若干年后兴起的按揭贷款热潮,当时被视作陷阱,买房之风深埋地下。我知道这个危险,很谨慎,只为客户盖房子。盖房子利润少,比卖房子少,熬不住等待,我在城外搞一块便宜的地皮,盖了几幢楼试水,结果淹得半死。

生意亏本,李影很高兴,幸灾乐祸。

她说:"好了,现在你可以休息,多在家里陪我和儿子看电视,免得我每天趴在窗子边看,猜想你会在哪家卡拉OK唱歌。"

李影的多疑和软弱让我心痛,我真想甩手不干,在家休息,陪她和儿子,过无所用心的平静生活。

可是，小神仙出现了，他自己开车上昆明，出现在我的公司院子里。

从前我以为这个马蜂村男人除了卡奴亚罗山，任何地方也找不到路。可是他不仅找到昆明来，还自己开车，高大的丰田牌越野吉普车，车身和轮子上全是泥，风尘仆仆，气壮如牛。

"大哥，"小神仙说，"好多年不见，你是昆明的大老板啊。"

车上下来一个女人，他的妻子，一望而知是卡奴亚罗山少数民族，黑皮肤，明亮的眼睛，饱满的嘴唇。她不是马蜂村的米果，却让我想起米果。她身后躲着一个五岁的男孩，同样明亮的眼睛里闪烁着野性，满脸警惕。小神仙穿一件松松垮垮的西装，上唇有硬硬的胡楂。他的妻子打扮时髦，牛仔裤高跟鞋金项链，抹了口红和眼影，脖子上系了一条时髦的纱巾。

"啊哈，小神仙，小神仙啊，"我高兴地大叫着问，"怎么样？发财啦小神仙？一家人上来玩？"

小神仙说："想你了，所以上来玩，看看你，真的很想你，老王也想你了，他很想你啊。"

我说："想什么想？我又不是女人，电话上说几句就可以啊。老王怎么样？挖金子发大财了吧？你们都发大财了？"

小神仙说："我来玩，还有就是转老王的话，他病了，想见你，你下去看看他吧，我们玩几天一起下去怎么样？"

我百感交集，思念像暴雨冲塌的卡奴亚罗山巨石，轰然滚下，击中我的胸口。

老王老了，生病了，应该去探望，我为他担心，更为自己担心。卡奴亚罗不是一段记忆，是我的命，我想逃出那段历史，不可能，此次再去，返回卡奴亚罗山，也许，我就难以回来。我会终老在马蜂村旁的金沙江边，死在那座山上，变成一个千年游荡不去的鬼。

我想念卡奴亚罗山，无时无刻不在想念。在昆明城做生意几年，我经常在片刻休息中惊觉，恍然看到卡奴亚罗山谷底的金沙江，看到江面上的雪亮反光，听到江边村子里若隐若现传来山歌，看到变成鱼雀飞走的芭蕉花和老神仙。

我更想念马蜂村江对岸的那片寂静山坡，那里有我的秘密，也许是惊天动地的秘密，中国最大的秘密之一。

我向小神仙打听，知道江对岸没有人去开发，忍不住兴奋起来，我要是再去，不是玩，也不只是看望病中的老王，是回去干，重整旗鼓，大干。

往事席卷而来，盘旋在时光疾风里，我的心猛烈跳动，重返卡奴亚罗山区，不必隐瞒，也隐瞒不了，母亲再过几年就要退休，父亲也日渐衰老，经不起牵挂的折腾。我要向父母说出实情，坦白自己的奇异经历。

七

我回父母家，吃过饭，母亲在厨房里洗碗，我走过去对她说："我不在这里干了，要另外发展，也不是另外找地方，原来我去的就是那个地方,现在要回去,那里的朋友等着我,我要去干大事业。"

我做成公司老板,父母很骄傲,脸上有光,心满意足。母亲听了我的话,漫不经心地说:"你开公司多少年,成绩很大的,不要太辛苦了,还是稳妥些好。"

我说:"我要去原来去过的地方。"

母亲说:"原来去过什么地方,是你的事,我和你爸爸老了,只希望你顺利,健健康康就行了。"

我说:"妈,你没有好好地听我说话。"

母亲笑了笑说:"我听你说话没有用,你做什么事,从来都是自己去干的。"

我说:"卡奴亚罗山听说过吗?我要去那里,挖金子,原来就去过了,我早就在那里挖过金子。"

母亲愕然张开嘴巴,失神地看着我。

我说:"有一个姓王的,你认识吗?他对金子这一套很懂,我就是跟他干,一直都是,最早出去就是跟他干,我们已经认识十来年了。"

母亲闭上眼睛,手里的碗哐啷摔碎。

"他是什么人?"我问。

母亲推开我,躲进卧室,反手把门关上,卧室里悄然无声,好像母亲变成被枪声惊飞的卡奴亚罗山鱼雀,破窗消失。我心生疑惑,推开卧室房门,看到母亲坐在床边,脸上肌肉绷紧,表情僵硬而陌生。

我坐到母亲身边。

母亲的脸上默默流下泪水。

我说:"对不起,让你不高兴了。"

母亲不说话。

我抱歉地站起来,刚出门,听到身后传来母亲用力压抑的喑哑哭声,哭声从时光深处挤出,轻薄而凄厉,割得我浑身疼痛。

父亲无动于衷,他永远这样,凡事无动于衷,不急不躁。他坐在客厅沙发上看电视,眼镜镜片上反射出电视屏幕的白光。

我在他身边坐下。

父亲对我笑了笑,听到母亲的哭声,诧异地站起来,走进卧室询问。

母亲只是哭,不回答。

我向父母道别。

半个月后,几方打点完,我草草收拾,把公司交给狗弟。狗弟现在是公司副手,我的得力干将,头脑清醒,不怕苦和累,公司交给他,我很放心。

我坐上小神仙的车,仓促离开昆明,重新返回久违的卡奴亚罗山区。

第十一章

一

　　卡奴亚罗山彻底变样。畏缩而渺小的马蜂村村名还在，村子也在，金沙江边却同时出现另一个崭新地名，马蜂镇，镇长是陈哥，早年射杀鱼雀，开枪误伤老神仙的那个小学教师。

　　那年，我离开卡奴亚罗山，冬天寒假过后，陈哥安排好学生作业，也离开马蜂村。他从村口的土路消失，朝山上爬，背上写满凄凉和愧疚。没有人知道他的去向，更没有想到他会调进县政府，做了一个小干部。

　　陈哥调进县政府与他的父亲有关，父亲的一个学生在县政府任职，有办法把他调走。时间修复了信心，对卡奴亚罗山的歉疚，被年轻人的事业心覆盖。他在办公室上班，下班躲进宿舍，趴在窗前的桌子上做研究。根据马蜂村有人开采黄金的事实和本地民歌里的只言片语，陈哥写出一篇长文，报告卡奴亚罗山区埋藏着重要财富。他的报告引起县长重视，领导多次开会，反复研究传说中的卡奴亚罗山淘金史，做出了勘察本县黄金矿藏的决定。

受邀进山的国家勘探队经过半年艰苦寻查，有重大收获，确切勘察出卡奴亚罗山的黄金储藏量。不过，专家探出的金矿矿脉带位置与马蜂村相去甚远，方位相反，勘探队的结论是，大矿脉带在卡奴亚罗山东面，矿藏约五十吨，西面马蜂村一带属鸡窝矿区，矿藏分散，储量小，无工业开采价值，适合个体民采。

一个副县长卸职，前往卡奴亚罗山东面筹建国营金矿，出任矿长，他的宽下巴和炯炯有神的眼睛每周至少在本地电视台出现三次。

县政府另派人马，成立马蜂镇，整顿当地的民间采金局面。新派出的马蜂镇镇长，就是春风得意的年轻干部陈哥。

小神仙在昆明城与我见面时，马蜂镇镇长陈哥已经走马上任三年，每天坐在镇长办公室上班，窗外是热火朝天的镇街子。

二

小神仙驾驶着高大结实的丰田吉普车，朝山下猛冲，车后卷起冲天灰尘，车身有轻微震荡，相比几年前的颠簸，已经很享受。平整的碎石路曲折盘旋，沿卡奴亚罗山而下，弯弯拐拐地通向马蜂镇。我认不出这个地方了，江边的荒地变成马蜂镇，一座卡奴亚罗山谷深处的隐秘小城，欲望汹涌的诡异港湾。原来那个有几十户零散人家的村子，马蜂村，好像羞怯的姑娘，被蜂拥而入的外地人吓坏，躲在离镇两公里外的山脚。村后的山坡上满是矿井，远看不显眼，也听不到人声和机器的喧嚣。只有面前的镇街子拥挤吵闹，街面修成水泥路，路边盖起各自为政的杂乱小楼，街上车来人往。

镇边上的田头地角和长满杂草的山坡被挖平，挤靠着大片草房石棉瓦房和木板房，好像雨过天晴，满地长出菌子。成群结队的陌生人在简陋小屋间穿梭，各种口音混淆，欲望悬浮在闷热的空气中，挥之不去，农用小卡车摩托车电动三轮车轿车和面包车来去不断，车子顶着行人的屁股，绝望地大声按喇叭。

街边满是商店，商店里挂着衣服裙子帽子，摆着水靴皮鞋球鞋和拖鞋，商店里摆不下的东西，搬出铁床木床，花花绿绿地堆在街上。

街边另有家具店、餐馆、美容美发店、麻将室、澡堂、香烟店、首饰加工店和私人诊所。街道尽头是菜市，猪肉案板乌黑油腻、有人蹲在墙角，熟练地杀鸡，地上的血污中漂着鸡毛。乡下女人在街边卖菜，穿着本地土著的黑布衣服，系着绣了花边的围腰，包着鲜艳的头巾，面前摊开塑料布，摆着青菜萝卜土豆辣椒和豆腐，还有本地人钟爱的黑菜苤菜黑豆豉沫蜻蜓幼虫和蚂蚁卵。

我坐着小神仙的车，在镇街子上艰难前进，穿过马蜂镇上的繁华，马不停蹄，直奔两公里外的马蜂村。

老王在马蜂村。

三

老王在马蜂村里盖起一幢两层小楼，很朴实的楼，传统土掌房式样，材料却不同，本地的旧式土掌房用木料和泥土盖成，老王的小楼用水泥钢筋和红砖，楼顶有宽大露台，平整而结实。小荔枝与他合住，那个马蜂村女人不见老，还是圆滚滚的身子，动作利索，她的两个女儿都已出嫁。看到小神仙带着我走进家门，小荔枝流着泪说："来啦？几年不见，还是看得出来啊，你的肚皮长大了，像一个老板，你来就好啦，老王想死你，我也没有办法。"

老王很瘦，脸上的两道皱纹深陷进去，好像被劈面砍开两条骇人伤口，他无声无息，像一个病弱的婴儿，蜷缩在床上一动不动。

我坐到老王身边。

老王受到惊动，吃力地睁开眼，看到我，双目发亮，一骨碌坐起来，小荔枝看到老王坐在床头，高兴地跑过来，抹着眼泪说："我的妈呀，老王病好了，一下子就坐起来，看到老朋友就有力气，睡在床上三个月，只剩一口气啊，怎么一下子就好了？"

老王伸出枯瘦的手，紧紧拉住我。

"真是你？"老王说，"真的就是你？太好了，我以为见不到你了，难过啊。你看我要死了，如果见不到你，死也不愿闭眼啊。"

我说："发大财了，说什么死的话？"

老王问："真的是你吗？"

我说："不是我，是一个鬼，鬼来看你了。你病了，生什么病？"

老王微笑着说："老了，要死了，就是这个病。"

我说："老王你身体很好，精神抖擞，还可以活几十年，鬼不想要你，也要不起。赶快睡下，好好休息，我要在马蜂村玩好几天。"

老王说:"不是玩,兄弟,你不是来玩,是来接班,我活不了几天,看见你很高兴,要把矿井交给你。"

幸福灿烂开放,把老王灰暗的脸照亮。

我拉住老王的手说:"我来看你,不要你的东西,也不敢要。我还有事,家里有工作,这个地方是你的天下,你接着干,赚了钱自己用,要帮什么忙,我会尽力。我不会挖金子,什么也不懂,只是你的一个朋友。"

老王大笑,拨开我的手,身手敏捷,利索地从床上跃下。他三下两下穿好衣服,拖着我上楼,来到楼顶,站在露台上,指着马蜂村后山说:"那边是我的矿井,兄弟,那边看到了吗?一个大矿井,不说大反正也不算小。"

他的声音响亮而清澈。

我什么也看不到,眼前一片模糊。后山的矿井被村口一片树林挡住,树林之上是莽莽苍苍的山峰,半山腰的纤细公路上行驶着很小的汽车,车后摇晃着缥缈的烟尘。那是马蜂镇与山外世界相连的公路,当年没有这条公路,我跟着老王,走路下山,来到马蜂村,从此与卡奴亚罗山签下生死契约。我不想发财,做不了金老板,却在这里耗去青春,见证了时光的流散和聚集,经历了动荡与不安。我几次从卡奴亚罗山逃走,最后还是回来了。

站在老王家的楼顶露台,可以看清整座马蜂村,村里盖起很多新房子,从前的破草房所剩无几,两层或三层小楼高高低低,散乱地站立在逐渐暗淡的暮色中,所有楼房都安装了整齐的玻璃窗,夕阳涂抹在窗户玻璃上,反射出迷离的光辉。

老王拉着我,在露台上的凳子上坐下。

"我对不起你,"老王说,"害你走上这条路,不过也高兴,交上你这个朋友,是我的福气。我这一生过得快,现在要死了,死了好,可以永远轻松。我没有什么报答你,只有把矿井送你,你不会吃亏的,我的矿很赚钱,保证你吃穿不愁。"

"不,"我坚决地说,"我不要,老王,你身体不好,可以到昆明看病,我带你去,我家有人在医院工作,做医生,你有钱可以好好治病,养好身体再干。我看你现在状态不错,身体没有什么问题,你工作太辛苦,上昆明休息几天也好。"

老王快乐地笑着说:"我知道自己要死了。"

老王拖着我下楼,去后山的矿井参观。

暮色在马蜂村的上空游荡。

我离开马蜂村这几年,老王挖过五个矿井,均先后卖掉,现在剩下的这个矿井欣欣向荣。坑道上千米长,竖井加斜井,很正规。矿井外的选矿设备很先进,是昂贵的浮选机器,两个工头管理着,指挥四十多个工人干活。半年前老王在矿井里摔一跤,腿脚没有受伤,身体却日渐虚弱。他不再过问矿井的事,躺在家里睡觉,等待死亡如约而至。

老王带着我爬到后山,骄傲地指着矿洞外的机器说:"这是你的矿,从今天起,你就是矿老板。"

我说:"我在马蜂村没有任何矿井,只是来玩,从前就是来玩,现在也是,顺便看看你这个老朋友。"

矿洞外机器轰鸣,我的话被噪声掩盖。

老王转身回家。

我住在老王家,晚上吃过饭,小神仙告辞,我扶着老王上楼,面对面坐在楼顶的露台上,看天上的月亮。山谷里气温高,天黑下来,空气凉爽了很多,头顶的卡奴亚罗山月亮很近,伸手可及,月光很潮湿,在整座村子流淌。

老王瘦削的脸模糊不清,眼光恍惚游移,他弓着身,蜷缩在凳子上,絮絮叨叨地说话,交代后事,月光隐约照见了他的黄牙。

我说:"这次来,我妈哭了。"

老王略微一怔,迟疑地问:"你告诉她了?告诉她要来卡奴亚罗山挖金子?"

我问:"你认识我妈?"

老王抬起头,看着夜空里的月亮。

我继续追问:"好像,你还认识我爸爸?你懂探矿,我爸爸也懂,我爸爸在过勘探队,你也在过吗?早好多年,你为什么来找我,为什么要认识我?"

老王抬起枯瘦的手,在脸上用力搓揉。

月亮滑到薄云后,马蜂村的灯光在黑夜里闪亮。

我说:"不愿说就算了,无所谓。"

老王放开手,转正脸看着我,平静地说:"不是不愿说,是不想说,说了干什么?没有意思。我是认识你妈,不只是认识,还是多少年的同学啊，你爸爸也是同学，大学同学，后来是勘探队同事，算好朋友吧。我没想到会认识你，更不会专门找你，找你有什么必要？你一个年轻人，跟我有什么相干？可是我们认识了，还做成朋友，老天有眼啊。"

我的预感得到了证实。

"你们只是同学？"我问。

"是同学也是朋友，男朋友和女朋友，你妈跟我好过，你相信吗？"

老王快乐地笑起来。

我也笑，世间多少奇巧事，信或不信，都已经发生过，追问并无意义。

晚上，我上床睡觉，老王来敲门，走进我的房间，在床头坐下，小心翼翼地递上一张照片。很小的一寸黑白照，散发出回忆的酸腌菜气味，照片上的人像苍蝇，细小而模糊。照片边角有折痕，折痕靠近边缘，没有损伤人像。我拿着照片，在灯光下仔细看，辨认坐在公园石栏边的姑娘。这个人是我妈，我知道，我看过她年轻时的照片。不过，这是什么公园？几十年前的昆明翠湖？稀疏的柳树枝，空洞无人的湖心岛小亭，简陋、温暖、可靠，有些像。那时我妈太年轻，瘦弱清秀，在阳光下眯着眼睛，两手放在腿上，一只手按住膝盖，一只手掌心朝上，五指微微合拢，握住青春之梦。她嘴角微微上翘，扎了两根齐肩短辫，深色的外衣上方翻出显眼的白衬衣领，泄露出藏在娇甜身体里的爱美小心计。

老王说:"你妈送我的照片,只有这一张,她上中学时候的照片。"

"你们上中学就认识了?"

"我比你爸爸先认识她。"

老王深陷的眼眶里热泪滚滚。

次日清晨,小荔枝的惨烈哭喊把我从床上惊醒,我一跃而起,拉开门奔出去,冲向老王的房间,只见小荔枝穿着花布内衣和宽大的衬裤,露着肥胖的大腿,趴在老王身上,用脑袋撞他的胸口,一边撞一边哭喊。老王已经死去,身子缩小了,安详的表情凝固成一抹微光,灵魂变成一只鱼雀,飞过卡奴亚罗山,射向无人所知的远方。

四

我做生意久经沙场,此番重返卡奴亚罗山,走得匆促,却没有忘记一件事,就是带来一个高手,父亲的老同学林老师。林老师是我家的老朋友,父亲早年的同事,他在地质勘探队干久了,身体不好,提前退休,四处应聘做顾问,会计什么都干,就是没有干采矿探矿的老本行。我请林老师出山,做顾问,他点头同意。听我说卡奴亚罗山,他哦地惊叫一声,慢慢坐下,意味深长地看着我。林老师内向矜持,喜怒不形于色,他沉默一阵,嚅嚅地说:"不可思议,不可思议啊。"

他掌握内情,知道我家的历史。

来到马蜂镇,林老师有些犹豫,不愿马上去村子里见老王,我尊重他,在镇上最好的旅馆里开了房间,让他暂住。没想到,一夜过去,老王就去世,撒手人寰了。林老师很遗憾,抱怨自己未能见老同事一面。

林老师说:"我不想过问别人的生活,就是这样,没有其他意思。"

我说:"本来,过去的事,我也不想问,可是老王死了,那些旧事,我还是想知道,你可以告诉我吗?"

林老师很为难,几天后才开口。他说的确实是旧事,两个男人与一个女人的陈腐故事,古往今来泛滥成灾的爱情困难,困难的根源不是出自我的父母,是出自老王本身。

我像卡奴亚罗山矿洞里的挖金人,钻进狭窄漆黑的矿洞,在林老师的讲述中匍匐爬行,搜寻出生前微茫的光明。那是老王与我母亲的历史,也是我降生之前与这个世界的脆弱联系。历史比我的想象复杂,老王与我的母亲类似我与李影,同在一条街长大。早年的昆明城面积小,街道狭窄短促,行道树的枝叶把天空严密遮蔽,也把树下浓阴里人的心思遮蔽,把人生的错乱遮蔽。光线暗淡的短促街道上,所有人家的孩子都从家门跑出来,在街边追逐打闹,玩父辈传下的古老游戏,所有街坊邻居都相互认识,包括老王与我的母亲。

老王与我母亲的亲近关系比我与李影更甚,危机也更甚,我与李影幼时分离,大学毕业后重逢,结为夫妻,老王与我母亲一起读小学和中学,考取同一所大学的相同专业,大学毕业五年,眼看要结婚,却不幸分道扬镳。

林老师告诉我，老王绝顶聪明，却性情古怪，易怒而暴躁。上小学时，老王对各类智力活动着迷，下象棋无人能敌，打扑克是高手，曾自学安装一台发报机，搞得警察登门盘查，差点连累家人被抓。初中时老王看了一场杂剧团到学校举办的演出，对穿插在杂剧节目中的魔术表演着迷，接连逃学，每天翻窗溜进剧场，看杂剧团排练和表演，疯狂琢磨魔术内幕。老王学什么都快，却喜新厌旧，只对一件事始终如一，就是毫不动摇地深爱我的母亲。他在各种发明活动中思维敏捷，头脑清醒，只在爱情方面愚钝痴呆。

老王的癫狂和偏执众所周知，爱情上的绝对忠实也众所周知，我母亲受感动，原谅他反复无常的性格和容易发怒的脾气，默默接受瓜熟蒂落的爱情。他们在高中时相爱，上大学公开了恋爱关系，从幼年做街坊邻居，到小学中学和大学毕业，每天见面，相处了十多年，最终分手。

林老师说老王不适合我的母亲，也不适合任何女人，他的爱情矿洞摇摇欲坠，岩层深处即使有金子，矿洞也要垮塌。大学毕业时，我母亲留在城市教中学地理，父亲与老王分配到地质勘探队，跋山涉水，风餐露宿。母亲为爱情的分离难过，老王却很兴奋，爱情的矿洞风雨飘摇，老王毫无觉察，跃跃欲试，要做伟大的中国地质学家。

勘探队的年轻人叫苦连天，只有老王高兴，别人两三个月就借故回家，老王最短半年才与我母亲见面，两年后就回来得少了，探望我母亲的重任，常托请假回家的勘探队朋友代劳，比如我的父亲。收藏在我家的一块树化石和几块嵌着三叶虫纤细骨骼的石头，就是当年父亲代老王交给我母亲的礼物。那些外行看来朴拙无趣的石头，是老王忠心耿耿的感情信物，却是我母亲的隐痛，是对她的爱情渴望的讽刺，她有苦难言。

后来，老王接连两年放弃回家探望父母的假期，把我母亲忘记，他邀约我的父亲，音讯全无地消失在崇山峻岭里，悄悄进入遥远的卡奴亚罗山区勘探黄金。我的父亲是老王的好友，却缺乏事业心，不具备老王的狂热。第三年，老王再约我父亲去卡奴亚罗山区，被婉言拒绝了。我父亲吃不消勘探队的野外生活，托家人找关系，当年调回城市，进昆明一所大学教书。老王带着一块卡奴亚罗山区的金矿，兴高采烈进城，找我的母亲，得到的消息是，我的父亲与母亲，已经准备结婚。

老王狂笑，把小小的金矿石送给我母亲，扬长而去。

父母结婚时，同学和朋友出席，老王也从荒山野岭赶来，庆贺自己的失败。婚礼简朴热闹，充满真情。没有人想到老王会做下手脚，费尽心机地设计阴谋，纵火焚烧我父母的新婚洞房。当时我的母亲住学校单身宿舍，新婚洞房安置在宿舍楼里。老王事前潜入，改装了宿舍楼的照明电路，埋下危险。新婚之夜，亲朋好友散去，幸福的灯光在宿舍木窗上熄灭时，房间里火光炸响，引燃糊在墙上的报纸和床上的蚊帐，霎时烈焰熊熊，藏在校园树林里的老王见势不妙，夺路奔去，踢开宿舍门，把我的父母救出。

火被扑灭，屋里的床褥和书全部烧毁。

老王投案自首，再没有回来，不知所终。

图谋杀人并纵火焚烧国家楼房是重罪，所有大学同学都认为老王必死，人人对他不耻。早年司法混乱，审判程序草率，红笔一勾，枪就可以上膛，正义的子弹就能从容射出，穿透罪恶的胸膛。

他没有被枪毙，在混乱的时代死里逃生，算一件奇事。

五

我在马蜂村后山把老王埋葬，接手他的矿井。

这是他的嘱托，也是众人的依靠，小荔枝和挖矿的工人需要这座矿，我也能从这座矿井开始，延续自己的卡奴亚罗山区生活。

小荔枝终日守在老王的房间里，哭得死去活来，这个死心塌地的女人，值得老王在另一个世界永远怀念。

埋葬老王的那天晚上，我请镇上的朋友在餐馆吃饭。

马蜂镇上有很多餐馆，每家餐馆都热火朝天，村长老鹰不挖矿了，在镇上开了一家牛肉馆，为老王的葬礼准备了一条牛。在卡奴亚罗山，吃牛肉就是过节，盛大而隆重，不是婚丧嫁娶，不是祖先定下的日子，不能杀牛。现在，马蜂镇开了三家牛肉馆，每天可以吃牛肉。

村长老鹰说："回来好啊，你这只鱼雀，在外面发了财，回来挖金子，好好干，现在可以乱干。"

我用力握住他的大手。

村长老鹰肥胖，头发稀疏，眼角和嘴角堆满皱纹，笑声中夹杂着艰难的喘息。变化更大的是吴老板，老王的对手，真正的矿老板，他在马蜂村挖出第一个矿洞，揭开纷乱历史。现在，这个历史的创造者胖得走不动路，像一个病人，挺着比青蛙更鼓胀的大肚皮，钻出街边一辆黑色越野吉普。

刚才，吴老板的吉普车在镇街子上一路按喇叭，把车头前面的行人连滚带爬赶开。现在，车子停到牛肉馆门口，前后四扇车门同时打开，两边车门钻出几个人，其中一个是吴老板，另外三个人是他的手下。

"那三个人是吴老板的保镖。"小神仙说。

村长老鹰指着吴老板问："我胖还是他胖？"

我说："你个子高，吴老板个子矮，他胖。"

村长老鹰大笑。

石头也笑得身子发抖。

石头是马蜂镇一霸，这是我后来知道的内幕，他游手好闲，可是有钱，不比金老板多，也够吃够花，有些事，付钱找他搞定，很方便。外表看不出石头的危险，他打扮得清秀斯文，穿一件新的米色夹克衫，里面有平整的衬衣，下身穿墨蓝色西裤，脚上是擦得很亮的黑皮鞋，像一个干部。他有两个女儿，老婆住在马蜂村的老房子里，种地带孩子。他整天出门，在马蜂镇出没，陪各种朋友喝酒。

我们在村长老鹰的牛肉馆里吃得很开心，小神仙端着酒碗唱歌，石头也唱，唱死去很久的马蜂村女人芭蕉花：

……
　　哥弹四弦无人听,
　　自弹自唱自宽心,
　　四弦弹到伤心处,
　　不见妹来寻知音,
　　哦——

　　核桃开花串串长,
　　隔江隔河隔小郎,
　　写封书信无人带,
　　望着江水哭一场,
　　呀——
　　……

又唱卡奴亚罗山送葬调,纪念死去的老王:

　　……
　　兄弟姐妹手拉着手啊,
　　送走我们最亲爱的老人。
　　我们最亲爱的老人啊,
　　他要去见卡奴亚罗天神。
　　……

吃过饭,我们去村长老鹰家玩。村长老鹰在镇上盖了一幢三层水泥楼,围了一个很大的院子,院子有宽大的铁门,够一辆汽车驶进去。他家确实有汽车,一辆紫红色的面包车和一辆蓝色卡车。他的儿子与小神仙同岁,在山上挖金子,有一个矿洞。村长老鹰告诉我,后山的矿洞交给儿子,自己只开牛肉馆。

"我老了,"他说,"干不动了,现在是你们年轻人的好时候。"

隔村长老鹰的小楼不远,是小神仙的家。小神仙站在村长老鹰家三楼的露台上,指给我看他家的小楼。他的妻子带着儿子回家了,三层小楼的窗户亮起灯光,睁开了忠实的眼睛。

石头站在我身边,我问他:"你为什么不在镇上盖房子?"

石头说:"人早晚要死的,盖房子干什么?"

众人在村长老鹰家的露台上坐下,继续喝酒唱歌。

六

我留在马蜂镇。白天去矿井,晚上带着林老师回老王家,那幢小楼只剩小荔枝,空旷冷清,夜晚睡在床上,看着漆黑的房顶,我心事重重,无法入眠。某日深夜,我把林老师摇醒,告诉他江对岸埋藏的秘密,林老师披着衣服坐起来说:"哎呀你这个人,这种事不能等啊,明天就去看,赶快,你要不动手,会被人家抢走的。"

第二天,我和林老师带两个村民,扛着从城里带来的仪器,踏着江上的铁索桥，到对岸的山坡勘察。

马蜂镇轰轰烈烈开发民间采矿业，财源滚滚，应该建一座水泥桥，为江两岸的通行提供方便。可是镇长陈哥没有那样做，江上还是铁索桥，江风摇晃着铁链，呛啷呛啷地响，过桥的行人心惊胆战，很容易失足坠江。

也许，要感谢陈哥，如果他修了新桥，我就完蛋。江上的旧式铁索桥是一把生锈的铁锁，锁住我的秘密，阻断了马蜂镇人的眼光，同时锁住了马蜂镇的历史，这部历史的辉煌内容，要由我来书写。

我凭着几年前的记忆，在山上的乱草和树林里搜寻，找到了那条汩汩流淌的小溪，沿着溪流往上，找到了那个被茂盛的杂草和灌木完全遮蔽的小洞。我和林老师全副武装，换上工作服，穿着长水靴，戴上头灯，各背一个小氧气瓶，钻进洞里。来到洞中那个浅水塘边，林老师伸手从塘底抓出一把泥，凑到眼前仔细看，点点头说："是金子，沙金，颗粒很大，不过，还不能证明这个地方有开采价值，也许只有些散乱的沙金颗粒。"

接下来的一个月，我们带着村民，在江对岸的山上选点勘察，取不少样品带回老王家。林老师摆开架势，按专业程序操作，细心研究。研究结果出来后，林老师感慨地说："这是马蜂镇的疏漏啊，他们太笨了，真是很笨啊，赶快准备，投资大干，要赶快动手。"

七

麻烦出来了,江对岸不准开发。这是镇政府的规定,不知是出于保护,还是对卡奴亚罗山的畏惧或无知,或者另有所谋。

不过,禁止去江对岸挖矿,是大好事,也许,镇长陈哥在等待,等待我为江对岸的历史揭幕。

小神仙说:"江那边没有金子的。"

我说:"谁知道呢?这边后山挖烂了,再没有地方下手,过去看看没有坏处,我想过去看,你说怎么办才好?"

小神仙说:"只有找镇长陈哥。"

我说:"我知道要找陈哥,可是怎么找?你帮我找一下可以吗?你联系他,引荐一下,他可能不认识我了。"

小神仙摇摇头。

我说:"他欠你家一条命,应该给面子的。"

小神仙说:"打猎伤人的事不怪他,那种事多了,不过,他是镇领导,做大官了,不好说话。"

我就自己出面。

八

小神仙的为难不无道理,约见陈哥很困难,电话打过去,都是办公室的秘书在接,三言两语就把我打发了。我坚持不懈,连打五天的电话，才听到陈哥的声音。他果然名不虚传，颐指气使地哼几声，不问我是谁，也不听解释，就用方言和普通话混杂的陌生口音，匆忙答应下午见面，把电话挂断。

镇政府是一个新建的大院子，里面有两幢办公楼，一排家属宿舍楼，一个招待所和一个小诊所，院子里停了豪华轿车、进口吉普车、卡车和摩托车，院门口是一家邮局和一家银行储蓄所，还有一个装点得花里胡哨的小型超市，门边站着保安，保安穿着灰色制服，动作懒散，眼神傲慢凌厉。

陈哥的办公室在三楼，最高一层的走廊尽头，我带着探矿专家林老师爬上三楼，陈哥的办公室敞着门，我轻叩了两下。

陈哥在打电话，他朝我看一眼，抬起一只手，示意我们进去。

我和林老师走进办公室，坐到沙发上。

陈哥继续打电话，过了几分钟，把电话放下，问我："请问有什么事？"

他穿了西装打着领带，干练而整洁。

我说："刚才打电话跟你约过的，我从昆明来，记不得了？"

他哦地叫一声，急忙站起来，绕出办公桌，握住我的手。

我向他介绍林老师。

我说："这是林老师，矿业方面的专家，跟着我下来考察，这个地方我很有感情，如果有可能，我想投资挖矿，在你的领导下寻求发展。"

陈哥朝林老师客气地点点头，绕回办公桌后，坐下说："喝水，喝水自己倒，我就不起来了。"

我给自己和林老师各倒了一杯茶水。

陈哥坐正身子，手指轻轻敲打着桌面，目光越过我的头顶，投向墙上的一幅紫红色锦旗，平静地说："我们欢迎任何人来马蜂镇投资，你是老朋友，更欢迎。不过，金矿是特殊行业，开矿的手续很严格。有空的时候，你可以到镇上的矿业办了解一下，他们有招商引资文件，印成小册子了，可以带回去看。那里的同志会接待你的，要不要我打一个电话？"

他在打官腔。

我说："好的，我会抽空去了解政策。"

陈哥略微偏着头，客气地问："还有什么问题？"

他想把谈话结束，如此两句话，就要结束？可见小神仙为什么不敢见他。

我说："我来见你，主要的想法是叙旧，跟你见个面，好久不见了，想说说话，随便说什么都可以。"

陈哥说："是的，老朋友好久不见，想叙旧，可以理解。可是，老朋友来得太多，今天我就接待了两起，你们是第三起。以后有的是时间，还要见面的对吧？有什么话改天说，马上我还要接待另一起朋友。"

我起身告辞，陈哥站起来，隔着办公桌与我握手。

我下楼找到镇政府矿业办，要了一份小册子，果然看到上面有不能过江开矿的种种规定。

晚上,我在小神仙家,告诉他见到陈哥的事。

"很冷淡?"小神仙问。

我说:"反正话不多。"

小神仙说:"当官的就这样,那年你跟着老王来马蜂村,我也以为是当官的,后来才知道是个大学生。"

我大叫冤枉,对小神仙说:"你啊,我年纪轻轻算什么官?你爹做教师,在马蜂村才是官,比县城的大官管用。"

小神仙不好意思地笑着,告诉我另外一个人名,他建议我找这个人,经这个人引荐,也许可以与陈哥搭上线。

这个人是李叔叔,很多年前山腰小镇的供销社主任,现在,他下山来到马蜂镇,开私人诊所,大赚其钱,他的女儿是陈哥的女朋友。

我大为惊讶。

九

李叔叔的诊所名为李神医诊所,设在离马蜂镇主街不远的一幢小楼里,诊所门口挂了一个造型夸张的红色大葫芦。葫芦有半人高,沉重庞大,纹丝不动,上面刷满鲜红的油漆,写了李神医三个黑色大字。远看去,吊在诊所门口的葫芦细腰丰臀,好像穿了红裙子的美女,双腿被斩去,挂在诊所门口示众,场面很血腥。

第二天上午,小神仙带我去找李叔叔,老远看到诊所门口的巨大红葫芦,我觉得好笑。这个李叔叔,搞得神神鬼鬼,鲜血淋漓,把病人吓死怎么办?

来到诊所门口,我抬手在血红的大葫芦上拍一下,跟在小神仙身后进门。

诊所里怪味冲天,挤满人。有人低头坐着,沉默不语;有人弓着身,脑袋抵在墙上,哼哼叽叽地呻吟;有人抱着插了针头的手臂,蹲在墙角打吊针,身边的同伴高举着吊瓶,两人一高一矮,热烈交谈,目中无人。

小神仙朝里间走,我跟着进去,听到诊所里有人慢条斯理地说话,声音不高不低,温和而坚定。这个人转过身来,看到小神仙,微微一笑,再看到我,惊奇地愣住。

李叔叔不简单,好久不见,一眼就认出我。他朝身边的病人点点头,不慌不忙地走来,握住我的手说:"大学生对吧?你没有什么变化,还是年轻时的样子,还是那个样子啊,欢迎欢迎。来看病?感冒发烧了?还是带女人来做人流?我这里,性病也可以治好的,放心好了。"

我说:"李叔叔的医术,我早领教过了,艺高人胆大,终生难忘,没想到你现在做了医院的院长。"

李叔叔慢吞吞地说:"私人医院,在马蜂镇算最大,在中国算第二大,没有办法,群众需要我,只有出山,为人民服务啊。"

我大笑。

李叔叔说:"不要笑,我这里业务多,还有取名改名的项目,墙上贴着我的广告呢。如果你想在马蜂镇投资,挖金子,最好让我拆一下名字，名字是头上的一把刀啊，搞不好，这把刀掉下来，会把自己的脑袋砍掉。"

我说："你现在神通广大，无所不知。"

李叔叔说："救人一命，功德无量，我是为人民服务。怎么样？拆一下名字？我看你不是来看病，是来马蜂镇挖金子，肯定是来挖金子的，三百六十块取人名，八百八十块取公司名，你是自己干还是开公司？马蜂镇有一百家公司，八十八家是我取的名字，我取过名字的公司都发了，带来了马蜂镇的经济繁荣，跟我来，到楼上的办公室，最好还是拆一下名字。"

我跟着李叔叔上楼。

楼上的房间宽大而空洞，除一张办公桌和几把椅子外，什么也没有，地上丢满药瓶和废纸箱，一片狼藉。

李叔叔动作慢，现在老了，更显笨拙，他吃力地爬上楼，在办公桌后坐下，含笑点头，又要开口，我急忙抢先发言，说明要见镇长陈哥的来意。

李叔叔保持微笑，平静地说："没有办法，你这个忙，我帮不了，你就算老朋友，也帮不了，陈镇长这个人铁面无私，正直得很。我家姑娘在镇政府上班，也是一个好干部，他们两个配得绝啊，为工作加班加点，半年不见我一次，我去哪里找他们说话？"

"你打个电话，告诉他我们是朋友。"我说。

李叔叔摇头说："不行，电话我也不能打。"

"没关系，我们去吃饭，"我说，"工作的事以后再谈，边吃边谈也行。"

李叔叔说:"饭也吃不了,我忙得很。你看楼下的情况,群众等着我,走不开。你要是不看病,也不拆字,就坐在这里休息,我要下楼了。"

马蜂镇铁幕神秘莫测,出乎我的意料。

十

我拜访陈哥和李叔叔接连碰壁,一事无成,只好找石头,石头是传说中的马蜂镇黑道高手,也许另有办法,能打通高层路线。没想到石头提出的建议,竟然是下三滥,他建议我去镇上的洗脚城,在那里会见陈哥。

石头说:"这个人贼得很,人家送钱不要,请客吃饭不去,只喜欢洗脚,洗脚也是自己去,米果开的洗脚城你去过吧?去那里看一看,好玩得很,在那里可能会遇见陈哥,试试吧,也只能试试了。"

我不愿去洗脚城遇陈哥,脚气味冲天的场合,谈得出什么好前程?可是,说到米果,我很好奇。

米果开洗脚城,我知道,来到马蜂镇,我就见过米果,还见过她的女儿。几天前我在镇上的牛肉馆吃饭,见到一个身穿黑纱长裙的女人从街面走过,这个人走进一家麻将室,坐下打牌,脖子上戴金项链,手上戴金戒指,谈笑风生。一个半大女孩围在她的身边,绕着麻将桌疯跑。身边的人告诉我,那是她的女儿,东北人留下的种。

早年，东北人两兄弟劫走金子，一去不返，米果在马蜂村生下了这个私生女。现在，我们相距较远，隔着马蜂镇的街道和穿梭不停的行人，我看不清米果和她女儿的模样，只为她的变化惊奇。

米果的女儿皮肤雪白细腻，在马蜂镇很出名。

东北人逃走的第二年，米果生出女儿，三个月后，小四川迎娶米果，做现成父亲，两年后米果与小四川离婚，独自过日子。卡奴亚罗山土著生下来就是黑皮肤，脸黑屁股也黑，个子中等，米果的女儿皮肤很白，个子高大，长到十岁，个子就接近米果的肩膀，像东北人一样能说会道。这个十岁女孩整天疯跑，上山捉来棉花虫，卖给街上的小饭馆做菜，赚得五角钱，就去街上的小杂货店买汽水，买那种装在塑料棍子里的可疑黄色液体。她用锋利的牙齿把注满黄色液体的塑料棍子咬开，用力挤里面的甜水，喷得满脸黏黏糊糊，在马蜂镇的阳光下笑得幸福而甜蜜。

米果也很幸福，毫不隐瞒对东北人的怀念，逢人就说："我这个姑娘啊，也不知道是大东北的种，还是小东北的，反正一样，哪天姑娘嫁人，他们也该回来，回来看看也好啊。"

石头告诉我，洗脚城最初开张，外地金老板欢欣鼓舞，本地人笑掉大牙闻讯赶去，抬起臭脚朝店里冲，洗脚洗脚，我要洗脚，快来洗我的臭脚，大声嚷叫，东蹿西瞧，在花里胡哨的房间里乱跑。看到洗脚城里有很多隐蔽的小隔间，每个隔间里有一张床和两只沙发，像一个家，糊涂了，连问洗脚搞得像一个家，要多少钱？店里的姑娘围上来，说四川话湖南话和东北话，打扮得花枝招展，衣领下滚出柔软的乳房,裙子松松垮垮,露出雪白的大腿,头发蓬松,嘴唇很红,抹了生猪血。多少钱洗脚?本地人问。姑娘们咕咕笑着,把来人拖进温暖的小隔间,三下五除二,上来就脱裤子。他们呆站着,任姑娘收拾,听说要两百块钱,恍然大悟。原来不是洗脚,是在姑娘的身子里洗,两百块一次,于是逃走,凌乱的摔门声惊得外省寻欢人阳痿。

晚上,石头带我去洗脚城。

我们沿马蜂镇街子走去,街边的麻将室门户敞开,灯火通明,摆满方桌,每张方桌围了一伙人,不是打麻将的四方对手,是众人挤作一堆,下注。他们玩逼死,马蜂镇人发明的简要赌博法,玩的人围着桌子,摸十张麻将牌,翻开见输赢,快得可以把人逼死。

洗脚城不在马蜂镇主街,我们出镇,拐一个弯,爬坡。夜色朦胧中,空地里升起一片红光,出现三间一排的房子,窗户里人影晃动,那就是米果的洗脚城。我们朝温柔的红光走近,看到房子门口的女孩了,全部是短裙子和紧身衣。

几个姑娘迎上来。

石头抱住一个姑娘,搓揉着她的乳房问:"老板呢?米果?"

米果出现了,踏着粉红色的灯光,黑纱长裙阴郁诡异,屁股扭来扭去。

我屏住呼吸。

米果走过来,在石头的脸上摸一把说:"你这个人啊,好几天不来,有钱也不照顾我的生意。"

石头拍一下米果的屁股说:"看看我带来什么人。"

米果认出了我,抬起光光的双臂,把长发朝后理顺,捂住嘴巴。

米果的手从惊讶的嘴巴上移开,伸向我,被石头挡住,石头推开她,拖着我朝前走,我边走边回头,看着米果。

夜风吹来,米果的长裙子抖动着,紧裹住双腿。

"进来,"石头朝米果招招手说,"今天找你有事,进来再说。"

石头拖着我,走进弥漫着廉价化妆品香气的洗脚城。一个女孩迎上来,急急忙忙地带路,引我们走进洗脚城的幽暗走廊。穿短裙抹口红的女孩从走廊两边的小隔间里零星开门出来,嘴里嚼着东西,神态自若,与我和石头擦肩而过,小隔间里飘出可疑的腥味。

来到走廊底,女孩打开一扇门,石头大摇大摆地走进去。

我站在门边,朝里面张望。

小隔间里亮着一盏粉红色的小灯,光线极暗,果然有一张床和一只小沙发。米果出现在我的身后,轻轻呼出温热的气流,石头走过来,跨出门,站在走道上,把我和米果推进了小隔间。

"你们在里面谈,"石头说,"我出去玩,就不再打扰了。"

石头走开了。

米果关上门,走到我身边,把我送到沙发上坐好,自己坐在床边问:"洗脚还是按摩?"

我说:"现在有空吗?有事找你商量,我有事,不是来洗脚。"

米果从床边跃下,坐到沙发扶手上,拉住我的手说:"是啊是啊,来这里的人都有事,没有事怎么会来?好多年不见,你就不想我？我看见你，都不敢认呢？你认出我来了吗？"

"我有事，"我说，"要找你帮忙。"

米果笑着问："你啊，好像害怕？怕我吃了你？你一个大男人，我也吃不动。"

我有些狼狈。

米果把我从沙发上拉起来，送到床边。

我说："我要找陈哥，陈镇长。"

米果伏下身子，凑近脸轻声说："镇长？陈镇长？镇长很忙啊，大家都在找他，我也要找他，不过我看你就像镇长，比陈镇长还像镇长，你比他更像领导。"

我说："不要开玩笑，我真的有急事要找他。"

米果问："原来在村子里，你喜欢我吗？喜欢过吗？"

我说："是的，很喜欢。"

米果快乐地笑着，压低身子，胸脯贴近我的脸。我做生意也算见过世面，却手足无措，不知如何是好。我不想接受米果的身体，不是看不上她，是不愿做那种事。"不行，"我挣扎着坐起来说，"米果没有必要，我给你钱，给你钱就是了，没有必要做那种事。"米果不为所动，在幽暗的粉红色光线中笑着，嘴巴凑上来，吻我一下。我推她，她又吻我，轻轻咬我的嘴唇，把我的话堵在嘴里。她张开臂，紧紧搂住我，用胸脯压得我无法动弹。她继续前进，皮带扣在惊叫，叮叮当当，一只软和的手伸进去，米果嬉笑着，用嘴含住。马蜂村的姑娘米果竟然用嘴，真的用嘴，毫不犹豫，熟门熟路。

从前,本地姑娘谈恋爱,能接受各种动作,就是不亲嘴,她们说亲嘴不好,各人有各人的味道,现在米果什么都会。

十一

那天晚上没有见到陈哥,却与米果把事情谈成,她答应我,陈哥来洗脚城,就打电话告诉我,她是我的内线了。

几天后,米果传来消息,陈哥来到了洗脚城。

我急忙赶去。

进了洗脚城,米果让我坐在门口的小客厅里,轻声说:"你坐着等吧,他在里面洗脚。"

我点点头,忽然觉得可笑,设内线,追到洗脚城,算什么事?

半小时后,陈哥从一个小隔间里出来,我犹豫着迎上去。

"你好,陈镇长。"我说。

陈哥漠然看着我问:"是你?来洗脚?"

我说:"洗过了,遇到你很高兴,你看,上次找你,有些事没有谈成,今天晚上有空吗?在这里坐一下吧。"

陈哥严肃地说:"坐在这里?谈工作?开玩笑了。"

我说:"那就找一个小包间,在里面谈。"

陈哥问:"什么事?有困难了?工作方面有困难,为什么不到办公室来?"

我被他的架势震住,走投无路,搬出小神仙抵挡,对陈哥说:

"小神仙说你很忙,去办公室找你的人太多,那天我们见面,你也说来的人太多,今天晚上遇上正好,可以向你汇报。"

没想到弄巧成拙,陈哥生气了,满脸铁青,一本正经地对我说:"你告诉小神仙,他要见我就来找,不要叫你来。他这个人有毛病,恨我还是怕我?恨我可以,怕我就大可不必。怕我干什么?我不是坏人,只是一个小镇长。"

陈哥与我匆匆握手,走出了洗脚城。

我把洗脚城里的遭遇告诉小神仙,他急忙道歉。

陈哥生小神仙的气,事出有因。几年前,陈哥到马蜂镇任职,千头万绪理出个大概,就到马蜂村找小神仙。那次,走进小神仙家,坐在火塘边,陈哥问了很多话,小神仙不开口,始终低着头,憋得要昏死。最后,小神仙撇下陈哥,站起来逃走。陈哥在村里巡视一圈,走访了很多人家,坐车子走了,两人从此没有打过交道。

小神仙说:"我不恨他,是不会说话,他做镇长了,我说什么话好?不知道说什么话啊,见到当官的,我就害怕得要死。"

我说:"你们有误会了。"

小神仙说:"误会有什么办法?"

我说:"江对岸有没有金子,不知道,我的事无所谓,你们的误会就要消除,这样憋在心里不好。请他来家里吧,你请了他,不来是他的事,他看不起人,以后各走各的路,不理他就是了。"

小神仙痛苦地思考一下说:"为了你,我打电话试试,要是说错话,你不要怪我啊。"

小神仙打过电话的第二天，陈哥大驾光临了。

陈哥第一次走进小神仙在镇上盖的新楼，他背着手，脸上挂着庄严的微笑，一层层楼上去，把小神仙家的所有房间看遍，慢慢下来，坐到一楼的客厅里。

小神仙给陈哥恭敬地端去茶水。

陈哥说："好啊小神仙，你日子好过，就不想见我，怕我吃你家的饭？"

小神仙说："镇长领导得好，我们才有饭吃。"

陈哥说："什么镇长？小神仙你说话注意一下用词。"

小神仙涨红着脸说："对不起。"

"我对不起你，"陈哥说，"我要向你道歉，我知道你恨我，你恨我是有道理的，我欠你家一条命。"

小神仙说："不是啊陈哥，不是那样啊，你不要误会我。"

陈哥说："就算是误会，你也要认错，先认错，你不来见我，要认错，几年了，你就不理我，有必要吗？我欠你家的那笔账赖不掉的，迟早要还，只是你要先承认错误。"

小神仙说："对不起。"

陈哥说："你干得很好，有钱了，讨了老婆买了汽车，盖起漂亮的小楼，有什么不满足？你有什么困难？"

小神仙张了张嘴，说不出话。

陈哥笑起来。

笑容化解了一切。

我在愉快的谈笑中提出开发江对岸矿区的计划。

陈哥收起笑容，坐正身子看着我，空气凝固了。

我说："我带来专家了，可以去勘探一下，如果江对岸有矿，对马蜂镇的发展也有好处。"

陈哥说："现在是会见朋友，只谈友谊，不谈公事。"

第十二章

一

走投无路，我只得重访李叔叔，在他的身上找机会。

李叔叔的诊所永远人满为患。这个供销社主任出身的卡奴亚罗山镇干部，最适合做矿山设备生意。吴老板最早的合伙人，那个身手不凡的工程师，现在不挖矿，专做马蜂镇的矿山设备生意。销售矿车、钢轨、升降机、发电机和鼓风机、球磨机和打砂机、海龙王牌水泵和各种等级的选矿器材。赚钱后盖了两幢楼，开了一家马蜂镇的豪华旅馆。以李叔叔的耐心和聪明，为工程师打下手，摸出门道，就能自立门户，即使不从工程师那里找路子，以他做过多年供销社主任的本事，转手倒卖矿山设备，也顺理成章，早晚能够上路。

哪知道他会开诊所，做江湖医生。

不过，做医生开诊所，李叔叔也是好手。他雇了两个助手，请来一位五十岁的退休女人做护士，内外科骨伤科，疑难杂症和妇科人流，无所不治，兼营取名改名的时髦生意，同样事业辉煌。我白天去诊所门外转，看到李叔叔忙得停不下手，只好晚上去。晚上诊所病人更多，小楼灯火通明，呻吟和吵闹滚滚不息，吊在诊所门口的巨大红葫芦，极像一个绝望的女鬼，冷不防看见，让人毛骨悚然。

我接连几天在李叔叔的诊所外徘徊，最后挑了半夜十二点去，李叔叔还在忙，正用一根钢针，为一个鬼哭狼嚎的矿工缝腿上的伤口。

他看到我，镇定自若地笑了笑，伏下身继续干活。

年轻矿工喊哑了嗓子，李叔叔才把伤口缝好。他自以为看出我的心事，不慌不忙地脱下手套，洗了手，带我上楼。

"想好啦？"他说，"想取一个名字？"

我摇摇头，请他合伙挖矿。我告诉他，不出钱，只出力，帮忙做成这件事，就能分到一成利，吃干股，没有风险白拿钱。

李叔叔的温柔目光长久停在我的脸上。

"过江，"我说，"过江挖了试试看，我有专家的。"

"挖金子这种事，"李叔叔慢吞吞地说，"风险大得很啊，我早就想挖，下山来就是想挖矿，可是没有本钱。现在有本钱，又不敢冒风险，想来想去，还是只能放弃，你认为江对面真的可以挖出金子？"

我说："挖不出金子，我自己认了，挖出来，就分你一成。"

李叔叔说："白拿你的钱，不好意思啊。"

我拿出拟好的合同，请李叔叔签字，他说了几句客气话，与我拍板成交。

那个夜晚过去的第三天，李叔叔的助手出现在马蜂镇街子上，到村长老鹰的牛肉馆找我，当时我刚吃过饭，正坐在牛肉馆楼上的窗口看马蜂镇风景。

那是中午，镇政府的干部下班了，李叔叔的助手告诉我，陈哥要我去办公室。

我与陈哥在办公室再次见面。

陈哥依然满脸严肃，他不说客套话，直截了当地问："江对岸，可以挖出金子？值得开发？"

我说："我的专家认为可以看一看。"

陈哥说："有把握吗？挖矿就像赌博，搞不好倾家荡产，我们这里的金老板，几百万亏完有的是。"

我坚定地表明了态度。

陈哥说："江对岸，我早有开发的计划，只是不知道地下的情况。你看后山，乱成一片，我不想乱，想规范发展。可是谁来走第一步？谁说对岸有金矿？吃不准，所以摆到了今天。好吧，你过去看一看，马蜂镇需要再发展，即使乱，挖出金子也可以接受。不过，你要做好亏本的准备。"

我说："亏完钱就死心了，我可以退休回家。"

二

我去江对岸开矿的举动，让整座马蜂镇笑掉大牙，那片山坡没有矿井，只有满山的树林和茂盛的杂草，棉花虫趴在树枝上孤独鸣叫，呼唤着迟迟不到的爱情，比拇指大不了多少的绿豆雀四处飞舞，仿佛掠过树梢的灰尘。没有任何迹象表明杂草树林和灌木丛下埋藏着另一部卡奴亚罗山历史，更无人知道石破天惊的时刻即将到来。

第一声轰响从江对岸传出，真正属于我的小金矿破土动工了。挖矿不是吃蛋糕，是啃石头。砍树、割草、平整山地、盖办公室和工人宿舍，花了两个月，把建矿的庞大设备和盖房子的材料从江对岸搬运来，又花了两个月。办公室用石头砌成，工人宿舍建成木板房，选矿区安装了先进的传送带，挖了两个氰化池。我暂时没有采用先进的浮选法，以减少成本和缩短工期，只求尽快上马。

我从马蜂村后山的老王矿井抽调六个工人过江，又招了十个人，不求大只求精，不求多只求好，不要招摇，只图快。可是，进展还是太慢，一切就绪，已过去半年。一间小办公室和五间低矮的工人宿舍完工，生产区的简陋木棚搭成，朝气蓬勃的小金矿才初具规模，此时我筋疲力尽，跃马出阵的激情几乎耗尽。

我站在新建的矿区，遥望江对岸的马蜂镇和山上盘旋而来的公路，想念着昆明的李影和儿子，忽然想放弃，下山回家。

我不可能离开。

矿区建起来，还要挖掘、粉碎、选矿和提炼，各道工序完成，每吨矿石炼几克金子，艰难不可避免，耐心等待少不了。

等待和煎熬少不了，危险也少不了。

林老师是探矿专家，挖矿不在行，我也不是内行。我们没有大张旗鼓地采掘，干得谨慎小心，先从那个已经暴露的小山洞迈进脚步。那一步很快得到肯定，山洞里刨出了第一批瓜子金，也就是林老师说的沙金。我受到鼓舞，指挥工人继续前进。深入十米远，进入洞底。工人敲敲岩壁，听到岩壁后面传出空旷回声，炸开洞底再前进，不料出了人命。

炸开洞底的岩壁，一组六个工人冒着刺鼻的烟雾进去，走出几米远，就有人扑通倒地，后面的人奇怪地摸索上前，蹲下去琢磨，也胸闷气短，无力地坐到地上，两个工人见势不妙，转身就逃，大叫着跑出洞来。

我带着人朝里冲，被林老师拦住。

"不能进，"林老师恍然大悟地说，"里面没有空气，没有空气啊，就算有，空气也不多，放炮把空气消耗完了，进去就会闷死。"

我带来了两只专业的小号氧气钢瓶，那是探矿用的，不能用来采矿，也不够采矿用。

我让逃出山洞的工人背上氧气小钢瓶，进洞抢救。

倒在洞中的四个人被抬出，并排放在露天的空地上，他们脸色青紫，昏迷不醒。我带人急救，用上所有听说的招数，人工呼吸、朝脸上喷水、拍打两颊和大声呼喊名字，忙得浑身透湿，昏迷的工人仍在沉睡。

我深感歉疚，绝望地坐到地上。

忽然，林老师有所发现，跑过去，伏下身子，把耳朵贴到一个人的胸口，朝我招招手说："这个人有心跳，好像要醒了。"

林老师的话说完，地上的人打嗝，哦地坐了起来。

救活两个人，另外两个死了。

卡奴亚罗山挖金矿，发生过各种死亡事件。挖矿炸死、坑道塌方砸死、打架丧命或病死、被药水毒死，不一而足。人死不能复生，生命是一只泥罐，很容易打碎，只有钞票坚硬而可靠，当地人的习惯是，挖矿死了人，出钱了断。

死去的是本地村民，我派人去村子里报信，当天下午山上就有人下来。

来人一行四个，都是小个子男人，身强力壮，黑皮肤，明亮的眼睛，腰上挎着锋利的砍刀。三人穿着草绿色的解放鞋，一人光着脚，其中两人各挎一只宽大的长背篓。他们整齐地坐在我对面，一声不吭，平静地接受死亡。我连连道歉，陪他们吃饭，喝了很多酒。天色黑下来，没有谈判，也没有解释。他们不听解释，默默等着付钱。钱不多，两千块就行，这是规矩。我多付了一千块，再说几声对不起，他们不推辞，也不表示感谢，把死人扶起，装进大背篓，挎起来走了。

那天晚上没有月亮，卡奴亚罗山上什么也看不见。天地浑然，像正在融化的冰，像模糊的回忆，像越走越远的脚步声，我不知道他们背着大箩筐里的两具沉重尸体，如何翻山越岭并摸黑回家。

三

第二个如影随形的危险是抢劫。

早几年我在马蜂村后山挖金子，从未听说抢劫，东北人的劫财事件，不是发生在矿区，是发生在外出贩卖金子的途中，使用的手段卑劣而隐蔽，用药，梦中下手，杳然而去。现在卡奴亚罗山人员混杂，镇上的几千人和住在山上矿区无法统计的人口来自大半个中国，人人身怀绝技，却打不过卡奴亚罗山岩石。挖一个矿洞，是朝坑道里塞钞票，来得快去得快，今天获利明天亏尽。亏本的金老板身无分文，在镇街子上喝酒醉倒，无人理睬。每个人都想发财，只有少数人如愿以偿。金老板亏本，风险共担的工人也没有好下场，以工抵股的打分成约定天经地义，老板走人，工人两袖清风散伙，只能另谋出路。

有人吃不了挖矿的苦，无法承受亏本打击，结成小团伙上山，明火执仗地抢劫矿井。那些抢劫金矿的庞杂故事，超过阿拉伯的《一千零一夜》传奇，那些卡奴亚罗山上的为非作歹者，胆大包天无恶不作，白天在山上蹿动，像一群嗅来嗅去的野狗，夜晚下手，偷矿石，也偷氰化池里的锌丝和金泥。有人凭借夜黑风高的掩护，爬在矿洞上方的山崖上，丢下点燃的炸药，把睡在矿洞口草棚里的挖矿人炸跑，一窝蜂跃下山崖哄抢。

金老板防不胜防，在山上的矿洞口养狗，盗贼就把狗毒死或砍死，还用猎人的老式弩箭把狗射死。有人在矿洞口盖起结实的水泥房子，在水泥房里挖池子，池子里倒进淘洗后的矿砂，躲在水泥房子里用氰化钠水提炼金子。池子上方搭了木板，木板上铺着草席和被褥，守夜人睡在水泥房里的氰化池上方，手边放着砍刀，有的放着枪。有人能弄到枪，步枪手机或老式铜炮枪，有枪还有刀，抢劫的事件仍然没有绝迹。

睡在水泥房中的守夜人，黑夜里听到门外有可疑声响，提着枪出去巡视，必定上当。返回房中，已经被盗，漂在池子里的木盒不翼而飞。木盒里有吸附金屑的锌丝和从锌丝上落下的金泥，那是所有人的命。命丢了，少不了自相残杀。

小神仙告诉我，小四川有一个矿井，矿脉还算好，不久前一伙人耍无赖，光天化日之下，背着背篓出现，走到他的矿洞口说："捡几块石头啊，大家都要吃饭啊。"那伙人衣衫褴褛，嘻嘻哈哈，大摇大摆地进洞，每人捡一篓矿石出来，啃哧啃哧地背着下山，卖给镇上的生意人。

接连被骚扰，小四川奋起反抗，反抗的结果是，两个合伙村民被砍伤，躺在李叔叔的诊所里，李叔叔收了两千块钱，受伤的人仍然不能下床，小四川自认倒霉，只好一次性付钱了断。

小神仙说："你在江那边挖矿，太显眼了，不安全，找石头打一声招呼，打过招呼那些人才会害怕。马蜂镇有好多黑社会，他们打来打去，就是打不过石头。"

我接受小神仙的建议，过江前宴请朋友，在村长老鹰的牛肉馆吃饭，那天石头也在场，他端着酒杯走到我面前说："你放心干，掉了一根头发告诉我，我会还你一根手指头。"

我不想要别人的手指，只想寻求安宁。

四

小神仙说得对，我独自在江对岸挖矿，太显眼了，就像空空的桌子上摆了一堆金子，有人一定要捣乱。

矿洞挖到两百米，第一批金子炼出来，收获不小，工人独眼告诉我，小心了，有人要来抢矿。独眼是个高个子青年，很瘦，力气相当大，吃苦耐劳，小时候在江边炸鱼，失去一只眼睛，听力也不太好，却能用鼻子及时闻出危险的气味。

我问："消息可靠吗？"

独眼没有听清我的话，或者不知道什么叫可靠，他笑了笑，没有回答我。

那时我已经有三十个工人，十人一组三班倒，进度较快。马蜂镇最大的金老板是吴老板，他的矿井有两百个工人，我的矿井在马蜂镇不大，也还称得上兵强马壮，占着三十个人的力量，我不害怕，当然也不愿出事。当天下午，我把几个工头找来，做出相应部署。

我把危险的消息告诉林老师，嘱咐他不要出门，晚上早睡觉，听到吵闹也不要出来。我和林老师的宿舍是一间坚固的石头房，窗户高而小，房顶用几层铁板封闭，再用石板盖上，房子里收藏着炼出的全部金子。只要关紧房门，除非用火炮，石头房很难攻破。用上火炮就不是抢劫，是战争爆发，卡奴亚罗山会发生战争？开玩笑了。

林老师忧心忡忡，怀疑独眼里应外合，与劫犯共谋，制造烟雾。

我对这个卡奴亚罗山小伙子很信任，不同意林老师的观点。第一天安然无恙，第二天不见动静，悬而未结的局面确实像烟雾，到精神涣散的第三天，战争爆发，验证了林老师的正确。

幸好有狗。

我在矿上养了一条狗，一为防卫，二为消悉解闷。狗是忠诚的朋友，死心塌地，足够可靠，小心提防的两天晚上过去后，我们在第三天不可避免地放松了警惕。半夜，那条狗从瞌睡中醒来，捕捉到小食堂门外的悉索之声，它狂躁地挣了两次铁链，第三次奋勇扑击，把地上的木桩拔起，拖着木桩朝前奔。我的工人应声出动，各提一把刀冲出宿舍，狗早就结束战斗，把那个黑影赶得连滚带爬逃走。

次日夜晚，一声轰响点燃战争烽火。有人从山岩上扔下燃着引线的炸药，目标直指我的狗。关在食堂小屋里的狗用凶猛的吼叫回应，第二筒炸药在食堂门口爆炸。火光照亮了黑夜，狗无所畏惧，在食堂小屋里跳跃，趴到窗子上继续吼叫。

又有两节炸药从黑暗中落下，接连爆炸，这次的目标是我的石头房办公室。我从宿舍小窗户看去，只见办公室外墙在两声爆炸中闪过红光，接着哐啷一声响，什么东西倒塌了。炮火炸得我心惊肉跳，无法出击，只能任劫犯折腾。

狗还在吼叫，作案人溜走，山上再无响动。

天亮时，众人松了一口气，林老师说："怎么办？独眼不能要了，这小子危险啊。"

没有证据，怎么办？如果冤枉他，麻烦更多。

幸好，没有人知道藏金子的地方。

最后，我决定把狗放开。

安静了两天，劫犯又在夜色中出动。当时我和林老师在睡觉，一个班的工人在矿井里干活，两个人守着氰化池，其他人睡觉。狗循声找去，猛然一扑，竟然被刀刺死。守氰化池的人在水泥小屋里听到响动，把门顶住，劫犯就在氰化池门外安放炸药。独眼青年英勇出现，扑上去与劫犯战斗，被一脚踢翻，两人打到宿舍门边，屋里的工人冲出来，一起动手，把作案人捕获了。

我以为是几个人作案，抓获的却只有广东人黄老板。此人三十岁，独自开一辆车，闯入马蜂镇，说话大口大气，自称粤派南拳高手。上山挖矿半年，本钱亏完，在麻将室输掉汽车，就在镇街子摆小摊算命。他的算命与老王不同，老王卖弄扑克绝技，他用武术唬人，算命之前蹲马步，来两个扫堂腿，才坐下去闭目深思，说出人家的前途。

现在，失去前途的南拳爱好者玩炸药，孤身挑起战火，被我的工人抓获，这件事怎么处理？

我们把他捆起来，拖进矿洞。

独眼朝他的肚子狠踢一脚。

有人说："把这个杂种干掉，埋在矿洞里。"

他扑通跪倒，叩头致谢说："谢谢了，把我杀掉吧，求你们杀掉我，埋在洞里最好，没有人知道，就像我没有来过一样，我不想活了，也不想再回广东。"

说完，他低下头，朝洞壁上猛撞，被我的人抓住。我哭笑不得，把他带出矿洞，关在一个小棚里。第二天，我送他一笔路费，派人押他下山，到镇上买客车票。为了确保这个人离开马蜂镇，我通知小神仙，找来石头。石头在遣送现场监督，他就永远不可能回来了。

石头出面，局势好转了，我的矿再没有人骚扰。

五

江对岸的新矿井欣欣向荣，当地人的态度迅速改变，我的来路和背景成为马蜂镇上恣意横行的流言，众多猜测把我描绘得神乎其神，也把江对岸山坡的金矿储藏量夸张得不着边际，好像那里埋藏着全世界的金子。于是，由我引发的第二次采金狂潮在马蜂镇蓬勃兴起。各路人马掉转枪口，从马蜂村后山的老矿区撤出，涌向我所开发的江对岸新矿区。横跨江两岸的老式铁索桥疯狂摇晃，每天有过于匆忙的粗心大意者坠江，落水者淹死了好几个，其中一个是最早在马蜂村开创矿山小设备制造业的湖南人老孟，他的儿子小孟痛哭流涕，沿江顺流而下，追踪了半个月，也没有找到父亲的尸体。

小四川也过江了，他把马蜂村后山的老矿井卖掉，过江投奔赵眼镜，合作挖矿。赵眼镜来自县城，原来做中学教师，被卡奴亚罗山的掘金热潮煽动，借钱进入马蜂镇，每天在镇街子和马蜂村后山矿区游荡，打听发财的消息。他曾与小四川接触，希望得到帮助，"帮一把，小四川你就帮我一把，去江对岸干了看。"他这样说。帮一把是马蜂镇的流行概念，含义是合作，自己出资，也请别人出资，相互帮助一把，干起来。当时小四川尚在观望，对江对岸的前途心存疑虑，不敢冒风险。赵眼镜反复请求，他装聋作哑。赵眼镜无奈，只好自己过江，把七拼八凑找来的三万块资金全部拿出来，找几个村民合作挖矿。

现在，小四川大胆跟进，过江找赵眼镜，开辟崭新的事业，他带来足够的资金和丰富的卡奴亚罗山挖矿经验，赵眼镜感激不尽。小四川的慷慨加入，使赵眼镜独自苦苦支撑的小矿井迅速成长，注入了强大活力。

我的矿区四周越来越热闹，洋溢着创业者的欢乐和期待，每天有人放鞭炮，庆祝新矿井诞生，满山的爆破声像口号，在空旷的山坡上翻滚。大树成片砍光，杂草割尽，鸟雀和昆虫无家可归，四散逃走，棉花虫的鸣叫杳然消失。

小四川和赵眼镜的那个矿离我不远，隔三岔五，小四川会跑来找我，约去喝酒吃饭，好言奉承。

"不得了啊大哥，"小四川说，"你是昆明下来的大老板，还配了一个国务院专家，听说你的专家有美国望远镜，抬起来照一下，就可以看见山肚子里的金子。"

我说："不是国务院，是林老师，他是一个专家，但不是国务院的人。"

赵眼镜对小四川的无知很痛心，严肃地纠正道："你没有文化，不懂科学啊,探矿设备怎么叫望远镜?真是很幼稚。"

小四川说:"看得见山肚子里的金子,不叫望远镜叫什么?你说叫什么?"

赵眼镜说:"探矿器就是探矿器,一种科学仪器。"

小四川吃苦耐劳,经验丰富,赵眼镜有知识,能说会道,满口科学道理。一时挖不到矿脉,手下的村民信心动摇,赵眼镜就给他们上课,谈人生理想,描绘远大前途,两人的配合还算好。

一日,小神仙的矿洞挖到风化岩层,洞壁沙啦沙啦滑落,轰然翻塌,工人返身疾逃,捡得几条命。

赵眼镜跑来对我说:"危险啊,那边不好挖,砸死了人就完蛋,人家的矿井不塌方,我们的会塌,那块地方不行。"

我说:"架箱木就行了。"

小四川心痛地说:"架箱木很贵啊。"

山上的人越来越多,洞满为患,树已经很少,木料紧缺。一颗碗口粗的树,要价五百,小神仙付出三千块钱买木料,赵眼镜听了大叫冤枉。

三千块钱可以盖一所乡村小学了,赵老师气得差点昏死。

赵眼镜毕竟是教书匠,患得患失的软弱性格不可改变,挖矿几个月,不见发财,就六神无主,晚饭后经常坐在矿井外的山坡上发呆。落日的阴影缓缓爬行,从山下喧闹的马蜂镇移过,从山坡上移过,从赵眼镜的腿和胸口移过,又从他脸上的镜片上移过,渐渐把整座山吞没,天地一片漆黑,赵眼镜还在山坡上眺望。

小四川带着工人进洞，日夜苦干，不见矿脉，也支撑不住，跑来找我求助。

小四川说："再打进三十米，会不会着砂？请你的专家帮我看看吧。"

我不置可否。

小四川哀求道："大哥求你了，帮帮这个忙。"

我能严守矿井的秘密，却不能阻挡林老师的名声在矿洞外传播，伴随着我过江开创历史的行动，林老师的名声也在马蜂镇传开。后来，架不住小四川的反复纠缠，林老师出面，去小四川的矿洞里敲敲打打，说几句鼓励话，就回来了。

半个月后，小四川的矿井着砂，挖到金矿了。

这是林老师的功劳，还是小四川和赵眼镜的运气？说不清。

小四川与赵眼镜合伙的矿井一片繁忙，工人在坑道里忙出忙进，草棚里的打砂机隆隆轰鸣，嘹亮的歌声传得很远。

六

小四川挖出金子，惊动了福建人陈老板。陈老板过江一个月，不挖矿，每天在山上转，听说赵眼镜和小四川的矿井传出喜讯，急忙赶去，要买他们的矿。

"五十万卖不卖？"福建人说，"你们现在挖得高兴，过几天就不着砂了，还是趁早卖，我这个价够高了。"

听说可以卖五十万，赵眼镜惊得翻白眼，腿一软跌倒在地。

小四川不理福建人。

福建人不灰心，每天跑去，对小四川说："你们的矿脉不算多，过几天就断了，还是趁早卖吧，现在卖矿井，可以卖好价钱。"

小四川还是不理。

矿脉真的断了，好像是被福建人咒断。

小四川见到福建人，破口大骂。

福建人说："不要生气，你吃不起亏，我很理解，挖矿要讲实力。你实力不强，趁早退出好了。我不怕亏本，你的矿井就算挖不出矿脉，也认了，我会帮你们的忙，十万块卖不卖？"

小四川说："放你妈的狗屁！你再说买矿，我就杀了你。"

福建人继续说："这样吧，我出钱，也来入伙，帮你们一把。"

小四川不答应，赵眼镜却吃不消，矿脉时断时续，炼出的金子卖成钱，不够填进更深的漆黑矿洞。赵眼镜教书多年，读过不少波澜起伏的人生故事，被别人的坚强打动过，亲身体验比书本更曲折的现实人生，却无力承受，心生退意了。

福建人看出破绽，向赵眼镜发动猛攻，劝他转让股份，一两个回合，赵眼镜就动摇了。小四川闻之大惊，苦苦劝说，为时已晚，赵眼镜被说服，收下福建人的十万块钱，下山走了。

赵眼镜下山的第二天，小四川的矿洞外来了两个人，这两个人剃光头，矮胖结实，是马蜂镇最财大气粗的吴老板的手下。两个光头一左一右，坐在矿洞口，满不在乎地抽烟，对小四川的出现不屑一顾。

小四川问:"来玩吗?"

没有人理他。

一个光头抬起脚,把烟头在鞋底摁熄,盯住小四川看一阵说:"来收矿洞,这个矿现在是吴老板的,福建人帮吴老板买的,他是我们的人。小四川你考虑好,要就一起干,要就赶快走,吴老板会给你钱,你看着办好了。"

小四川幡然猛醒,知道自己中了吴老板的圈套,叫苦不迭。

两个光头不多话,也不吵闹,说完就走,像两块崩塌的岩石,轰隆轰隆,踩着满山的乱草,一前一后滚动,下山了。

七

吴老板的势力众所周知,马蜂镇的金老板中,吴老板最大,跟吴老板合作凶多吉少。看清自己前程暗淡,小四川心虚了,决定卖矿走人。

小四川下山前,到我的矿井凄然告别。

林老师安慰他说:"那个矿没有前途,卖了是好事。"小四川兴奋地拉住林老师,连问三遍,得到相同回答,才转悲为喜。小四川走后,林老师告诉我,小四川很幸运,他的矿井确实不好,吴老板买下,要吃大亏。

我对林老师的话不在意,卡奴亚罗山挖金子,赚钱在天,吃亏在命,无可抱怨。我挖到一个好矿井,不是技高一筹,是卡奴亚罗山的恩赐。早年,吴老板只身进入卡奴亚罗山,与老王抢地盘,闹得小神仙家生离死别,现在财大气粗,应该吃亏,吃大亏,谁叫他不知足。

一个月后,我在马蜂镇街上听到风声,才知道事情不简单。吴老板拐弯抹角地派人过江,目标不是赵眼镜,也不是小四川,是我,我的矿井。戏没有完,只是一个开头,他要干什么?我茫然不知。

我把石头和小神仙约来,在村长老鹰的牛肉馆吃晚饭,共商江对岸矿井的发展大计。天气格外闷热,莫测高深的阴谋,好像宽大无边的透明塑料布,把全镇里三层外三层裹紧,憋得人难受。夜色徐徐降临,凉意稍有上升,镇上的居民大声抱怨着难熬的闷热,乱纷纷出门,搬一只竹凳,靠在嘈杂的街边喘气。我们坐在村长老鹰的牛肉馆里,把有关吴老板的风言风语撕碎,七嘴八舌地查找危险迹象,却一无所获,理不出头绪。隔了几张餐桌,坐着吴老板手下的两个光头,他们带了一帮弟兄围着桌子吃喝,猜拳划令,高声嚷叫,喧闹声加重了空气的滞闷黏稠。

我不敢大意,认真说出心中疑惑,众人不以为然。小神仙认为,吴老板要抢矿,不必绕圈子,直接下手,找我合作就是,他看中赵眼镜和小四川的矿井,与我无关,大可不必慌张。石头点头同意,他对抢矿的做法再清楚不过,吴老板有钱有势,大名鼎鼎,不会做鸡零狗碎的买卖。村长老鹰瞪着混浊的老眼,笨拙地转动大脑袋,提出一个看法,认为吴老板逼走小四川,紧靠着我买下矿井,是等待机会，就像躲在树下打鱼雀，等我走投无路，把矿井卖给他。老鹰确实衰老了，脑袋迟钝，看问题幼稚。我的矿井断了矿脉，吴老板为什么要收购？马蜂镇人人知道林老师的大名，林老师灰心，我才会撤走，吴老会板为什么要买林老师撇下的废矿井？

"不过，还是要提防，"村长老鹰说，"你的矿井名声大了，吴老板才搅进来，还是要提防啊。"

怎么提防？谁也不知道。

时间越久，疑惑越深，几个月过去，林老师才看出苗头，在夜深人静的时刻，拉着我坐在石头房宿舍里，清楚地分析吴老板的诡计，他的分析惊得我当天晚上失眠。

八

吴老板招了一百多个工人，在小四川的那个矿井加班加点挖掘，坑道在卡奴亚罗山岩层深处的黑暗中迅速推进。相比我这边的三十个工人，吴老板来势汹汹，不可阻挡，他在山中斜插进一把锋利的长刀，直指我的胸口，意图很明显，要抢在我前面，在岩层里截断矿脉，矿脉截断了，我就完蛋。

我的坑道五百米，吴老板斜挖出一千米，地下斜插进一千米长的矿井，我再往前挖，已没有出路。这一招很毒。卡奴亚罗山挖矿人早有约定，不能打穿别人的坑道洞壁，那是规矩，铁定的卡奴亚罗契约，有了契约，就能保证各路人马的利益，促进卡奴亚罗山采金史的繁荣。可是，吴老板狂妄傲慢，不管这一套。他不在乎规定，也不在乎信用，只在乎金子。他花大本钱下注，抢在前面，左挖右挖，占据了好地盘，把持了前方的采掘区，将来打穿洞壁的人就是我，我挖穿他的坑道洞壁，必须后退五十米，卷铺盖走人。

觉察出吴老板的阴谋，就有对策，他打错了算盘。我在江对岸矿井开辟卡奴亚罗山的另一部历史，挖金矿获利之多，超出了马蜂镇所有传言的估计，有实力与他一决高下。现在，我的选择是雇更多人，用更好的设备，挖得比吴老板更快，抢占先机。

我在矿上盖起好几排草房，找了十个女人三班做饭，雇来两百个身强力壮的工人，再派林老师接连出差，去广东购进最好的掘洞设备。重要的不是抢速度，是我的先天优势，我的工人进坑道，挖出的不是废土乱石，是矿脉，矿砂里含有足够多的金子。见到金子，工人干劲就足。吴老板那边的矿井，工人只是挖掘空洞坑道，杀不进我的矿区，吴老板暂时无利可图，只能忍耐。他有多少钱填进矿洞？他的工人能经历多长时间的无望等待？

我在矿洞里架设轨道，用牵引机把矿车拉出来，几台超大的粉碎机和球磨机把所有矿砂吃尽，吐出粉末，送进浮选池。我不得已购买了浮选设备，快速兑现利益，每十天结算和分配一次，不怕泄露机密。

我的名声再次传开。

九

冲突不可避免地发生了，吴老板那边的人吃不消，当机立断，下毒手公开破坏卡奴亚罗山挖金人的规矩，提前掉转方向，斜挖过来，把我的坑道壁凿穿。

他们不是抢我的金子，是抢我手下两百个工人的血汗，抢我的工人的命，谁也不会认输。那是卡奴亚罗山矿洞里的血腥之夜，吴老板那边的人钻进来，被我的工人砍翻，我的工人杀过去，也被他们摁倒，矿洞里刹那间血肉横飞，叮叮当当爆发混战。两边的工人举着铁镐铲子和呜呜呜响的风钻，在狭窄的坑道里贴身厮杀，五个人受伤，两个人腿被砍断，成了残废。

十

血腥气让人上瘾，豪气勃发，把我引入邪路。

我在马蜂镇上高价收购两幢小楼，一幢自己住，一幢送给石头，送给石头不是出于友谊，是要他替我卖命。石头年轻时被东北人两兄弟骗走金子，彻底绝望，走上邪路，从此对挖矿的历史满怀怨恨。他不愿去山上的矿井，我就把他安插在镇上招兵买马，直捣吴老板后院。他的战术与我和吴老板不同，我和吴老板公开对决，在矿区的挖掘工作中争时间抢速度，拼出老本战斗；石头暗中破坏，黑夜里下手，拔刀相向，三下五除二，吴老板手下的两个光头保镖就不见了踪影。马蜂镇居民闻风丧胆,麻将室里赌徒大减,晚上天黑,很少有人出门,镇街子上骤然冷清,一派肃杀。

会唱几句滇剧的云南玉溪人鲁老板,在马蜂镇开了三间麻将室,以此为生,活得很滋润,时常拉胡琴唱滇剧玩。赌徒骤减,爱好滇剧的鲁老板财路受阻,惨遭打击。他无所事事,找出胡琴,咕咕吱吱调准弦,清了清嗓子,坐在冷清的麻将室里,面对同样冷清的马蜂镇小街子,一边拉琴,一边尖声尖气地哼唱滇剧《二龙山》中旦角的唱词:

天仙女把某的雄心哭软,
雄心哭软,
哭软了俺王子耀我的铜打铁铸肠,
铜打心肝铁铸肺腑,
咿呀呀被他人把我哭软三分。
……

鲁老板模仿女旦唱过《二龙山》,又拖声拖气地念《孔明拜灯》中的祷词:

苍天哪!
天哪(呕)!
亮生于乱世,

隐居隆中，

受先帝三顾之恩，

任幼主托孤之重；

统众六出祁山，

看看将星欲坠，

阳寿将终，

万里上苍加我阳寿一起，

上报先帝之恩，

下免万民一切之苦。

神灵在上，鉴我——之心也啊！

　　以前，鲁老板在麻将室门口拉胡琴，拿腔拿调地哼唱滇剧片断，常惹得满堂哄笑。现在，他扯开嗓子尖叫，镇街子上传去悠远的回声，却无人应答，无人喝彩或嘲笑，顾影自怜，他不免孤单伤感。

　　只有我越战越勇。

　　我四处打听，寻找吴老板，却不见他。他不去矿井，镇上有办公室，坐在房子里的人不是他。他另有三幢盖在镇街子边的漂亮小楼，也无人看到他的肥胖身子在小楼里出现。狭窄拥挤的马蜂镇，再有多少人，都是熟面孔，街道吵闹骚乱，不过一条主街和三条岔道。

　　一只苍蝇在镇街子的空气里盘旋，两天后众人就能叫出它的名字，知道它颠沛流离的曲折身世，声名震天的胖子吴老板却不见踪影，这个老贼像一块岩石，深埋在卡奴亚罗山中。

吴老板也去镇上的饭馆吃饭，以前，我在村长老鹰的牛肉馆多次见他，现在那种机会完全绝迹。当时，怎么就没有想到下手？即使他身边有人，三四个或十几个手下围着，也无所谓，找一个岔子打将起来，吃亏的绝不会是我。

可是他踪影全无。

见不到吴老板，就找梁经理。

石头带我去找梁经理。

吴老板生意做得大，业务广泛，在马蜂镇办了一家公司，挖矿、开选厂加工小矿井的矿砂，同时收购黄金。黄金生意吴老板自己做，山上的矿井交给公司，公司经理就是梁经理。

石头带了五个人，陪我穿过马蜂镇街子，走进吴老板的公司。

那是一幢三层小楼，外表不起眼，楼里草木皆兵，杀气腾腾，上下三层楼都是人。我跟着石头，从一楼往上走，来到三楼的一个大房间，房间里摆放着一张大桌子，桌上香烟缭绕，供着描金绘彩的高大财神，香案边摆放着两排沙发，沙发中间有一个长长的宽大茶几，茶几周围坐了四个人，其中一个就是梁经理。

梁经理瘦高个，脸上肤色较黑，很精干，满口广东话。我们走进去，他笑脸相迎，不慌不忙，指着面前的沙发说："稀客啊，稀客，请坐请坐，先喝茶。我们广东人，讲究的是喝茶，喝茶也不是喝，是吃东西。你们这里还是落后，喝茶就是喝，茶太苦，喝了胃寒、肚子饿，对身体很不利。但是没有办法罗，在这里也就只能喝茶水了，一边喝一边谈。"

梁经理坐下，在茶几上烦琐地摆弄小壶和茶杯，给自己倒茶，也给我和石头倒茶，一边喝茶一边说："吴老板出差了，他的事很多，要找资金，要应酬，我们不便打扰。当然，山上的矿他很关心，我们过江挖矿，是为了寻求大发展。你们怎么样？好像不错，你们的矿脉很厚是吧？"

我说："大家都很忙，就不必客套。你们挖矿，我也挖矿，卡奴亚罗山的规矩是，做人要讲信用，挖矿不能斜挖。断别人的矿脉，会有麻烦，以后麻烦更大。"

梁经理笑着说："有没有搞错？我们是顺矿脉挖啊，矿脉斜着走，坑道只能斜挖，怪谁呢？怪山长歪了啊。"

我说："不是山长歪了，是心长歪了，好啦，道理就不讲，告诉吴老板，你们的矿井我买下，两边不伤和气，大家都可以睡安稳觉。"

梁经理又笑。

我说："今天来见面，只是打招呼，也算交朋友，梁经理才来吧？来了三年还是五年？真是时间太短，不懂江湖规矩。早几年，吴老板也是才来，那时他在马蜂村，还找不到金子的门路，我和一个叫老王的师傅，最早来到这里，我是卡奴亚罗山的开山鼻祖。"

梁经理说："哎呀高手啊，今天拜见了，幸会幸会。"

我说："你们买那个矿多少钱，我加倍怎么样？"

梁经理说："有没有搞错？老弟好大的口气，买吴老板的矿井？马蜂镇没有人干过啊，老实说，中国也没有几个人买得起。相反，你要是想卖自己的矿井,吴老板会考虑,看在多年老朋友的份上,他会帮你的忙,其他话就不要再说了。"

我起身告辞。

梁经理以为我们自投罗网,不慌不忙地朝外招手,门外立即涌进一群人。梁经理不用下令,依然坐着喝茶,这伙人就扑向我和石头。我们早有安排,在小楼外的街边埋伏了大批弟兄。石头躲闪几下,大喊一声,抓起椅子,朝面前的人横扫,哐啷砸烂窗户,街边弟兄应声出击,提着棍棒冲进小楼,一片混战打得哭天喊地。

派出所警察出动,警车呼啸而至。

这是安排,事前我打过招呼。

第十三章

一

我跟吴老板交手,找陈哥拿过主意。我每月付给李叔叔钱,再付一笔钱给陈哥,陈哥那一份比李叔叔多,这件事只有我和陈哥知道。

不要误解了陈哥,他确实不要钱,不要我的钱,也不要别人的钱。我最初从李叔叔身上找缺口,目标是陈哥。陈哥找我谈话,了解江对岸的开发前景,我趁机提出干股的事,表示可以参照李叔叔的做法,送他一份股权,我的话还没有说完,就被他严厉打断。

"我希望所有金老板发财,"他说,"我们马蜂镇,欢迎任何人来参加建设,卡奴亚罗山是开放的,也是大有前途的,马蜂镇上的所有金老板都在做梦的时候笑醒,我就很高兴。大家富裕了,我就高兴,就这样。请你不要把其他事扯进来。"

他一清二白,去米果的洗脚城玩,也是自己去,不接受任何人邀请,不让别人花钱,自己出钱,独来独往,苍蝇叮不了这只无缝的蛋。

他明确告诉我，我与李叔叔合作，是我们自己的事，与他无关。马蜂镇上的金老板们相互牵扯，合作的方式五花八门，借钱赊账送礼，二八开三七开四六开和对半开，各得其利，各得其所，均与他无关。

"只有一件事与我有关，"他说，"你要是亏本了，我会觉得遗憾。当然不怪我，只能怪你自己，但是我会很同情。我对马蜂镇上所有失败的金老板都很同情，只能是同情了，其他忙帮不上，你也不可能找我赔钱。"

后来，我在江对岸挖矿井，开发出马蜂镇的光辉未来，引得陈哥震惊，他几次托人传话，表扬过我的杰出贡献，还代表镇政府送我一面紫色锦旗。我沉浸在开创历史的兴奋中，对陈哥感激不尽，借过年的机会登门求见，送去水果和火腿，曾被他拒绝。

那天陈哥说："这些不疼不痒的小东西，请你拿回去，不要搞得庸俗化。你前程似锦，我没有想到，赚的钱自己享受好了，我不会来沾光，你就是送金子，我也不会要啊。"

我做生意多年，结识各种人，见过大小场面，说过各种心照不宣的话，陈哥的话却不懂，有些迷糊。

这个人摸不透。

直到吴老板发难，我向陈哥求助，答案才揭开。

我在米果的洗脚城与陈哥见面。

打电话过去，陈哥很爽快，约我去洗脚城.那天他恰好在洗脚城。

那天晚上，我才知道陈哥的心同样柔软，并非铁板一块，他愿意在洗脚城里谈工作。自己的工作，我和他之间的交情，人熟了，相互信任，就可以在洗脚城里开诚布公地畅谈。

我们不是在洗脚城的小隔间谈话，米果把我和陈哥领上楼，带进一个类似办公室的小房间，我们关起门，面对面，坦诚讨论江对岸的矿区开发局面。

我说："吴老板太过分了，不让别人活啊，他在马蜂镇，坑了多少人，真是说不清啊。"

陈哥认真听着，不说话。

我说："吴老板把我逼上绝路，马蜂镇就不会有好前途。"

陈哥点点头说："吴老板是不对，他的毛病很多，我知道，可是同志啊，你应该知足了，卡奴亚罗山没有亏待你。你那个矿很大，比吴老板的大，我也知道，我一直很关注你的发展。现在，你们之间有矛盾，我同样是知道的，我对你很关心。你有今天，别人想不到，我也想不到，真是没有眼光，让人眼红啊。当然，你挖出多少金子我不过问，过问也没有用，眼红归眼红，你的劳动所得，不关我什么事。只是，你想想，我也在劳动，每天上班，为大家操心，得到什么了？一份工资，我再眼红，也很知足，你也要知足。我看你现在就算亏本回家，也要认账，人不能太贪心。"

我说："是吴老板贪心，太贪心了。"

陈哥说："人都会这样，不奇怪。"

我说："很奇怪，我真是不理解，他赚的钱不少了，何必拿我开刀？"

陈哥说："都一样，人都一样。有时候我想，我这个人，为什么糊涂呢？为什么不做金老板，要做一个小镇长？我也要生活，也需要钱啊，你说我是不是贪心？是不是不知足？我也是一个不知足的人对吧？我也有难言之隐对吧？"

我会心地笑了。

陈哥最后这句话，点破了马蜂镇的深沉黑夜，从此时光倒转，陈哥恢复真面目，倒退为若干年前那个可爱的马蜂村小学教师，成为我的好朋友和合伙人。从那天起，陈哥正式在我的矿井拥有股份。他不贪心，很知足，来马蜂镇任职几年，第一次开口，很谨慎，但毕竟开了口，愿意接受我的干股。干股有人懂，有人不懂。干就是干燥，无，股是股份，有。生命是湿润的，柔软而饱满，欲望是干燥的，坚硬而枯瘦。欲望化作钱更干燥，水分全无，一触即溃。不出钱只出力，叫吃干股。出小力获大利，分成，百分之几看着办，高兴就行，数字秘而不宣，说不得。他一贯小心，不嫖不赌不吃不喝，唯一的爱好是洗脚。他从不伸手，更不会向吴老板一类随意践踏契约的人伸手。

他相信我，把我当朋友，才绕着整座卡奴亚罗山兜一圈，踉踉跄跄地艰难跋涉，曲折吐露自己的心思，我大受感动。

吴老板向我发动战争，真是不知天高地厚。

那次马蜂镇街上的公开血战，我方大捷，吴老板吃了亏，幡然有悟，看清了局势，顿时收敛很多，山上吴老板的那个矿，停产了几个月。

我与陈哥的关系在马蜂镇暗中流传，好像几只棉花虫，在黄昏的闷热中鸣叫，好多人受鼓舞，看到黎明前的曙光，想下手，与陈哥搭上线，均找不到门。

春节到来，陈哥与镇政府机关干部李小红结婚了。

这是马蜂镇人最期待的一场婚礼，山上山下议论纷纷，万众瞩目。各路金老板备足厚礼，暗中较量，金条金元宝和红包之类，太俗太滥，不值一提。很多人远赴广东和浙江，订制花样翻新的足金制品。据传吴老板为挽回日薄西山的困难，下大本钱，准备的礼品是一辆按比例缩小的外国名车模，车内坐了一对纯洁无邪的童男童女，整车除关键连接件为钢材，全部纯金打造，重达两公斤，做工之精湛细致和惟妙惟肖，自不待言。更奇妙的是那辆纯金打造的外国名车模带有遥控器，轮子会转动，前后车灯会投射出闪闪烁烁的喜庆红光。车子在遥控器操作下缓缓驶动，前后四个微型高保真小喇叭就同时响起，播放出温柔甜蜜、响彻全世界的《婚礼进行曲》。

人们低估了陈哥的智慧和眼光，期待全部落空。他的婚礼很特殊，光明磊落，坚持三不原则，不发帖、不请客、不收礼。陈哥带着妻子李小红外出旅行，玩了几个省，悄悄回来，就去上班。

李叔叔很失望，也很伤心，逢人就说："算什么结婚？还镇长？不说请全镇，半个镇该请吧？也让大家高兴一下。"

陈哥不为所动，家里人吃一顿饭，就完了。

我在马蜂镇经常看见李叔叔的女儿李小红，很少跟她说话。她与做镇长的丈夫陈哥相似，标准的夫妻相，一脸正经，对人不理不睬。这个马蜂镇的著名少妇，手里抱着天蓝色文件夹，脚踏高跟鞋，裙子谨慎地摇动，挺胸抬头，目光划过马蜂镇高低错落的密集房顶，投向雄伟的卡奴亚罗山。我看到她，只能绕开或低头闪过。

二

五年后我成为马蜂镇最大的金老板，有三个矿井，一个是我挖的矿，一个是吴老板的矿。吴老板失败了，手下人非死即伤，一半劣迹斑斑者被抓，他举手投降，拔腿走人，把停产很久的江对岸矿井卖给我，公司销声匿迹。老王的矿井也已经停产，挖空了。尽管停产，还是一个矿井，外表有模有样。我没有把老王矿井的机器拆走，那些机器很落后，陈旧不堪了，留在原地，像一座坟墓，一座纪念碑，令人怀想和感慨。寂寞的矿洞口像一张嘴，吐出无限深情，追忆着我与老王之间纠缠不清的友谊。

我在马蜂镇的财产压倒了任何人，江对岸的两个矿井里有竖井、斜井、钢轨矿车和升降机，规模庞大。我还搭建了连接江两岸的钢缆飞兜，每天把挖出的矿砂装进钢缆飞兜里，从金沙江上空高高地滑过，凌空送到对岸的选矿厂。我在离镇不远的地方建了一座小型水电站和一座有三十个工人的选矿厂，好几台先进的浮选机在我的选矿厂里彻夜转动，书写着造钱神话。

联结江两岸的交通设施不再是铁索桥，江上那座危险而破旧的铁索桥拆除了，架设起一座现代水泥桥，一排粗壮坚实的立柱从江底拔地而起，支撑着我的卡奴亚罗山之梦，架桥的五百万资金全部由我出，马蜂镇人被我的慈善之举感动，送过我很多赞美的话。

江上架了坚实的水泥桥，可以驶过汽车，汽车载着所有人奔向财富王国。马蜂镇变化更大和更快，人员更多更杂。江对岸的山上人满为患，陈哥广开财路，有水快流，有金快挖，在冬天引进外地大老板，开发江底资源。那些人运来挖掘机和推土机，架在旱季的干涸江底，炸乱石，铲泥砂，高大的淘金机在江底轰隆轰隆淘洗。旱季三四个月，淘得满载而归，肯定满载而归。

江底挖出的大坑有几层楼深，好像又挖出一个马蜂镇。旱季过去，卡奴亚罗山疾风猛烈，挖江底的公司用推土机把坎坷的河床填平，草草收场。雨季到来时，金沙江水势浩荡，波澜很大，涛声有力地撞击着山谷。江底不是亿万年冲刷出来的平坦模样，是大型挖掘机啃咬撕扯过的江底了，水声震天，摇撼着松软的岸堤。

有一次，卡奴亚罗山连降暴雨，江岸堤坝塌陷，汹涌的波涛倾泻到马蜂镇街上，赌徒们举着钞票，逃到楼顶，目送着麻将桌沉浮远去。有人看到漂在水面的麻将桌上站着两只鸡，一只公鸡一只母鸡，逃难的鸡在洪水滔滔的险境中是否还有爱情愿望，不得而知。村长老鹰的牛肉馆地势矮，挂在门口的牛肉被洪水卷走，好像杀死的水牛复活，跃入亲切的江水，村长老鹰站在自家楼顶的露台上，看得一时发愣。

洪水灾难带来的沉痛很快被人遗忘，同时被遗忘的还有镇长陈哥。

江岸决堤的第二年,陈哥离开马蜂镇,像当年离开马蜂村,再没有回来。陈哥走得匆忙和神秘,某日清晨,忽然不见了,好像风消失在风中。我来不及送行,也来不及表示感谢,就与他失去联系。有人说他出事了,我无心打听,如释重负,一笑了之。

陈哥是朋友,也是合伙人,没有他不行,只有他也不行。欲取天下,不可独行。我有准备,早就动手,除了陈哥,另有高人相助。那些人更有用,比陈哥厉害,陈哥的用处已经不大。陈哥离开马蜂镇后,我付给李叔叔一大笔钱,与嗜钱如命的李叔叔了断关系。

我是敬业勤劳的金老板,只关心金子。

陈哥走后,他的妻子李小红一蹶不振,面露憔悴菜色,脸上长出大片蝴蝶斑,姿色急剧消退,从镇街子上走过,均低眉顺目,有些丧魂失魄。几个月后,李小红也不见,听说调进县城,去县委机关上班了。

只有李叔叔永远快乐,不慌不忙地治病救人,为走投无路的金老板和挖矿人取名改名,祈求福音,每天收钱不止,他的诊所始终生意兴隆。

又一年暴雨降临。

当时我不在马蜂镇,在昆明,父亲生病了,母亲打来电话,李影找到了好借口,不分昼夜,一天打八次电话,催我回家。我丢下马蜂镇的弟兄,立即赶回昆明。我救了父亲的命,他也救了我。如果那年雨季我留在马蜂镇,在卡奴亚罗山上遥望苍茫的未来,看到的只能是断崖绝途。如果我不提前从马蜂镇逃走，恐怕已不能开口，讲述这个像金沙江一样隐秘而千曲百回的故事。

三

我如鲠在喉，犹豫好几年，不知如何讲述这个故事，也不知能不能在故事中把自己的经历原貌复述。复述一段隐蔽而漫长的历史，很吃力，无比困难。诡异的巧合、吃苦受累的艰难历程、黑心肠的密谋与联盟、惊心动魄的战斗与无法摆脱的忧伤、羞愧自豪与雄心、回肠荡气与末路途穷，勇往直前的出击与不可躲避的失败，常令我无所适从，不知从何讲起。

幸好，我捡得一条命。

我要说的是那年夏天的卡奴亚罗山暴雨。

先说本地土著的一种风习。

卡奴亚罗山土著，有一种古老习俗，叫魂，他们认为人畜物均有魂，所有魂都会在时间的推移中迷失方向。人有魂猪有魂牛有魂马有魂鸡有魂、河里的鱼有魂田里的泥鳅和黄鳝有魂、桌子有魂板凳有魂锅有魂灶有魂铁铲有魂、大锤有魂金子有魂泥巴有魂。

春天到来之前，老妇人或老头会出村，站在田边地角或向阳的山坡，面对卡奴亚罗山，呜呜喊叫，把成千上万走散的魂灵召回。那是春天到来前最隆重的仪式，它的隆重不在人多势众，在于所有人家都要叫魂，又各自避开，零散举行。不叫魂，诸事难顺。

后来的马蜂镇朝气蓬勃,叫魂的习俗被视作迷信,早没有人做。那年雨季,马蜂镇连下半个月暴雨,半个月长达十五天的茫茫暴雨啊,雨水把整个世界淋湿,把地球全部淹没,把所有人心淹没,把欢乐幸福忧愁和悲伤淹没,天地间一望无际,万物混沌如初,唯雨声汹涌,永不停息。

　　有人在潮湿的雨夜听到呜咽的叫魂声。

　　近二十年天翻地覆的狂挖滥采,卡奴亚罗山早就变成空洞,百孔千疮。它的骨架被斩断,血肉被掏尽,灵魂已经仓皇飞走,身体虚弱,不堪一击。持续半个月的暴雨倾盆而下,雨水滔天,无孔不入,渗进泥沙和岩层中,把整座山泡软,使雄伟坚强的卡奴亚罗山变成稀泥,霎时崩塌。

　　卡奴亚罗山崩塌前的彻夜暴雨中,有人夜中惊醒,翻身坐起来,倾听叫魂的声响,呜呜呜啊——,雨声猛烈,深沉呜咽夹杂其间。听的人趴在窗口,朝窗外的暴雨张望,又翻身倒下,迷迷糊糊睡着,继续幸福的美梦。那不是他的错误,是整个马蜂镇的错误。

　　轰然一声,江对岸的半片卡奴亚罗山和马蜂村后山的山坡同时崩溃塌陷,泥石流前后夹击,扑向安详沉睡的马蜂镇。

　　整座马蜂镇应声跳起来,镇街子的水泥路面跳起来、服装店麻将室烧烤摊和旅馆跳起来、花里胡哨的漂亮小楼跳起来、卡车轿车面包车和摩托车跳起来、床上快乐的男女和夜间作案的小偷跳起来、金子和保险柜跳起来,电炉煤气灶冰箱彩电跳起来,全部翻倒。

　　山上矿井崩塌,钢铁器材断裂松散,一泻而下的泥石流截断了浊浪滚滚的金沙江，席卷一切。马蜂村的后山掏空了，江对岸新开发的矿区，也在几年时间里挖得摇摇欲坠，滑坡是早晚的事，巨大的灾难发生在半夜，很多人无法逃脱。山上挖金子的数千人，马蜂镇上的数千人，来不及喊叫，就被泥浆砖块和散乱的钢铁淹埋。

我在马蜂镇的所有财产付之东流。小神仙一家、石头一家、村长老鹰一家、米果和她的女儿，都没有消息。好像世上从来没有这些人，没有他们的欢乐和悲伤，也没有欣欣向荣的马蜂镇和雄伟的卡奴亚罗山。

群山深处那个传说中的神奇之地与我无关，过去的经历好像从来没有发生过，只是我的一段错误记忆。

尾声

两年前的冬天，昆明城为数不多的几家报纸以名为海鸥的水鸟为题，连篇累牍地鼓噪，制造浅俗而虚幻的空话泡沫，我也被裹挟进去，身不由己地去翠湖看海鸥。这种被全世界无数简单的小诗和短文赞美过千万次的白色水鸟，据说来自俄罗斯方向冰天雪地的西伯利亚，它们成群结队，跨越千山万水，第一次在昆明翠湖的上空铺天盖地出现，是二十年前的事，就在那年，我与举止怪异并身份不明的金贩子老王不期而遇，从此踏上不归之路。海鸥飞临昆明的历史，恰与我半生似是而非的经历吻合，它象征着困顿和迷乱，让我不安，如坐针毡。这就是我从不去人声嘈杂的翠湖边欣赏所谓昆明海鸥的原因。

那天破例了，我来到翠湖边，走进一家茶楼，坐在楼顶，看着成千上万从头顶呀呀飞过的海鸥，猜想它们的身世和心情，仿佛看到自己连滚带爬，满身是泥，在莽莽苍苍的卡奴亚罗山上奔跑，寻找回家的路。

我想，这些白色的水鸟，义无反顾，不惧沿途风雨，不惧掠食者的无情追杀,不惧筋疲力尽从空中坠落的绝望瞬间,每年按时飞来,盘旋在异乡的天空,为什么?谁为它们指引道路?谁把它们世代的记忆唤醒?谁把它们的热情点燃?它们坚定的力量来自何方?它们咿呀的鸣叫是歌唱还是呻吟?它们矫健地扇动翅膀,是在骄傲地鼓掌,还是在捶胸顿足,唏唏哀伤?

现在,我经常在家,公司被狗弟管理得很好,已经坐稳江山。全国的房地产市场风起云涌,掌声雷动,我的公司在昆明接连开发出几大本地楼盘,一个楼盘赚多少,就不透露了,说出来人家会骂我。

狗弟是好兄弟,世上最忠诚的朋友,有一个忠诚的朋友,一生就值得活。

我才四十多岁,就像退休老头,闲居在家,偶尔去公司视察,会不知所措,很多余。公司员工换了几拨人,很多员工不认识我,他们只听狗弟的指挥,对狗弟毕恭毕敬,对我视而不见。他们严明的纪律性和毫不动摇的工作激情,令我肃然起敬。狗弟西装革履,头发梳得一丝不乱,带着这帮精明强干的手下,来来去去,忙得屁滚尿流。公司办公室的桌上茶几上沙发上都是电话,每部电话都在唱歌,狗弟根本顾不上跟我说话。

于是,我向办公室里那些态度端正的员工送去谦卑而客气的笑容,心满意足地慢慢下楼,离开公司,开车在城里转。昆明城经过近二十多年的拆迁改造,紧追急赶,老屋旧院灰飞烟灭,高楼大厦越来越多,整座城市像一个初做新郎的笨拙男人,穿着不太合身的新西装,打着卡紧脖子的领带,捧着大把带刺的玫瑰花,站在弥漫着建筑工地冲天灰尘的街口，望眼欲穿，等待着同样笨拙的新娘提着长裙奔来。

城市越来越新，越来越光芒万丈，越来越陌生和面目全非，城里居民的心情同样崭新而光芒万丈。旧事踪影全无，新人辈出，后浪推前浪。我开着车，在故乡陌生的街道上一遍一遍兜圈子，左顾右盼，心潮起伏，然后回家。

回家很好，我感觉很好。我可以休息，什么也不做，什么也不想，两手空空，无所畏惧。回家让李影感觉更好，她彻底放松，心安理得，从神经兮兮中解脱，不再满城打电话找我，也不再担心我被某些居心叵测的女人诱骗，拐卖到意乱情迷的深山老林。

那天，我独自坐在茶楼上，思绪绵绵，被楼下一对年轻恋人的亲切交谈莫名感动，忽然衣袋里铃声响，狗弟在电话那边说："有人找你，小美，还记得小美吗？她回来了，找你，怎么办？"

我能怎么办？

强大的震动传自卡奴亚罗山的茫茫雨夜，在我的身体里长久回荡，消失在时间的尽头，世界最隐秘的角落。电话抓得很牢，没有从我的手中落下，也不会落下，我已经百炼成钢，长出铜铸铁打的心肠。我的那份艰难期待从未消失，深埋在心底，却很轻巧，细若游丝。从自私的角度讲，我在半生的颠沛流离中一直坚持照顾小美的父母，后来更尽心尽责地照顾她的母亲，就是为了等待这个奇异时刻，等待有一天响起的石破天惊的电话铃声。

可是，这个时刻来得太晚，我已经老去，无力承受。小美的名字太遥远，仿佛海鸥抖落的轻盈羽毛，一片正在明亮阳光里融化的西伯利亚雪花。

小美从美国回来，住在母亲家。她的母亲再次搬新房，房子不是买的，是我公司盖的。小美在昆明已经住了半个月。

我很久没有去看小美的母亲，看了也无用，她的母亲痴呆了，不认识任何人，对世界一无所知，真正一无所知。痴呆了好，不会骄傲自大，也不会慌乱和担忧。从前，小美的母亲热情大方，直言快语，丈夫去世后，变得心惊胆战，好像做了亏心事，好像世界会塌陷，变成伤痕累累的卡奴亚罗山坡。现在好了，在保姆的精心照料下，她白白胖胖，永远喜笑颜开，记忆硬盘里的文件被删除，空荡荡，一声不响。

电话没有从我的手中惊落，还有原因，一个重要原因，接到狗弟的电话前，我已经获知小美从美国加州远道归来的消息。

狗弟的电话来晚了。

这个忠诚而老实的弟兄小看了我，我没有那么傻，不会对世界一无所知，更不会对人生的循环和重复一无所知。世界纷繁复杂，其实殊途同归，我懂。我很少登门看望小美的母亲，却经常把车子开到距离小美家不远的街边，仰面躺在车子里，开着音响，闭目养神。车窗外有行人经过，我会躲在车内，直起身，隔着贴了窗膜的玻璃，好奇地张望，目送他们在街边的人潮中随波逐流地远去。

我就这样发现小美，看到时光之水无声无息地缓缓流来。

那天下午她从街对面的小区大门走出来，步履缓慢，目光平静，貌不惊人。她当然变了，两颊饱满很多，均衡的椭圆脸变成有些浮肿的圆脸，腰也有些圆，个子变矮，头发剪短了，打扮朴素而简单，远不如昆明城那些神采飞扬的女人时髦。我在车里怔怔地坐着，看着她。一辆白色宝马车呼啸而过，她在街对面略显吃惊地站住，等车子驶远，才紧跑几步过街。走近我的车窗时，她的目光与躲在车窗内的我匆匆对视。我急忙俯下身子，再抬头，她已经跨上人行道远去。

是她，毫无疑问。

君不见黄河之水天上来，奔流到海不复还。君不见高堂明镜悲白发，朝如青丝暮成雪。与君歌一曲，请君为我倾耳听。钟鼓馔玉不足贵，但愿长醉不愿醒。

君不见山石倾覆，天光失色，河流改道，时间切断，思念徘徊。君不见相隔万里，无所依托，孑影独立，风云流散。

我从她稍显浑圆的背上，察找到细若游丝的牵挂。

我没有下车，更没有喊叫，没有那个必要。

我坐在车子里观看，心中五味杂陈，脸上同样平静，汽车前挡玻璃框住了眼前的街景，车窗外的画面与电影镜头极似。

我能怎么办？

归去来兮，田园将芜胡不归？自既以心为刑役，奚惆怅而独悲？悟已往之不谏，知来者之可追。实迷途其未远，觉今是而昨非。舟摇摇以轻飏，风飘飘而吹衣。问征夫以前路，恨晨光之熹微。

已矣乎！寓形宇内复几时？曷不委心任去留？胡为乎遑遑兮欲何之？

我能怎么办啊？

我做过一件事，几天前意外发现小美，我就迅速行动，做了一件事，花力气搞调查，摸清事实。昆明有私人侦探所，黑衣人，墨镜，帽檐压低，声色不露，身轻如燕闪过，无所不能。打一个电话，报价，半小时就有人上门，提供满意服务。我雇的人够专业，调查周密，一天半就送来了结果。中年女人就是小美，从美国只身回来已经半个月。半个月了，为什么一声不吭？卡奴亚罗山下半个月雨，世界就轰然塌陷，灰飞烟灭，她却如此平静。她在美国生了两个儿子，此番远道归来，重回故乡昆明，不是看一看，是长住，陪母亲住下去，住多久不知道，再说。做调查的年轻侦探告诉我，小美的计划不清晰，也许住到母亲去世，再说，她的态度就是再说，也许这样住着，直到自己去世。听到她如此从容地计划自己去世的日子，我笑起来。她在糊弄人，谁会兴致勃勃地展望时光尽头？

现在，她做出姿态，要见我。她从大学毕业后的日子里回来，犹豫了半个月，才想起要见我。

我能怎么办？

狗弟在电话中焦急地请示我怎么办。他理解我的困难，看透了我的心思，他知道我不知道该怎么办。

我没有回答狗弟，只向这个最可信任的朋友表达了诚挚的感谢，然后把电话关掉，开大车内的音乐，让狭小空间里的响亮歌声把我紧紧拥抱，拥抱得我喘不过气来，歌声像无边无际的卡奴亚罗山暴雨，把整座昆明城淹没。

2006 年 6 月一稿

2008 年 7 月 2 日五稿毕

出品人：许　永
责任编辑：许宗华
特邀编辑：雷　彬
装帧设计：海　云
印制总监：蒋　波
发行总监：田峰峥

投稿信箱：cmsdbj@163.com
发　　行：北京创美汇品图书有限公司
发行热线：010-59799930

创美工厂
官方微博

创美工厂
微信公众号